Hannah Kaiser

Herzkirschen

Liebesroman

1. Auflage Juni 2014

Covergestaltung: Catrin Sommer www.rausch-gold.com
Coverfotos: Hannah Kaiser
Hintergrundbild: www.shutterstock.com
Bildnummer: 107724980
Lektorat: Alexandra Balzer
Korrektorat: SW Korrekturen e.U.
swkorrekturen@outlook.com

hannah.kaiser79@gmx.de

Inhalt

Kapitel 1

Der legendäre Grayson White, seines Zeichens der beste Wide Receiver, den die Boston Raccoons jemals hatten, ist frustriert. Denn seit nunmehr drei Monaten ist er nur noch der beste *Ex*-Wide Receiver, den die Raccoons jemals hatten.

Beim letzten Pass, den er fangen wollte, ist er mitten im Sprung geblockt worden. Und dann so ungünstig aufgekommen, dass er sich den Oberschenkelhals gebrochen hat. Ein verdammter Oberschenkelhalsbruch! Das ist eine Verletzung, die sich eigentlich ausschließlich alte Omas zuziehen, die aus ihrem Rollstuhl kippen …

Nach einer OP, zahlreichen Komplikationen inklusive einer widerlichen Wundheilungsstörung sowie einer aufwendigen Reha hat er im Alltag jetzt nur noch wenig Probleme mit seiner Hüfte, aber er wird nie wieder aktiv am Profisport teilnehmen können.

Und ja, vielleicht hat er es mit den Partys etwas übertrieben, seit er das Krankenhaus verlassen hat.

Und die Frauen … Zugegeben, auch da war er nicht gerade ein Kind von Traurigkeit.

Auch der Alkohol … na ja … Ein bisschen weniger wäre eventuell das ein oder andere Mal nicht unbedingt das Schlechteste gewesen.

Aber hey: Ist es wirklich seine Schuld, wenn die Mädels behaupten, sie seien Single, obwohl es gar nicht stimmt? Er kann ja kaum auf jede einen Privatdetektiv ansetzen, um das zu kontrollieren.

Wenn dann irgendein Kerl kommt und ihm ein paar aufs Maul hauen will, nur weil er meint, die Frau, mit der Grayson gerade rummacht, würde zu ihm gehören … und er sich lediglich zur Wehr setzt: Da kann man ihm doch nun echt keinen Vorwurf machen! Ist halt dumm gelaufen, dass er größer, muskulöser und kampferprobter als die meisten anderen ist. Man sollte sich eben vorher überlegen, mit wem man sich anlegt, statt sich hinterher zu beschweren, wenn man eine gebrochene Nase hat. Erst nachdenken, dann handeln! Ganz einfaches Prinzip.

Okay, zugegeben: Er selbst verfährt ebenfalls nicht immer nach dieser Philosophie. Allerdings ist er auch selten in der Situation, bei einer Prügelei unterlegen zu sein. Und seine Weibergeschichten – die stehen nun wirklich auf einem anderen Blatt. Es ist ja nicht so, als hätte er je eine gezwungen – ganz im Gegenteil.

Leider scheint die Unterwäschefirma, mit der er einen Werbevertrag hat, da nicht seiner Meinung zu sein.

„Jeff, das kann doch nicht dein Ernst sein!“, schnauzt Grayson seinen Manager am Telefon an und der Muskel über seinem linken Auge beginnt unkontrolliert zu zucken.

„Das ist mein voller Ernst. Du hast einen Vertrag unterschrieben und aus dem geht ganz deutlich hervor, dass es eine Vertragsstrafe gibt, wenn dein Image zu sehr leidet und du keine positive Figur mehr für Under-Wear darstellst.“

„Und den Mist hast du mich unterschreiben lassen?“ Genervt sticht er mit der Spitze eines Kugelschreibers auf den Notizblock ein, der auf seinem Schreibtisch liegt.

„Also hör mal, ich bin davon ausgegangen, dass es sich von selbst versteht, dass du dich halbwegs anständig benimmst. Sie erwarten ja keine Wunder, aber dass du nicht ständig nur wegen Prügeleien von dir reden machst, sollte ja wohl klar sein!“

Wütend und mit mehr Wucht als vorher sticht Grayson weiter mit dem Kugelschreiber auf den Block vor sich ein, bis die Spitze des Stifts schließlich nachgibt und sich verbiegt. Ärgerlich schmeißt er ihn in den Mülleimer unter dem Tisch.

„Ich mach das nicht. Vergiss es. Ich habe keine Lust, mir die nächsten Wochen mit irgendwelchen Rotzlöffeln um die Ohren zu schlagen. Ist mir scheißegal, ob die Idioten von Under-Wear das wollen.“

„Da wird dir nichts anderes übrig bleiben, wenn du nicht den gesamten Betrag, den du von ihnen bekommen hast, plus fünfzig Prozent Aufschlag, an Under-Wear zurückbezahlen willst …“ Jeff bleibt erstaunlich ruhig, auch wenn er jetzt ein bisschen so klingt, als würde er mit einem minderbemittelten Kind reden.

„Wie viel?“ Beinahe hätte Grayson sich an dem Scotch verschluckt, den er sich gerade eingeschenkt hat. Er sollte sich wirklich angewöhnen, die Verträge, die er so unterschreibt, auch zu lesen und das nicht bloß seinem Manager zu überlassen.

„Du hast mich schon richtig verstanden“, murrt dieser und scheint allmählich die Geduld zu verlieren.

„Könnte ich nicht stattdessen zu meiner Schwester? Die macht schließlich auch irgendwas Supersoziales mit Kindern.“

Sein Manager seufzt genervt. „Grayson, hör zu: Du hast dich daneben benommen und nun musst du die Konsequenzen tragen. In deinem Alter sollte man eigentlich weise genug sein, um so etwas zu wissen. Also:

Beweg deinen versoffenen Arsch gefälligst morgen und die nächsten beiden Monate zu der Einrichtung. Die genaue Adresse schicke ich dir nachher auf dein Handy."

„Na vielen Dank auch!" Wütend legt Grayson auf. Das kann ja noch heiter werden. Er hat überhaupt keine Erfahrungen mit Kindern und glaubt auch nicht, dass ihm die Arbeit mit ihnen sonderlich liegen wird. Ganz sicher ist er sich aber bei einem: Er hasst es, unsinnige Befehle ausführen zu müssen. Das hat ihm schon während seiner Sportlerkarriere das ein oder andere Mal fast an den Rand der Verzweiflung getrieben, immer dann, wenn irgendein bekloppter Trainer sich irgendwelchen Müll hat einfallen lassen, nur um seine Macht zu demonstrieren. Es ist nicht so, als würde er sich vor harter Arbeit scheuen. Ganz im Gegenteil. Wenn er faul wäre, wäre er im Profisport niemals so weit gekommen. Das geht nicht ohne ein gehöriges Maß an Disziplin, Fleiß und Willen. Aber Dinge zu tun, deren Sinn er nicht einsieht – da sträubt sich einfach alles in ihm.

Leider war die Summe, die ihm Under-Wear bezahlt hat, ziemlich hoch und er ist zu geizig, um auch nur einen Cent davon zurückzubezahlen. Das Geld für Autos, Frauen, Alkohol oder sonstige Dinge auszugeben, die das Leben amüsanter machen: kein Problem. Aber es irgendeiner Werbefirma in den Rachen zu schmeißen, die meint, er hätte sich … wie war der Ausdruck: *imageschädigend* verhalten? Niemals! Was bilden die sich überhaupt ein? Schließlich haben sie einen Footballer engagiert und die sind nicht gerade bekannt dafür, dass sie sich wie brave Klosterschüler verhalten!

Dennoch muss auch Grayson einsehen, dass ein Vertrag ein Vertrag ist. Auch wenn er sein Handy am liebsten wütend in die Ecke schmeißen würde, als die Nachricht mit der Adresse eingeht, von der Jeff gesprochen hat.

+++

„Hören Sie, ich kann keinen Ex-Footballstar gebrauchen, der meint, mit meinen Kids sein Image aufpolieren zu können!" Ich bin immer wieder überrascht, wie begriffsstutzig mein Chef tatsächlich ist. Unglaublich, dass man mit einem so begrenzten Intellekt sogar ein Studium auf die Reihe bekommen und anschließend für die Stadtverwaltung arbeiten kann! Nach welchen Kriterien suchen die ihre Leute wohl aus?

„Ich lasse darüber nicht mit mir diskutieren, Ms. Devenor. Sie werden ihn heute Nachmittag mit offenen Armen empfangen und alles dafür tun, dass Mr. White sich wohlfühlt. Und damit basta." Danach legt er einfach auf und ich starre fassungslos auf den altmodischen, vergilbten Telefonhörer in meiner Hand.

Hier geht es schließlich nicht um Prestige, sondern darum, dass Kinder aus schlechten sozialen Verhältnissen sinnvolle Freizeitbeschäftigungen angeboten bekommen und außerdem feste Bezugspersonen haben, zu denen sie Vertrauen fassen und denen sie sich anvertrauen können, wenn sie Probleme haben. Es geht darum, eine vertraute Atmosphäre für sie zu schaffen. Und bestimmt nicht darum, dass kurzfristig irgendein beschränkter Ex-Footballstar, der obendrein zu Gewalttätigkeiten neigt, aufkreuzt, sich wichtig macht, für die Presse nett lächelt und dann wieder verschwindet, wenn die Kinder gerade dabei waren, eine Beziehung zu ihm aufzubauen.

„Nimm's nicht so schwer, Cherry. Die Kids werden sich bestimmt vor Freude nicht mehr einbekommen, wenn Grayson White hier auftaucht." Meine Mitarbeiterin Adele klopft mir aufmunternd auf die Schulter, bevor sie in ihrem grauen Hemdkleid, das sie noch ein bisschen mütterlich-matronenhafter wirken lässt, als sie ohnehin schon ist, aus meinem Büro geht.

Seufzend schaue ich einen Moment aus dem Fenster und betrachte die graue Asphaltdecke des kleinen Innenhofs, der vor Hitze flimmert, bevor ich mich kopfschüttelnd wieder an die Arbeit mache.

Kapitel 2

Wenn ich heute Morgen schon geahnt hätte, dass Grayson White heute Nachmittag hier anrollen wird, hätte ich mir etwas anderes angezogen. Etwas Hochgeschlossenes, um genau zu sein.

Denn als er um 13:00 Uhr mit seinem prolligen Hummer mitten in der Feuerwehrzufahrt stehen bleibt und seinen großen und, wie ich zugeben muss, überaus muskulösen Körper aus dem Auto bewegt, scheint mein Ausschnitt das Erste zu sein, das er an mir wahrnimmt.

+++

Ein wenig mühsam, weil ihm seine Hüfte mitunter immer noch Probleme bereitet, steigt Grayson aus seinem Wagen aus. Die beinahe zwergenhafte Frau, die ihn dort erwartet, hat ihre Arme so unter der Brust verschränkt, dass ihre Titten perfekt zur Geltung kommen, auch wenn es dort nicht sonderlich viel zu sehen gibt. Grinsend schiebt er sich seine Sonnenbrille auf die Nase, während er gemächlich zu ihr hinschlendert. Von der ganz netten, aber viel zu kleinen Oberweite mal abgesehen, erscheint sie ihm auf den ersten Blick weniger reizvoll. Ihre Klamotten sind nicht anders als geschmacklos zu bezeichnen. Irgendwelches buntes Hippiezeug, ein Flatterrock, der zu weit und zu lang ist, um ihre Beine erkennen zu können, und ein schlichtes, weißes Tanktop, das außer dem netten Ausschnitt nicht viel zu bieten hat. Die ganze Frau ist genau genommen eine einzige Katastrophe. Ihre Haare haben eine Farbe zwischen blond, braun und rot und sind zu etwas hochgesteckt, das man eigentlich unmöglich Frisur nennen kann. Sie ist geschminkt, doch für seinen Geschmack eindeutig nicht genug. Und sie sieht … kampflustig aus. Ein Umstand, der ihm ganz und gar nicht gefällt.

Klar, Grayson White liebt Frauen. Aber besonders liebt er sie, wenn sie nett, sanft und gefügig sind.

Trotzdem setzt er das strahlendste Lächeln für sie auf, das er in seinem Repertoire hat. Schließlich mögen die Frauen ihn mindestens genauso sehr, wie er sie mag. Und er ist noch nie einer begegnet, die nicht darauf angesprungen wäre, wenn er gelächelt hat.

Der Zwerg vor ihm verzieht jedoch keine Miene. Regungslos starrt sie ihn weiter an, während er ihr entgegenkommt und ihr die Hand hinhält. Einen Moment begutachtet sie seine hingestreckte Hand, als würde sie ihn lieber nicht anfassen wollen, dann ergreift sie sie doch und erwidert seinen Händedruck erstaunlich fest.

„Hi, ich bin Cherry. Alle Mitarbeiter hier nennen sich beim Vornamen, ich hoffe, das ist in Ordnung für dich."

Die Art, wie sie das sagt, macht allerdings mehr als deutlich, dass es ihr tatsächlich ziemlich egal ist, ob es nun für ihn akzeptabel ist oder nicht.

„Wir treffen uns in fünf Minuten in meinem Büro dort drüben." Mit dem Zeigefinger deutet sie auf ein kleines Fenster hinter sich. „Dann hast du noch genug Zeit, deine Karre aus dem Halteverbot zu fahren und dir einen Parkplatz zu suchen."

Ohne ihn noch eines weiteren Blickes zu würdigen, dreht sie sich um und geht weg.

Cherry!

Verdrießlich stapft Grayson zurück zu seinem Wagen. Er muss sich von einer Frau Befehle geben lassen, die *Kirsche* heißt!

Wütend steigt er in seinen Hummer und knallt die Tür hinter sich zu. Er parkt immer, wo er will. Und wenn die Polizei kommt, verteilt er ein paar Autogrammkarten. Cherry sieht allerdings nicht so aus, als würde sie sich dafür sonderlich interessieren. Ganz im Gegenteil, sie sieht sogar so aus, als würde sie sich *überhaupt nicht* für ihn interessieren!

Grayson ist so fassungslos, dass er beinahe einen Hydranten übersehen hätte. In letzter Sekunde schafft er es noch, sein Auto zum Stehen zu bringen.

+++

„Ist er da?", fragt Adele und stellt sich am Fenster auf die Zehenspitzen, als wäre sie ein unreifer Backfisch und keine gestandene, erwachsene Frau von Ende fünfzig.

„Er parkt noch sein Auto um, das stand in der Feuerwehrzufahrt", gebe ich grimmig zurück.

„Ach, das hätte er doch auch dort stehen lassen können. Wenn wirklich etwas passiert wäre, wäre immer noch Zeit genug gewesen …"

Stirnrunzelnd drehe ich mich zu Adele um. Ist sie jetzt völlig durchgeknallt? Sie regt sich sonst bereits auf, wenn eins der Kids sein Fahrrad dort stehen lässt, aber bei Grayson Whites fetten Hummer ist das plötzlich in Ordnung?

Und wenn ich mich darüber schon gewundert habe, gerate ich nun richtig ins Staunen. Denn gerade geht die alte, zerbeulte Metalltür zu meinem Büro auf und geschätzte einhundertfünfundneunzig Zentimeter

Ex-Wide Receiver, in Jeans und dunkelblaues Polohemd gekleidet, kommen zur Tür herein. Mit einem strahlenden Lächeln nimmt er das rote Basecap mit dem Logo der Boston Raccoons von seinem Kopf.

„Hallo, Ladys!", sagt er gerade und sieht dabei aus wie aus einer Zahnpastawerbung entsprungen, als hinter mir ein sehr besorgniserregendes Geräusch erklingt. Adele *kichert*!

„Oh, Mister White, ich freue mich ja so, Sie mal kennenlernen zu dürfen!" Beinahe rücksichtslos drängelt sie sich an mir vorbei und ich beobachte fasziniert das Schauspiel, das sich mir hier bietet.

„Die Freude ist ganz meinerseits, Miss …" Er schaut ihr tief in die Augen, während er sich vorbeugt und einen Handkuss andeutet.

Adele kichert erneut, so heftig, dass ihr dicker Hintern dabei sanft zu wackeln beginnt, und ich schwöre es: Sie wird sogar rot!

„*Mrs*. Darlington. Ich bin seit fünfunddreißigeinhalb Jahren glücklich verheiratet." Sie wackelt mit dem Finger, an dem ihr Ehering steckt. „Sie dürfen gerne Adele zu mir sagen."

Grayson lacht tief, bevor er sich zu ihr vorbeugt. „Darf ich Sie vielleicht auch *Darling* nennen?"

Wieder dieses Kichern. „Aber besser nicht vor den Kindern", flüstert Adele jetzt und blickt ihn unter gesenkten Augenlidern von unten an. Mir wird die Sache zu bunt. Bevor sie sich vollends zur Witzfigur ihrer heute anscheinend durchgeknallten Hormone machen kann, greife ich lieber ein.

„Ich störe euch zwei Turteltäubchen ja nur überaus ungern. Aber wenn es recht wäre, würde ich unserem

Gast noch schnell die Einrichtung zeigen, bevor die Kids kommen."

Die Führung durch die eher spärlichen Räumlichkeiten ist zügig beendet. Es gibt nicht viel zu sehen. Ein Aufenthaltsraum. Eine großzügige Küche, in der ein alter Esstisch steht, der Platz für fünfundzwanzig Personen bietet, dazu bunt zusammengewürfelte Stühle, die aus Spenden stammen. Das Budget, das wir von der Stadt zur Verfügung gestellt bekommen, ist leider immer viel zu knapp bemessen. Angrenzend an die Küche gibt es einen kleinen Lagerraum für Lebensmittel, zwei Toiletten, eine große Wiese, einen kleinen Innenhof – und natürlich mein Büro.

„Verrätst du mir auch, was ich hier machen soll?" Grayson lehnt lässig im Türrahmen zur Küche und sieht mich erwartungsvoll an.

„Dich nützlich, würde ich vorschlagen." Was soll so eine saublöde Frage?

„Aha. Und wie genau soll das aussehen?" Er spielt mit dem roten Basecap, das er von einer Hand in die andere wandern lässt. Ich unterdrücke das Bedürfnis, die Augen zu verdrehen, nur sehr mühsam. Ich bin schließlich nicht diejenige, die ihn hier haben wollte!

„Hör mal, ich habe keine Vorstellung. Du wolltest doch unbedingt herkommen, oder habe ich da heute am Telefon etwas falsch verstanden? Ich bin ganz ehrlich: Ich hätte gut darauf verzichten können, dass irgendein Star mit zu viel Freizeit meint, sich hier selbst verwirklichen zu wollen. Ich weiß sowieso nicht, wie die Leute immer darauf kommen, dass die Arbeit mit Kindern jeder Dahergelaufene ohne jegliche Erfahrung machen kann.

Ich habe sogar Sozialpädagogik studiert, um hier sein zu dürfen! Und meine Kinder können auf diese Form der Aufmerksamkeit auch gut verzichten. Sie haben es auch so schwer genug im Leben. Das muss nicht auch noch zur Belustigung in der Presse breitgetreten werden. Leider hatte ich kein Mitspracherecht in diesem Fall." Tief hole ich Luft und schaue dabei in seine bernsteinfarbenen Augen, die nun ein wenig entgeistert dreinblicken. „Ich mache mich jetzt an die Arbeit und bereite alles vor, damit die Kinder nachher etwas Warmes zu essen bekommen. Wenn du Lust hast, kannst du mir gerne helfen."

Ich drehe mich um und gehe in den Vorratsraum.

+++

Sie lässt ihn einfach so stehen!

Fassungslos starrt Grayson auf die schmalen Schultern der kleinen Person, die jetzt energisch durch die Küche stapft. Oder vielmehr watschelt – irgendwie erinnern ihn Frauen in Flipflops immer an Enten, zumindest was den Gang betrifft.

Es sollte dringend mal jemand mit der Kleinen shoppen gehen.

Kopfschüttelnd schaut er ihr einen Moment nach, bevor er ihr widerstrebend folgt.

Denk an die Vertragsstrafe, Gray!

Zwei Monate. Mehr verlangt Under-Wear nicht von ihm. Die werden ja wohl zu schaffen sein. Er sucht ein Kaugummidragee aus seiner Tasche und wirft es in die Luft, um es mit dem Mund aufzufangen, dann blickt er sich um. Die Küche sieht aus, als hätte sie mindestens fünfzig Jahre auf dem Buckel. Es gibt einen uralt erscheinenden Gasherd und es riecht nach Zitronenscheuermilch, altem Holz und kaltem Essensdunst. Fast so wie die Küche seiner Großmutter früher. Die Fensterscheiben werden an den Rändern bereits blind und insgesamt wirkt dieser Raum, so wie alles hier, eine Spur heruntergekommen. Die Stadt bringt doch sonst für jeden Mist Geld auf – aber hier scheint sie es wohl nicht für nötig zu halten.

Cherry ist gerade dabei, in dem kleinen Lagerraum herumzurumpeln und diverse Kisten hervorzuholen. Schnaubend schleppt sie eine Stiege voll Kartoffeln in die Küche und stellt sie auf einer grau gemusterten Arbeitsplatte ab, die eindeutig schon bessere Tage gesehen hat. Anschließend macht sie sich an einer Kiste mit Karotten zu schaffen.

„Komm, ich erledige das für dich." Ohne ihre Antwort abzuwarten, nimmt er ihr die Kiste aus der Hand und stellt sie neben die Kartoffeln. Er mag ja mit Frauen im Normalfall etwas anderes als Höflichkeiten austauschen wollen – dennoch hat er genug Erziehung mitbekommen, um wenigstens einige wenige gute Manieren an den Tag zu legen.

+++

Die Kisten mit dem Gemüse sind sauschwer und auch wenn ich das natürlich niemals zugeben würde, bin ich dennoch dankbar, dass Grayson sie mir abnimmt.

Vermutlich bin ich viel zu streng mit ihm, aber ich hasse es, wenn jemand „meine" Kinder zu seinem eigenen Vorteil ausnutzt. Guter Zweck hin oder her. Sie müssen zu viel in ihrem Leben durchmachen, sie brauchen nicht auch noch Menschen, die es vordergründig gut mit ihnen meinen, obwohl sie eigentlich doch nur an sich selbst denken.

Seufzend nehme ich mir ein kleines Schälmesser aus einer der Schubladen und beginne Kartoffeln zu schälen, während draußen die Sirene eines Streifenwagens aufheult – in dieser Gegend wirklich keine Seltenheit. Es ist erstaunlich, wie lange man so eine Sirene hört, wenn ansonsten, bis auf Graysons monotones Kauen, absolute Ruhe herrscht.

„Wenn das ein Kaugummi ist, auf dem du da herumkaust, muss ich dich leider bitten, ihn in den Mülleimer zu werfen. Wir haben hier Regeln – und unsere Einrichtung ist ohnehin schon schäbig genug. Kaugummis unter den Tischen brauchen wir da wirklich nicht."

Er zieht eine Augenbraue in die Höhe und sieht mich an, als ob ich sie nicht mehr alle hätte. Wahrscheinlich hält er mich für eine absolute Oberzicke. Männer wie er sind es gewohnt, dass für sie ständig und überall eine Ausnahme gemacht wird. Nur ist hier weder *ständig* noch *überall*. Hier stehen andere Menschen im Mittelpunkt und für deren Wohl bin ich verantwortlich, zumindest ein paar Stunden am Tag. Trotzdem setze ich etwas versöhnlicher hinterher: „Die Kinder dürfen hier auch keinen Kaugummi kauen. Das kann ich aber nur durchsetzen, wenn die Erwachsenen sich auch daran halten."

Mit einem ergebenen Seufzen geht Grayson zum Mülleimer und entsorgt die klebrige Masse, bevor er sich wieder neben mich stellt.

„Was machst du eigentlich?" Er nickt mit dem Kopf in Richtung der Kartoffel.

„Ich schäle Kartoffeln für das Essen, wenn die Kinder in einer Stunde herkommen." Da meine Hände mit der Kartoffel beschäftigt sind, versuche ich mir mühsam mit der Schulter ein verirrtes Haar zu entfernen, das an meinem Mund festklebt.

„Sie essen hier?" Mein ungebetener Besucher zieht sich einen Stuhl vom Tisch zurück, setzt sich darauf und macht es sich bequem. Mit ausgestreckten Beinen und verschränkten Armen beobachtet er mich bei der Arbeit.

„Bekommen die Kinder denn in der Schule nichts zu essen?" Die Spitze seines rechten Fußes wippt unruhig auf und ab.

„Du meinst in der Cafeteria?" Ich lege das Messer zur Seite und verfrachte die erste Fuhre Kartoffeln in den Topf, weil mein Schneidebrett voll ist.

„Genau."

„Klar, wenn sie Geld hätten, würden sie bestimmt etwas bekommen. Die meisten sind aber schon froh, wenn sich zu Hause jemand die Mühe gemacht hat, ihnen ein Sandwich zu machen. Die meisten Eltern haben entweder keine Zeit oder kein Geld, ihre Kinder mit vernünftigem Essen zu versorgen, oder sie haben schlichtweg keine Lust dazu. Manchmal treffen auch alle drei Gründe auf einmal zu. Die Leute in dieser Gegend sind arm, Grayson. Und damit meine ich nicht, dass sie sich keinen Urlaub oder Markenklamotten leisten können. Sie sorgen sich darum, wie sie ihre Miete und das Essen für sich und ihre Kinder bezahlen sollen. Ihnen fehlt das Geld für Dinge, die für die meisten Menschen völlig selbstverständlich sind." Als ich den Job hier nach dem Studium angefangen habe, sollte das zunächst keine Dauerlösung sein. Der Verdienst ist mehr als mager, obendrein ist er nicht als Vollzeitstelle ausgelegt. Aber dann bin ich doch geblieben. Neben der Armut, die mir jeden Tag begegnet, habe ich selbst trotz mancher Einschränkungen immer noch das Gefühl, im absoluten Luxus zu leben. Außerdem werde ich hier wirklich gebraucht und kann helfen. Genau deshalb habe ich mir meinen Beruf schließlich ausgesucht.

Grayson beobachtet mich kommentarlos weiter, während ich mit dem alten Messer mit dem kleinen Holzgriff nun Möhren in Würfel schneide.

Seine Anwesenheit macht mich unruhig. Ich bin beim Kochen lieber alleine; ich bin keine sonderlich passionierte Köchin, aber es fehlt das Geld, um jemanden einzustellen, der das besser kann. Also mache ich es selbst und bin froh, wenn wir von irgendwo genug Geld herbekommen, um überhaupt eine halbwegs vernünftige Mahlzeit auf den Tisch zu bringen. Zum Glück bekommen wir ab und an Spenden.

Die nächsten zwanzig Minuten verbringen Grayson und ich damit, uns anzuschweigen.

Seufzend nehme ich das Gehackte aus dem Kühlschrank und brate es an, gieße das Wasser von Möhren und Kartoffeln ab, zerstampfe das Ganze und gebe ein bisschen Milch hinzu, damit es weicher wird. Anschließend schmecke ich alles mit Salz und Pfeffer ab und vermenge es mit dem Hack. Ein altes Rezept, das meine Mutter von ihrer deutschen Großmutter hat. Zugegeben – es sieht nicht sonderlich appetitlich aus, aber es schmeckt sehr lecker und die Kinder mögen es gerne.

„Was wird das? Katzenfutter?“ Grayson steht hinter mir und schaut misstrauisch auf die Masse in dem großen Emailletopf.

„Bitte entschuldige, dass wir keine handgestreichelten Vierhundertdollarsteaks servieren!“ So langsam werde ich wirklich sauer. Er sitzt nur dumm herum und jetzt macht er auch noch mein Essen schlecht. Ich habe hart darum gekämpft, dass wir überhaupt Gelder dafür bewilligt bekommen haben, und für viele der Kinder wird es heute die einzige vernünftige Mahlzeit sein, die ihnen vorgesetzt wird.

Grayson scheint das alles nicht zu interessieren, er grinst nur breit und entblößt dabei eine Reihe perfekter, weißer Zähne, an denen ein Zahnarzt vermutlich ein halbes Vermögen verdient hat. Für einen kurzen Moment habe ich Lust, ihm ein paar davon auszuschlagen, aber in genau diesem Moment treffen die ersten Kids ein.

„Scheiße, sind die noch klein“, murmelt Grayson, während er sich mit beiden Händen durch das Haar fährt. Mein Wunsch, ihm einfach eine reinzuhauen, steigert sich fast ins Unermessliche.

Verdammt, was macht der Kerl hier, wenn er nicht einmal weiß, wie alt die Kinder eigentlich sind?

Aber ebenjene sorgen jetzt dafür, dass sein breites Lächeln unversehrt bleibt. Viele von ihnen bekommen schon genug Gewalt mit, da muss ich nicht auch noch vor ihren Augen ausrasten. Egal wie reizvoll der Gedanke gerade ist. Außerdem bin ich viel zu gut erzogen ...

+++

Kapitel 3

Das sind keine Kinder, das sind Zwerge!

Entsetzt schaut Grayson auf die ersten paar Kinder, die gerade johlend in den Raum kommen. Das älteste ist höchstens sieben oder acht Jahre alt, soweit er das schätzen kann. Nach und nach füllt sich der Raum mit einer ganzen Horde dieser winzigen Trolle.

Während Cherry jedes einzelne der kleinen Wesen liebevoll begrüßt, wirft sie ihm ständig böse Blicke zu. Es ist erstaunlich, wie mühelos sie von einem augenscheinlich liebevollen, sanftmütigen Wesen zu einer Art Furie mutiert, sobald sie sich wieder ihm zuwendet.

Vermutlich ist sie völlig unbefriedigt und in ihrem sonstigen Leben begegnen ihr einfach keine Männer, deshalb empfindet sie ihn als Bedrohung. Eine andere Erklärung kann es ja eigentlich kaum dafür geben, dass sie ihn nicht leiden mag. Es sei denn natürlich, sie ist lesbisch oder völlig frigide. Welche erwachsene Frau würde denn sonst schon nett zu einem Haufen dreckiger Gören sein, aber dem legendären Grayson White die kalte Schulter zeigen? Für einen kurzen Moment kann er beinahe die Stimme seines ersten Trainers in seinem Kopf hören, der über die Sündhaftigkeit und Schädlichkeit von *Eitelkeit* beinahe schon Predigten gehalten hat, aber er verdrängt den Gedanken daran schnell wieder.

Seine Gedanken werden von einem dunkelhäutigen Jungen in einem verwaschenen hellgrünen T-Shirt abgelenkt, der sich vor ihm aufbaut und ihn aufmerksam mustert.

„Du siehst ein bisschen aus wie Grayson White", stellt der Junge mit heller Kinderstimme fest. „Was machst du hier?"

„Ich *bin* Grayson White!" Gray lächelt auf den Jungen herab und dieser erwidert das Lächeln mit einem Strahlen, das eine Zahnlücke zum Vorschein bringt.

Die Frage, was er hier eigentlich macht, geht in dem darauffolgenden Tumult aus aufgeregtem Kindergeschnatter unter. Zum Glück – denn Grayson kann sie nicht einmal sich selbst ganz genau beantworten.

+++

Als ich sehe, wie sehr sich die Kleinen über den unerwarteten Besuch freuen, verbessert sich meine Stimmung ein bisschen. Die meisten von ihnen können so eine, für sie ja sicherlich schöne, Abwechslung gut gebrauchen. Ich ärgere mich eben nur, wenn so etwas in erster Linie aus Eigennutz geschieht, weil ich immer das Gefühl habe, die Kinder werden schlichtweg ausgenutzt.

Während ich mit ein paar Kindern, die sich offenkundig nicht sonderlich für Football interessieren, den Tisch decke, stehen die anderen mit großen Augen um Grayson herum und bombardieren ihn mit tausenden von Fragen.

Seufzend stelle ich das zum Teil schon ziemlich angeschlagene weiße Geschirr mit den hellblauen Blümchen auf den Tisch, bis ich eine schüchterne kleine Hand spüre, die zaghaft an meinem Rock zupft.

„Hi, Olivia." Ich streiche dem kleinen Mädchen eine Strähne blassbraunes Haar aus dem Gesichtchen mit den blauen Kulleraugen. Sie kommt erst seit kurzer Zeit her und gehört zu meinen besonderen Sorgenkindern. Livie ist beinahe schon auffällig brav und angepasst.

„Ich habe Blumen für dich gepflückt, Cherry!" Voller Stolz streckt sie mir einen unordentlichen Strauß aus Löwenzahn und Gänseblümchen hin.

„Oh, sind die schön!" Ich nehme ihr Geschenk vorsichtig entgegen und suche ein Glas aus dem Schrank, das ich als Vase verwende. „Wollen wir die Blumen hier auf den Tisch stellen, was meinst du, Livie? Dann sieht es gleich ein bisschen freundlicher aus."

Sie nickt strahlend, während ich die Blumen auf der Mitte des Tisches platziere. Anschließend geht sie sich artig, und vor allem unaufgefordert, die Hände waschen. Die anderen Kinder muss ich heute mehrfach dazu ermahnen, dies wenigstens vor dem Essen überhaupt noch zu tun. Als es darum geht, wer wo sitzen darf, kommt es zwischen vier der Jungs fast zu einer Prügelei, weil jeder von ihnen neben Grayson sitzen will.

Marlon, der zwar so alt wie die anderen Kinder ist, sie aber fast um einen Kopf überragt, schätzungsweise das Doppelte wiegt und dabei dreimal so skrupellos ist, drängt die anderen erfolgreich ab. Ich will gerade eingreifen, als Adele das Ganze übernimmt. Sie betritt genau in dem Moment die Küche, als der Streit zu eskalieren beginnt. Ihre dunklen Augen blitzen gut gelaunt und sie regelt die Dinge auf ihre eigene, unnachahmliche Art.

„Wenn ihr bei drei nicht auf euren Plätzen sitzt, setze ich mich. Und zwar auf Graysons Schoß. Und glaubt mir, das wünscht sich niemand von euch. Denn wenn das passiert, kann hinterher niemand mehr neben ihm sitzen, dann ist er nämlich platt." Sie stemmt die Hände in ihre üppigen Hüften und holt tief Luft, um zum Zählen anzusetzen. Aber weiter als bis zwei kommt sie nicht, weil sich in der Zwischenzeit alle Kinder, kichernd und so schnell sie konnten, auf den nächsten freien Platz gesetzt haben. Außer Marlon natürlich, der es geschafft hat, sich trotzdem einen Platz neben Grayson zu erobern.

Keine Ahnung, wie sie so etwas anstellt. Bei mir hätte es vermutlich nur mit ganz laut schimpfen und der Androhung schrecklicher Strafen wie Nachtischentzug funktioniert, doch Adele hat so etwas nicht nötig.

Zufrieden lächelnd setzt sie sich auf den letzten freien Platz und schiebt den alten Holzstuhl näher an die blank gescheuerte Tischplatte, bevor sie wie immer das Tischgebet spricht und wir alle anfangen zu essen. Sogar Grayson isst mit, auch wenn er nicht allzu begeistert aussieht.

Ich bin nicht sonderlich gläubig, aber ich finde das Ritual des Tischgebets sehr schön und bei Adele ist es so selbstverständlich und natürlich vor dem Essen zu beten, dass wir es als festen Bestandteil der gemeinsamen Mahlzeit eingeführt haben.

Kapitel 4

„Ich hatte mir das irgendwie anders vorgestellt." Grayson steht im Türrahmen und schaut nachdenklich Olivias mausfarbenen Zöpfen hinterher, während ich aufräume.

Empört verdrehe ich die Augen. Er hatte anscheinend wirklich überhaupt keine Ahnung, was ihn hier erwarten würde.

„Die Kinder sind alle im Grundschulalter und kommen aus sozial schwachen Familien. Wir dürfen ein Nachmittagsbetreuungsprogramm für zwanzig Kinder anbieten. Es bestünde für viel mehr der Bedarf, allerdings reichen die Gelder nicht aus, die wir bekommen. Und der Platz, den wir zur Verfügung haben, auch nicht. Genauso wenig wie das Personal. Ich bin schon froh, dass Adele hier ist, ohne ihre ehrenamtliche Tätigkeit hätte ich ein Problem." Adele ist wirklich ein Engel. Sie hat selbst drei Kinder und acht Enkelkinder und trotzdem – oder vielleicht auch gerade deshalb – kommt sie jeden Tag her, um zu helfen.

Grayson hat mir den Rücken zugedreht und blickt aus dem Fenster auf den grauen Asphalt, über den Olivia gerade hüpft. Nachdenklich massiert er sich mit der rechten Hand den Nacken.

„Ist sie nicht eigentlich noch zu klein, um alleine nach Hause zu gehen? Müsste sie nicht abgeholt werden? Vor allem in dieser Gegend. Ist das nicht viel zu gefährlich für ein Kind?"

Ich lache und kann selbst hören, wie bitter es klingt. Das Schlimmste dabei ist, dass er recht hat. Dieses Viertel ist so mies, dass man nicht einmal einen Hund alleine nach Hause gehen lassen sollte, geschweige denn ein Kind.

„In unserer Welt durchaus. Aber sie ist sechs. Hier bedeutet das, dass sie sogar alt genug ist, um mal über Nacht alleine zu Hause zu bleiben. Ihre Mutter arbeitet im Schichtdienst in einem Vierundzwanzig-Stunden-Diner. Sie ist froh, dass sie diesen Job hat. Livies Vater hat ein Alkoholproblem. Er ist meistens nicht in der Lage, sich um seine Tochter zu kümmern. Ich schätze, es wird eher umgekehrt der Fall sein: Olivia wird sich immer wieder um ihn kümmern müssen. Hier müssen die Kinder halt Verantwortung für sich selbst übernehmen." Ich stelle mich neben ihn und blicke ebenfalls dem kleinen Mädchen hinterher, dessen hellgelbes Kleidchen in diesem Moment um die Ecke verschwindet. „Ich versuche, wenigstens ein paar Stunden am Tag eine heile Welt für diese Kinder zu erschaffen. Eine warme Mahlzeit, feste Bezugspersonen, eine gewaltfreie Umgebung, ein bisschen positive Zuwendung. Eigentlich alles Dinge, die selbstverständlich sein sollten, aber es für die wenigsten dieser Kinder sind. Natürlich gibt es auch in dieser Gegend andere Eltern. Doch viele lässt die Perspektivlosigkeit, in der sie leben, früher oder später abstumpfen. Auch gegenüber ihren eigenen Kindern."

Gedankenverloren knibble ich ein bisschen alten, dunkelbraunen Lack vom Fensterrahmen ab und starre nach draußen, bis ich Graysons Blick auf mir spüre. Als ich meinen Kopf in seine Richtung drehe, fällt mir zum ersten Mal auf, dass er ein wirklich gut aussehender

Mann ist. Auffallend schöne, dichte Wimpern rahmen ungewöhnlich bernsteinfarbene Augen ein und würden ihm beinahe etwas Mädchenhaftes verleihen, wenn der Rest seines Gesichts nicht so ausgeprägt männlich wäre. Ich betrachte kurz die kräftige Nase, die ein bisschen schief ist, so als wäre sie mehrfach gebrochen worden, das energische Kinn und den schön geschwungenen Mund. Als Grayson bemerkt, wie ich ihn anstarre, verzieht sich ebendieser zu einem Lächeln, das in seiner rechten Wange ein kleines Grübchen erscheinen lässt.

Schnell wende ich meinen Blick ab und spüre zu meinem großen Ärger, dass ich dabei bin zu erröten.

Ganz toll, Cherry! Jetzt denkt er, er hätte dich auch an der Angel. So wie die ganzen anderen Weiber, die ihm vermutlich immer sabbernd hinterherrennen und jeden Wunsch von den Augen ablesen.

Und in der Tat sieht Grayson sehr zufrieden aus, als er sein Basecap vom Garderobenhaken nimmt und sich noch einmal zu mir dreht.

„Bis morgen dann." Er schenkt mir ein strahlendes Lächeln, bevor er sich in Richtung Tür wendet und dynamisch-selbstbewussten Schrittes den Raum verlässt. Zu meiner Erleichterung gerade rechtzeitig, denn ich spüre, wie mir bei diesem Lächeln noch mehr Röte ins Gesicht steigt. Ich lege meine Hände an meine glühenden Wangen und schüttle über mich selbst den Kopf, während ich Grayson nachschaue. Er hat hier tatsächlich den ganzen Tag nur herumgesessen und blöde Sprüche gerissen. Hoffentlich wird das morgen besser.

Nachdem er weg ist, räume ich die letzten herumstehenden Dinge zurück an ihre Plätze, bevor ich auch Feierabend mache.

Am nächsten Tag scheint es noch ein bisschen heißer als am Tag zuvor zu sein. Wir haben gerade mal Anfang Juni und ich frage mich, wo dieses Wetter hinführen soll.

Ich weiß, dass es Leute gibt, die den Sommer lieben, aber ich gehöre definitiv nicht dazu. Ich werde wohl meinen Lebtag nicht begreifen, was an sengender Hitze so toll sein soll. Ich kann jedenfalls weder den Kreislaufproblemen noch dem übermäßigen Schwitzen oder dem knallroten Kopf etwas abgewinnen, den ich bei solchen Wetterverhältnissen ständig habe. Den mitunter unangenehmen Körpergeruch einiger Mitmenschen will ich mal besser gar nicht erst erwähnen.

Zum Glück ist heute Freitag, also schon beinahe Wochenende. Mir liegt meine Arbeit wirklich sehr am Herzen, aber bei diesem Wetter möchte ich am liebsten irgendwo herumliegen, kalte Cocktails schlürfen und ansonsten meine Zeit mit süßem Nichtstun verplempern.

Stattdessen werde ich heute den halben Vormittag lang im stickigen, völlig überhitzten Büroraum nervige Anrufe bei noch nervigeren Bürokraten erledigen müssen, um ein paar Fördergelder zusammenzubekommen. Im Anschluss daran erwarten mich die Küche, die Zubereitung des Essens und eine Horde fröhlicher Kinder, die trotz der Hitze mit mir toben wollen.

Und dann ist da ja auch noch Grayson White …

Ich beantrage Hitzefrei!

Doof nur, dass es niemanden gibt, der dann meine Arbeit übernimmt.

Also quäle ich mich in ein Paar beige Shorts und eine weiße, kurzärmelige Bluse. Zum Glück muss ich bei meinem Job keine überzogene Kleiderordnung einhalten, wie es bei einem normalen Bürojob der Fall wäre.

Als ich einige Zeit später in meinem entsetzlich warmen Büro sitze, bereue ich ernsthaft, dass ich in Mathematik früher nicht ein bisschen besser aufgepasst und etwas Nettes mit ganz viel Zahlen studiert habe, wie zum Beispiel BWL. Dann hätte ich heute zwar einen Rock statt der Shorts tragen müssen, könnte dafür jedoch jetzt mit Sicherheit in einem gut klimatisierten Büro arbeiten.

Nach einer halben Stunde ärgere ich mich bereits, dass ich keine Wechselklamotten mitgenommen habe. Meine kurze Hose klebt nass an meinem Hintern, die Bluse an Bauch und Rücken und die wenigen Strähnen meines Haars, die nicht im Zopf bleiben wollten, kleben nass an meinem Gesicht.

Und mir ist so warm! Nein – nicht warm. Scheiße heiß. Alles andere wäre hemmungslos untertrieben. Ich habe das Gefühl, dass mir bald der Kopf platzt.

Nachdem ich all meine Telefonate beendet habe, betrachte ich einen Moment lang nachdenklich die hellgrüne Resopalplatte meines Schreibtischs, der in den Sechziger Jahren mal als Küchentisch gedient hat. Meine Finger hinterlassen feuchte Spuren auf der glatten Oberfläche, als ich mich hochstütze und in die Küche gehe.

Bis die Kinder herkommen, dauert es noch anderthalb Stunden, Adele wird heute auch nicht vorher auftauchen. Also ziehe ich kurz entschlossen die Bluse aus, drehe das kalte Wasser in der Spüle auf und halte meinen Kopf darunter. Das Make-up, das ich heute Morgen, eitel wie ich bin, aufgelegt habe, hat sich ohnehin schon lange verabschiedet, meine Haare können auch nicht schlimmer aussehen. Mein Kopf bleibt unter dem kalten, fließenden Wasser, bis ich das Gefühl habe, nicht mehr jeden Moment verglühen zu müssen. Dann wringe ich mein Haar grob aus und greife nach einem Küchenhandtuch, um mir das Gesicht abzutrocknen und die Haare zu frottieren.

Als ich mich schließlich umdrehe und nach meiner Bluse greifen will, bekomme ich fast einen Herzinfarkt. Denn im Türrahmen steht ein ziemlich großer, ziemlich gut gebauter Mann und funkelt mich aus bernsteinfarbenen Augen amüsiert an.

„Baby, du verstehst es wirklich, einen Mann willkommen zu heißen!"

Als Erstes reiße ich meine Augen so weit wie möglich auf, in der Hoffnung, dass es sich nur um einen skurrilen Traum handeln könnte und ich es schaffe, ganz schnell aufzuwachen.

Als es nicht klappt, hoffe ich, dass sich eine Erdspalte auftut, in der ich verschwinden kann. Aber leider gibt es nie irgendwelche Naturkatastrophen, wenn man mal eine braucht.

Letztendlich bleibt mir nichts anderes übrig, als dunkelrot anzulaufen und mir meine Bluse so rasch wie möglich überzuziehen.

+++

Halb nackt ist sie eigentlich ein ziemlich netter Anblick. Ein bisschen mager vielleicht, aber als sie sich so über das Waschbecken gebeugt und ihren reizenden Hintern herausgestreckt hat, hat es gereicht, um auf lauter dumme Gedanken zu kommen.

Da Grayson natürlich ein Gentleman ist, hat er allerdings lediglich die Kiste mit Lebensmitteln auf dem Tisch abgestellt und sich aufs Beobachten beschränkt.

Okay, ein echter Gentleman wäre einfach wieder gegangen, um zehn Minuten später höflich zu klopfen und so zu tun, als hätte er nichts gesehen. Aber man muss es mit den guten Manieren ja auch nicht übertreiben.

Wenn sie so verlegen ist, ist Cherry wirklich niedlich. Außerdem trägt sie einen hübschen BH, weiß mit einem zarten Spitzenrand, auch wenn sie bei dessen eher bescheidenen Inhalt auch hätte ohne gehen können.

Seinem Schwanz scheint die ganze Situation ebenfalls ziemlich gut zu gefallen und Grayson ist froh, dass er eine weite Jeans trägt, die alle Prozesse, die darin stattfinden, großzügig zu verbergen weiß.

Leider hat Cherry ihre Bluse viel zu schnell wieder an und nur ihr betretener Gesichtsausdruck und ihre nassen Haare erinnern noch an das entzückende Schauspiel von gerade.

+++

Ich weiß nicht, ob es irgendwelche Benimmprotokolle für Situationen wie diese gibt, aber wenn es sie geben sollte, dann sind sie mir nicht bekannt. Also beschließe ich, einfach zur Tagesordnung überzugehen. Was bleibt mir auch anderes übrig.

Ich binde mein nasses Haar mit einem Zopfband zu einem losen Knoten am Hinterkopf zusammen und langsam wird die verlegene Röte in meinem Gesicht wieder von erhitzter Röte durch das dementsprechende Wetter abgelöst.

„Was ist das da eigentlich?" Froh, etwas gefunden zu haben, das von dieser peinlichen Situation ablenkt, deute ich auf die große Kiste auf dem Tisch, die Grayson dort vorhin abgestellt hat.

„Ich dachte, heute koche ich mal, damit die armen Kinder nicht dein komisches Katzenfutter essen müssen."

Ich will schon empört etwas Bissiges erwidern, aber er zwinkert mir so gut gelaunt zu, dass ich ihm nicht mehr ernsthaft böse sein kann.

„Und du meinst, du kannst besser kochen als ich?" Zumindest gelingt es mir, entrüstet die Arme vor der Brust zu verschränken. Doch sein Lächeln wirkt zu ansteckend, als dass es mir gelingen würde, auch noch böse dreinzuschauen.

Grayson packt den Inhalt der Kiste aus und stellt jede Menge Lebensmittel auf die graue Arbeitsplatte. Im Nu riecht es nach frischem Basilikum, und als sich Grayson zu mir herüber beugt, dringt mir der überaus anziehende Duft seines Aftershaves ebenfalls in die Nase. Mir wird ein bisschen schwindelig, was ich einfach auf das unmögliche Wetter schiebe.

„Besser kochen können als du, meine liebe Cherry, ist nun wirklich keine außergewöhnliche Kunst. Es braucht also kein sonderlich großes Ego, um das von sich behaupten zu können." Seine Stimme ist tief und melodisch und stellt etwas mit meinem Körper an, das ich im Zusammenhang mit Grayson nicht unbedingt befürworte. Ein zartes Kribbeln in meinem Bauch setzt sich etwas tiefer zu einem sanften Ziehen fort und ich schnappe irritiert nach Luft.

Dein Körper bildet sich das nur ein, weil Grayson ihn vorhin halb nackt gesehen hat. Jetzt denkt dein bekloppter Hormonhaushalt, das müsste so sein!

Zum Glück deutet Grayson meine latente Atemnot falsch.

„Okay, ich gebe zu: Ich habe auch bessere Zutaten zur Verfügung.“ Er tätschelt mir freundschaftlich die Schulter und zu meinem großen Ärger wird das Ziehen zwischen meinen Beinen durch seine simple Berührung noch verstärkt. Am liebsten würde ich den Kopf schon wieder unter den Wasserhahn halten, nur um auf andere Gedanken zu kommen. Ich werde allerdings auch so auf andere Gedanken gebracht, als ich beobachte, was Grayson alles auspackt.

„T-Bone-Steaks?“ Ich starre fassungslos auf das Fleisch. Klar, er wird es gut gemeint haben, aber wenn er das Geld stattdessen mir zur Verfügung gestellt hätte, hätte ich eine Woche davon einkaufen gehen und jeden Tag etwas Besseres als das von ihm monierte *Katzenfutter* auf den Tisch bringen können.

Grayson lächelt lediglich zufrieden.

„Mach dir keine Sorgen: Das ist sogar Bio.“

Ich muss mich setzen.

Bio-T-Bone-Steak! Davon hätte ich sogar zwei Wochen einkaufen können. Ich kann ein entsetztes Aufstöhnen nur so gerade eben unterdrücken und beobachte, wie Grayson Blattspinat, Kartoffeln und Kirschtomaten auf die Arbeitsplatte legt.

Wenigstens ist es gesund!

Selbst in den Schulkantinen wird so viel Fast Food angeboten, dass ich immer darauf achte, dass das Essen, das wir hier servieren, halbwegs gesund ist. Und komischerweise gibt es trotzdem nie Theater. Wahrscheinlich, weil klar ist, dass es zumindest hier ohnehin nichts anderes geben wird.

Kopfschüttelnd mache ich es mir schließlich auf einem der Küchenstühle bequem und diesmal bin ich diejenige, die den anderen beim Kochen beobachtet.

Es sieht wirklich so aus, als würde Grayson wissen, was er da tut. Seine Bewegungen sind ruhig und routiniert; in den Hosenbund seiner Jeans hat er ein sauberes Küchenhandtuch gesteckt, an dem er sich ab und an die Hände abwischt.

Irgendwie ist es ja nett von ihm, dass er für die Kids etwas kochen will, auch wenn er bei der Umsetzung vielleicht etwas übers Ziel hinausgeschossen ist. Von hinten ist er außerdem durchaus auch ein ziemlich netter Anblick. Obwohl seine Jeans recht weit ist, kann ich doch die Konturen eines sehr hübschen Hinterns darunter erahnen.

„Brauchst du Hilfe?", frage ich pro forma; tatsächlich ist mir zum Helfen viel zu warm. Als Grayson dankend ablehnt, lehne ich mich wieder bequem auf meinem Stuhl zurück.

Es gibt eindeutig Schlechteres, als Männer bei der Arbeit zu beobachten.

Wenn sie dann von hinten noch einen so angenehmen Anblick wie Grayson White bieten, gibt es wirklich keinen Grund zur Beschwerde. Allerdings würde ich ihm natürlich niemals mitteilen, dass ich gerade meinen Spaß habe, sein Ego ist schließlich auch so schon groß genug. Lieber beobachte ich ihn stillschweigend weiter und denke mir meinen Teil.

Ich muss ihm zugestehen, dass sein Timing beim Kochen perfekt ist: Als die ersten Kinder lärmend hereinkommen, ist Grayson eben fertig geworden.

Kapitel 5

Natürlich waren die Kids von alldem begeistert, was Grayson ihnen vorgesetzt hat, und haben sogar den Spinat und die Ofenkartoffeln ohne Murren gegessen. Selbst Olivia, die sonst eher wie ein Spatz isst, hat es sich schmecken lassen. Marlon hat genug für drei gegessen und der kleine Brendon, der neben mir sitzt, hält sich den Bauch, als müsse er jeden Moment platzen.

„Kannst du uns vielleicht Footballtraining geben, Mr. White?", fragt Brendon jetzt dessen ungeachtet und schenkt ihm einen gekonnten kindlichen Augenaufschlag, der auch die härtesten Kerle weich werden lassen würde. Auch bei Grayson scheint es seine Wirkung nicht zu verfehlen, denn er ist bereits vom Tisch aufgesprungen, bevor ich noch irgendetwas zu bedenken geben könnte.

„Ich glaube, ich habe sogar einen Football im Auto!" Mit einem Strahlen auf dem Gesicht, das genauso enthusiastisch wie das der Kinder aussieht, verlässt er das Haus, um sein Auto zu suchen, das diesmal ausnahmsweise nicht in der Feuerwehrzufahrt steht.

Keine drei Minuten später ist er wieder zurück, betritt beinahe schon entzückt lächelnd die Küche und nimmt die meisten Kinder mit auf die Wiese hinter dem Haus. Nur ein paar, die auf Football keine Lust haben, bleiben bei mir und helfen, den Tisch abzuräumen. Sonst bin ich da viel strenger und es gibt feste Pläne, nach denen sie alle helfen müssen; aber selbst ich muss einsehen, dass es an Folter grenzen würde, wenn ich sie jetzt dazu zwingen würde.

Zum Glück hat die Küche zwei Fenster und vom Waschbecken aus habe ich die Wiese gut im Blick. Grayson steht dort, die langen Beine in hellbraunen Shorts, und erteilt bestens gelaunt Anweisungen. Die Sonne scheint so hell, dass alle Farben besonders strahlen und das leuchtende Grün der Wiese eine hübsche Komposition mit der bunten Sommerkleidung der Kinder bildet. Fast so, als wäre all das hier eine kleine, heile Welt. Und wenigstens für einen kurzen Moment ist es das wahrscheinlich auch.

Ich ertappe mich selbst dabei, dass ich zufrieden lächle, während ich mich mit dem Abwasch beschäftige und Olivia das Geschirr zum Abtrocknen weiterreiche.

„Ich habe die Getränke vorbereitet, um die du mich gebeten hast. Soll ich hier weitermachen und du bringst sie nach draußen? Ich denke, die Kids könnten eine kleine Pause gebrauchen!"

Adele deutet auf das Tablett, das sie mit Plastikbechern beladen auf den Tisch gestellt hat, und auf die Krüge mit ihrer selbst gemachten Limonade, die daneben stehen. Still und hilfsbereit wie immer ergreift Olivia das Tablett, während ich die schweren Krüge an den Griffen packe. Im Hinausgehen schaue ich nachdenklich auf die langen Ärmel ihrer rosa karierten Bluse, die bei diesem Wetter eindeutig zu warm ist. Obwohl ich mir sicher bin, dass ihre Mutter sie liebt und für sie tut, was sie nur kann, mangelt es manchmal schon an so simplen Dingen wie genügend Zeit zu haben, um seinem sechsjährigen Kind die richtige Kleidung herauszulegen.

„Livie, willst du dir bei dem warmen Wetter nicht etwas anderes anziehen? Soll ich mal schauen, ob ich noch irgendwo ein T-Shirt für dich finde?"

Sie schüttelt nur den Kopf. „Das ist meine Lieblingsbluse, weißt du …" Dabei klingt sie ein bisschen verlegen, was mich aufhorchen lässt. Irgendwie klingt das eher nach einer Ausrede.

„Vielleicht willst du wenigstens die Ärmel hochkrempeln? Es ist doch viel zu heiß so." Als Reaktion auf meine Frage geht sie ein bisschen schneller, als würde sie mir entkommen wollen.

„Mir ist nicht zu warm", piepst sie und ich ziehe besorgt meine Augenbrauen zusammen.

Allerdings komme ich nicht mehr dazu, mir weiter Gedanken darüber zu machen. Denn kaum hat Grayson mich entdeckt, pfeift er laut und auf sein Kommando scharren sich tatsächlich alle Kinder brav um ihn. Er hat sie nach der kurzen Zeit erstaunlich gut im Griff.

Während Livie und ich Becher und Limonade auf einer niedrigen Mauer abstellen, gibt Grayson den Kindern ein paar Anweisungen, woraufhin sie alle fleißig nicken.

„Noch einmal, dann könnt ihr eine Trinkpause machen!"

Alle nehmen wieder brav ihre Position ein und gehen auf die ihnen zugewiesenen Plätze. Nur Brendon, der trotz seiner dunklen Haut ziemlich grau um die Nase aussieht, bleibt stattdessen neben Grayson stehen und zupft ihn am Ärmel.

„Du, Trainer …", murmelt er matt, aber Grayson zeigt ihm mit einer Handbewegung an, dass er noch einen Moment warten soll. Freundschaftlich legt er seinen gebräunten Arm um die schmalen Schultern des kleinen Jungen, während er den restlichen Kids weitere Anweisungen zuruft. Beinahe gleichzeitig wechselt Brendons Gesichtsfarbe von gräulich zu grünlich.

Oh verdammt.

Ehe ich dazu komme, Grayson eine Warnung zuzurufen, ist es schon passiert. Brendon schafft es nicht einmal mehr, sich vorzubeugen, bevor er sein halb verdautes Mittagessen zum Teil auf Graysons Poloshirt und seine Füße und zum Teil auf den Rasen vor sich erbricht.

Graysons entsetztes Gesicht sieht so komisch aus, dass ich Schwierigkeiten habe, ein Lachen zu unterdrücken. Es gelingt mir nur deshalb, weil ich viel zu viel Mitleid mit dem armen Brendon habe, der gerade vor lauter Scham in Tränen ausbricht.

„Es tut mir so leid, Trainer …“ Weinend läuft er weg und ich kann ihn gerade noch einfangen, um mit ihm in die Küche zu gehen, damit er sich ein bisschen ausruhen kann.

Ein paar Minuten später kommt Grayson zu uns, barfuß und mit einem frischen Shirt an.

„Hey, Kumpel!“ Er setzt sich neben den immer noch weinenden Brendon, den ich zumindest dazu überreden konnte, sich den Mund auszuspülen und das Gesicht zu waschen. Der kleine Junge schämt sich so sehr, dass er seinen neuen Footballtrainer nicht einmal ansehen mag.

„Es tut mir so leid, Trainer …“, murmelt er, während er schluchzend seinen Kopf zwischen den Armen versteckt.

Eine große Männerhand landet auf seiner Schulter und massiert ihm sanft den bebenden Nacken.

„Du brauchst dich nicht zu entschuldigen, Brendon. Dass das passiert ist, war meine Schuld. Weißt du, ich bin ja noch nicht so lange Trainer und deshalb habe ich nicht daran gedacht, dass es nicht gut ist, wenn man mit vollem Magen in der prallen Mittagssonne trainieren geht. Ich hätte euch nicht so hart rannehmen dürfen. Meinst du, du kannst mir das verzeihen, Kumpel? Du bist doch mein Quarterback, und wenn du nicht mehr mitspielen würdest, wäre die ganze Mannschaft in Gefahr."

Während Brendon sich langsam beruhigt und sein verheultes Gesichtchen wieder zum Vorschein kommt, zwinkert Grayson mir verschwörerisch zu.

Dass ich tatsächlich der Meinung bin, dass es zum Teil seine Schuld ist, sage ich lieber nicht so laut. Denn ich selbst hätte auch besser aufpassen müssen. Außerdem ist Brendon einfach herzerweichend, als er nun mit großen, ernsten Kinderaugen hochblickt.

„Okay, ich verzeihe dir. Beim nächsten Mal weißt du Bescheid, ja?"

Grayson nickt feierlich.

„Versprochen, Kumpel. Versprochen."

Ich beiße mir lächelnd auf die Unterlippe und lasse die beiden in der Küche alleine, um nach Adele und den restlichen Kindern draußen zu sehen.

Erst als Grayson sich schon von Adele verabschiedet hat, greife ich ihn mir noch einmal.

„Du hast das gut gemacht, vorhin mit Brendon."

„Danke", erwidert er mit einem Lächeln und streicht sich eine Strähne braunen Haares aus der Stirn.

„Aber du musst wirklich besser aufpassen, das sind Kinder und keine ausgewachsenen Footballspieler."

Ich kann dabei zusehen, wie das Lächeln aus seinem Gesicht wieder verschwindet.

„Denkst du, das weiß ich nicht?" Seine Augenbrauen ziehen sich ärgerlich zusammen.

„Keine Ahnung – vielleicht wäre es gut gewesen, sie etwas weniger hart ranzunehmen? Bei der Hitze und direkt nach dem üppigen Essen …"

„Kann es sein, dass man dir nie etwas recht machen kann?" Auf seiner Stirn bildet sich nun eine steile Falte und er verschränkt die Arme angriffslustig vor der Brust.

„Wie bitte?" Ich sehe ihn mit leicht zusammengekniffenen Augen an.

„Ich koche für die Kinder – dir ist das nicht recht. Ich beschäftige mich mit den Kindern sinnvoll – dir ist das nicht recht. Ich zeige sogar noch Verständnis, wenn mich eins der Blagen von oben bis unten bekotzt. Und alles, was du machst, ist meckern. Machst du das allgemein gern oder hast du einfach was gegen Männer im Speziellen?"

Entgeistert schnappe ich nach Luft.

„Komm mal runter, Junge. Ich kann auch nichts dafür, dass du anscheinend völlig frustriert bist!" Normalerweise bin ich diplomatischer, aber ich muss mir ja auch nicht alles gefallen lassen.

„Du solltest dich vielleicht mal wieder … ach nee, das sag ich jetzt besser nicht. Nur so viel: *Wer* von uns beiden völlig frustriert ist, steht ja wohl außer Frage. Und ich bin es nicht." Er dreht sich um und stapft beleidigt davon.

Fassungslos starre ich ihm hinterher.

Was hat der denn für Probleme? So ein Arschloch!

Warum müssen die gut aussehenden Kerle nur immer solche Widerlinge sein? Dabei hatte ich gerade angefangen, ihn ein bisschen zu mögen.

+++

Seine Finger trommeln gereizt auf das Lenkrad, während er an einer roten Ampel warten muss. Und zwar mindestens schon seit fünf Minuten.

Vielleicht sind es auch erst zwei, aber das spielt keine Rolle.

Seine Hüfte tut weh. Und heute beim Training mit den Kindern ist ihm einmal mehr klar geworden, dass er nie wieder aktiv wird spielen können. Nie wieder das Gefühl von Kameradschaft mit seiner Mannschaft teilen, das taumelnde Gefühl des Sieges zusammen genießen, sich nie wieder gemeinsam vom Trainer zusammenstauchen oder loben lassen.

All das, wofür er die letzten Jahre mehr oder weniger gelebt hat, ist nun weg. Natürlich hätte er früher oder später ohnehin in Rente gehen müssen, sein Mindesthaltbarkeitsdatum als Profi war so gut wie abgelaufen. Aber eben erst so gut wie. Er hatte das planen wollen, mit einem grandiosen Endspiel aufhören, einen letzten Sieg auskosten und dann erhobenen Hauptes das Spielfeld verlassen. Statt halb bewusstlos *heruntergetragen* zu werden.

Vor allem aber hätte er dann Zeit gehabt, sich zu überlegen, was er im Anschluss machen will. Trainer werden zum Beispiel, oder irgendetwas anderes Sinnvolles.

Als die dämliche Ampel endlich auf Grün springt, fährt er mit quietschenden Reifen an.

Das Letzte, wirklich das Allerletzte, das er gebrauchen kann, ist irgend so eine dämliche Sozialarbeiterin, die auch noch meint, ihm Vorwürfe machen zu müssen, weil er sein Leben nicht so lebt, wie das in ihr kleines Köpfchen passt.

+++

Kapitel 6

Endlich Feierabend!

Ich schließe meine Wohnungstür auf und ziehe bereits auf dem Flur alle Kleidung aus, um das verschwitzte Zeug so schnell wie möglich loszuwerden.

Der Moment, in dem ich schließlich unter der Dusche stehe, das lauwarme Wasser an mir herunterläuft und Schweiß und Hitze einfach davonspült, ist so herrlich, dass ich am liebsten nie wieder drunter hervorkommen würde. Leider bin ich heute Abend noch verabredet, sodass ich nur ein paar Minuten habe, um den Augenblick zu genießen.

Nachdem ich mich abgetrocknet habe, suche ich mir frische Wäsche aus meinem Kleiderschrank und schlüpfe dann in ein strahlend blaues, ärmelloses Jerseykleid, das mir bis zum Knöchel reicht, und investiere ein bisschen Zeit in ein vernünftiges Make-up. Meine Haare stecke ich im noch nassen Zustand hoch, ich kann es nicht ausstehen, wenn sie mir warm im Nacken festkleben.

Eigentlich müsste ich bei meiner etwas zu kurz geratenen Körperlänge von einem Meter sechzig Schuhe mit hohen Absätzen tragen, aber bei dieser Hitze will ich meinen Füßen das nicht antun. Also entscheide ich mich lieber für silberne Zehenstegsandalen mit kleinen Glitzersteinchen darauf, die sind schließlich auch schick – und heute eindeutig bequemer.

Eine halbe Stunde später sitze ich an einem der Außentische des Restaurants, in dem ich mit Sarah verabredet bin. Ich mache es mir auf der Terrasse unter einem weißen Sonnenschirm bequem und bestelle ein Glas Wasser, während ich auf sie warte. Von den Nachbartischen dringen Fetzen von Gesprächen und gut gelauntes Lachen zu mir herüber. Obwohl es schon beinahe acht Uhr abends ist, ist es immer noch unerträglich heiß. Wenn ich das vorher gewusst hätte, hätte ich einen Tisch im angenehm klimatisierten Inneren des Restaurants bestellt, aber nun ist es zu spät, denn dort sind alle Tische belegt.

Dass Sarah gerade aufkreuzt, bemerke ich, ohne mich umzudrehen, weil dem Mann am Nachbartisch fast die Gabel aus der Hand fällt. In der Tat ist sie ein ziemlicher Hingucker. Sie ist nicht wirklich schlank, sondern weist die üppigen, weiblichen Formen eines Fünfziger-Jahre-Pin-up-Models auf, die sie heute Abend in einem rot gepunkteten Kleid mit sehr tiefem Ausschnitt und passenden High Heels gekonnt in Szene setzt. Sie sieht schlicht umwerfend aus.

„Hallo, Cherry!" Als Sarah mich entdeckt, lächelt sie dieses strahlende, ansteckende Lächeln, das sie so furchtbar sympathisch macht, und nimmt auf dem Stuhl mir gegenüber Platz.

„Hi, Sarah!" Ich erwidere ihren Gruß und ihr Lächeln.

„Hast du schon etwas bestellt?" Während sie ihre Handtasche auf dem Tisch deponiert, greift sie nach der Karte.

„Nein, ich bin auch erst seit ein paar Minuten hier und wollte damit auf dich warten." Ich trinke noch einen Schluck Wasser. „Aber zumindest weiß ich schon, was ich essen möchte."

„Wunderbar." Während sie es sich mir gegenüber bequem macht, die Karte aufschlägt und auf den Tisch legt, kann ich den Kerl vom Nebentisch gut verstehen. Denn auch mein Blick bleibt einen Moment länger als schicklich an diesem Wahnsinnsausschnitt hängen, dabei bin ich an Frauen in sexueller Hinsicht nun wirklich nicht interessiert. Doch schon allein aus technischem Interesse finde ich ihren Ausschnitt höchst interessant. Ich frage mich, was man machen muss, damit sich Brüste der Schwerkraft so dermaßen widersetzen. Sarah hat bestimmt ein E-Körbchen – müsste das nicht eigentlich ein bisschen hängen, statt fast aus dem Ausschnitt zu hüpfen? Doch ich habe da nur sehr theoretische Ahnung – ich könnte auch gänzlich ohne BH gehen und es würde nicht sonderlich auffallen.

Schließlich gelingt es mir doch, meinen Blick von Sarahs Brüsten loszureißen, allerdings nur, weil ihr Mund so akkurat und knallrot geschminkt ist, dass ich mich erneut frage: Wie geht das? Ich würde das niemals in meinem ganzen Leben so sauber hinbekommen.

Komischerweise wirkt sie dabei kein bisschen stillos oder billig, sondern wie die geballte, sinnliche Weiblichkeit. Ich wünschte, ich hätte ihre Formen! An mir ist leider nicht viel dran. Und damit meine ich nicht, dass ich schlank bin. Denn das bin ich nicht. Ich bin eher mager. Nicht so wie ein Model, sondern vielmehr so, als wäre ich nie so richtig in die Pubertät gekommen. Ich sehe immer ein wenig so aus, als hätte ich eine Essstörung, und das, obwohl ich eigentlich gerne und auch reichlich esse. An mir ist einfach nichts dran, trotzdem zeige ich erste Anzeichen von Cellulitis – das muss man erst mal hinbekommen. Ich bin ein magerer, flachbrüstiger und arschloser Gartenzwerg mit Beulen an den Beinen. Die Wahrscheinlichkeit, das zu schaffen, ist statistisch vermutlich doppelt so hoch wie ein Sechser im Lotto, aber nicht einmal halb so erfreulich …

Zum Glück reißt mich der Kellner aus meinen unschönen Gedanken, weil er an den Tisch kommt, um unsere Bestellung aufzunehmen.

„Ich habe ein Haus gefunden, in dem wir mit den Kids Urlaub machen könnten!" Sarah schiebt sich eine Gabel voll Pappardelle mit Seewolf in den Mund.

„Oh, wirklich? Das wäre ja großartig!" Ich lasse mir meine Pasta ebenfalls schmecken.

Sarah arbeitet genau wie ich mit sozial benachteiligten Kindern. Allerdings leitet und organisiert sie Theaterprojekte für Jugendliche. Wir haben uns über die Arbeit kennengelernt und treffen uns manchmal, um uns auszutauschen. Von einer Möglichkeit, während der Schulferien eine Art Ferienlager anbieten zu können, träumen wir schon lange. Leider scheitert es auch hier am Geld. Die städtischen Fördergelder sind, wie überall, knapp bemessen und allein die Unterbringung wäre sehr kostenintensiv.

„Ich war als Kind oft dort, es ist das Haus meiner Großtante gewesen. Jetzt ist sie bereits ein paar Jahre tot – seitdem steht es leer. Ich habe meine Tante so lange bequatscht, bis sie endlich zugestimmt hat, dass wir es benutzen können. Es hat eine große Küche, in der wir alle versorgen können, und ein riesiges Grundstück direkt an einem See, wo die Kids im Sommer zelten könnten. Ich habe den Schlüssel – wir müssen es uns nur mal ansehen. Ich bin mir nicht sicher, in welchem Zustand es jetzt ist.

Eigentlich müsste alles vorhanden sein, was wir so brauchen. Zumindest für die Besichtigung …" Ihre Augen strahlen, während sie von dem Haus erzählt, und ihr Enthusiasmus steckt mich an.

„Meinetwegen könnten wir nächstes Wochenende hinfahren. Wenn wir es als Sommerlager planen, sollten wir uns ohnehin beeilen, in vier Wochen beginnen die Ferien und wir werden bis dahin ja noch einiges organisieren müssen. Die Eltern wollen ja auch rechtzeitig informiert werden." Ich würde mich wahnsinnig freuen, wenn es klappen würde, allerdings wird die Zeit langsam wirklich sehr knapp.

„Ja, da hast du recht. Aber leider sind bei mir die nächsten beiden Wochenenden mit Theaterproben völlig verplant, die Aufführung ist doch bald …"

„Ach ja richtig! Danach könnte es aber tatsächlich zeitlich sehr eng werden, oder? Ich könnte natürlich alleine fahren."

Sarah nippt an ihrem Weißwein, den der Kellner gerade gebracht hat, und auch ich nehme einen tiefen Schluck von meinem.

„Würdest du das machen? Das wäre natürlich großartig."

„Na klar!" Ich nehme noch einen zweiten, tieferen Schluck. „Seit gestern hat mir mein toller Chef so einen abgehalfterten Ex-Footballstar vor die Nase gesetzt, der sich für unwiderstehlich hält, und ich habe keine Chance, ihn in den nächsten zwei Monaten loszuwerden. Ein Wochenende irgendwo in der Einöde kommt mir gerade mehr als verlockend vor!"

Sarah fängt gleichzeitig zu lachen und zu husten an, weil sie sich so heftig an ihrem Wein verschluckt hat, dass ich befürchte, dass er ihr jeden Moment zur Nase herauskommt. Erst, als die anderen Gäste schon dabei sind, sich besorgt nach uns umzudrehen, gelingt es ihr, sich wieder halbwegs zu beruhigen. Ich starre sie reichlich entgeistert an, weil ich mir diesen plötzlichen Ausbruch von übermäßiger Heiterkeit nicht so wirklich erklären kann.

„Grayson ist bei dir? Und ich habe mich gewundert, wer die arrogante, frigide *Sozialtussi* wohl sein mag, zu der sie meinen ach so armen Bruder zwingen zu gehen …"

Wie dumm ich wohl gucken muss, bis ich endlich verstanden habe, was sie mir da gerade sagt, will ich gar nicht wissen. Ich wette, auch danach ist mein Blick nicht wirklich besser. Sarah zumindest bricht erneut in heftiges Gelächter aus, diesmal jedoch zum Glück, ohne vorher etwas getrunken zu haben.

„Grayson White ist dein *Bruder*?" Sie hat mal erwähnt, dass ihr Bruder irgendetwas mit Sport macht. Da ich mich für Sport nicht sonderlich interessiere und sie kaum über ihn geredet hat, habe ich nicht weiter nachgeforscht. Ich kenne Sarah auch nicht so gut, dass ich finde, dass mir das zugestanden hätte. Sie ist eine Kollegin und auch so etwas wie eine Freundin, aber bislang keine von denen, mit denen man größere Geheimnisse austauschen würde. Doch jetzt, wo sie es erwähnt – die beiden sehen sich sogar ähnlich. Die gleichen bernsteinfarbenen Augen, die langen dichten Wimpern, die Körpergröße …

„Ich hab nicht gewusst, dass er dein Bruder ist! Ihr habt ja sogar unterschiedliche Nachnamen …", gebe ich ein bisschen kleinlaut zu bedenken.

„Stimmt.“ Sie lacht noch immer und wischt sich eine Träne aus dem Augenwinkel. „Er ist nur mein Halbbruder – aus erster Ehe meiner Mutter und trägt den Namen seines verstorbenen Vaters.“

Mir ist das Ganze irgendwie peinlich. Ich fühle mich, als hätte ich das wissen müssen, und so richtig lustig finde ich es nicht, dass meine Bemerkung zu diesem Lachanfall ihrerseits geführt hat.

Sarah scheint das irgendwie zu spüren, denn sie beugt sich vor und tätschelt meine Hand.

„Du konntest das nicht wissen. Aber ich freue mich so, dass er ausgerechnet bei dir gelandet ist, weil ich genau weiß, dass du durch deine vier großen Brüder abgehärtet bist und dich von seinem charmanten Gelächle nicht um den Finger wickeln lässt. Das hat er verdient. Und ich bin mir sicher, dass ihm das auch mal gut tut.“ Augenzwinkernd schiebt sie mir nun einen Schlüssel über den Tisch. „Der ist für das Haus – die Adresse schicke ich dir später auf dein Handy.“ Dann hebt sie lächelnd ihr Glas und prostet mir zu und schon wieder versöhnt stoße ich mit ihr an. Vermutlich sind es sowohl Grayson als auch Sarah gewohnt, dass man ihnen nicht wirklich lange böse sein kann.

Kapitel 7

Nach dem Essen schleppt Sarah mich noch in eine Cocktail-Bar, von der sie behauptet, dass sie momentan total angesagt sei. Ob die Bar angesagt ist oder nicht, ist ein Aspekt, der mir, um ehrlich zu sein, ziemlich gleichgültig ist. Mir ist es wesentlich wichtiger, dass die Cocktails gut sind, aber da ich von solchen Dingen generell eher wenig Ahnung habe, folge ich ihr widerstandslos.

Es ist laut hier und voll, die Menschen sind schön und teuer angezogen und wir bekommen einen Platz an der Bar, von wo aus wir einen guten Blick auf die einzelnen Tische und die kleine Tanzfläche haben.

Mein Mojito schmeckt hervorragend und ich lehne mich entspannt gegen den Tresen, während Sarah mir über den Lärm der vielen Menschen hinweg irgendwelche Anekdoten aus Graysons und ihrer wilden Kindheit erzählt. Ich bin bester Laune, bis zu dem Zeitpunkt, an dem Sarah plötzlich ihr Handy zückt, irgendetwas liest und dann zu strahlen beginnt.

„Grayson kommt gleich auch noch hierher …" Sie steckt ihr Handy lächelnd zurück in ihre Handtasche und sieht aus, als hätte sie mir gerade mitgeteilt, dass der Weihnachtsmann mich dieses Jahr doppelt beschenkt. Ich kann ihren Enthusiasmus leider nicht teilen. Ganz im Gegenteil. Ich habe Feierabend und dass meine Arbeitsalbträume mich bis hierhin verfolgen, ist das Letzte, was ich gebrauchen kann.

Ich stürze meinen Mojito so schnell ich kann herunter und bestelle mir umgehend noch einen neuen. Vielleicht gelingt es mir angetrunken ja besser, Sarahs überheblichem Bruder mit heiterer Gelassenheit entgegenzutreten.

+++

Grayson sucht nach seiner Schwester, und als er sie endlich entdeckt hat, erstarrt er für einen Moment. Denn neben ihr sitzt ausgerechnet die Frau, die sich momentan als seine Chefin aufspielt.

Eher widerwillig nähert er sich den beiden.

Dann begrüßt er seine Schwester mit einem Kuss auf die Wange, Cherry hingegen nur mit einem kleinen Kopfnicken, als sie sich kurz zu ihm herumdreht. Zu seiner Erleichterung sitzt sie ansonsten mit dem Rücken zu ihm, sodass er sie nicht ansehen muss. Trotzdem schafft er es nicht, sie zu ignorieren.

„Na, Cherry, versuchst du, dich mit Alkohol ein bisschen lockerer zu machen? Oder gelingt dir das selbst in deiner Freizeit nicht?"

Sie wendet sich zu ihm. Obwohl sie mehr als einen Kopf kleiner als er selbst ist, vollbringt sie das Wunder, ihn irgendwie von oben herab zu mustern. Er kann deutlich erkennen, dass sie stinksauer ist, doch sie hat sich erstaunlich gut im Griff. Beinahe aufreizend langsam legt sie ihre Lippen um den Strohhalm in ihrem Cocktailglas. Während Grayson lauter dumme Gedanken bei diesem Anblick durch den Kopf schießen, die er lieber nicht denken würde, vor allem nicht in Zusammenhang mit dieser Frau, trinkt sie in aller Seelenruhe einen großen Schluck ihres dämlichen Mojitos.

Ihre ganze gespielte Gleichgültigkeit bringt ihn völlig auf die Palme. Zuckersüß lächelnd zieht sie nun eine Augenbraue in die Höhe.

„Ich bin immer entspannt, Grayson. Im Gegensatz zu einigen anderen hier habe ich mein Leben hervorragend im Griff.“ Sie streicht sich beinahe mit lasziver Langsamkeit eine Haarsträhne aus der Stirn, während ihr Blick durch den Raum schweift und ihr Gesicht sich plötzlich aufhellt. „Übrigens habe ich dort drüben einen alten Bekannten entdeckt, wenn ihr mich bitte entschuldigen würdet …“

Grayson ist so wütend auf sie, dass er sie am liebsten am Arm festhalten und anschreien würde. So etwas hat er bei einer Frau wirklich noch nie erlebt. Er kann sie nicht leiden. Trotzdem ist da irgendetwas, das ihn reizt … und das nicht nur zur Weißglut. Denn während er ihr hinterher sieht, wie sie sich mit schwingenden Hüften in Richtung ihres Bekannten bewegt, muss er zu seinem Verdruss auch noch erneut feststellen, dass sie einen echt süßen Hintern hat.

+++

Andrew winkt mir schon aus der Ferne zu. Wir sind auf dasselbe College gegangen und hatten ein paar Kurse zusammen. Damals waren wir zwei- oder dreimal miteinander aus, doch irgendwie ist nie mehr daraus geworden. Wir haben uns ewig nicht gesehen und ich muss zugeben, dass er sich ziemlich gut gemacht hat.

Er trägt eine dunkle Anzughose mit einem an den Ärmeln aufgekrempelten Hemd, als wäre er gleich von der Arbeit hergekommen und hätte keine Zeit mehr gehabt, sich umzuziehen. Seine blonden Haare sind kurz geschnitten, seine Brille – ein Modell aus gebürstetem Stahl – verleiht ihm einen hochgebildeten Touch. Er sieht gut aus, natürlich nicht auf die plumpe Art wie Grayson, der Testosteron in toxischen Dosen auszuschütten scheint. Aber auf die intellektuelle Art, die ich ohnehin deutlich bevorzuge, wirkt er sehr attraktiv. Ein bisschen so wie mein Exfreund. Und der Freund vor meinem Exfreund.

„Hallo, Cherry! Wir haben uns ja schon ewig nicht mehr gesehen!“ Er begrüßt mich mit einem Kuss auf beide Wangen sowie einer Umarmung, die einen Moment zu lange dauert. Während der ganzen Zeit kann ich Graysons Blicke auf uns spüren, was mich mit einiger Genugtuung erfüllt.

Er bestellt mir noch einen weiteren Mojito und wir versuchen eine Weile, über den Lärm der Bar hinweg, Neuigkeiten auszutauschen. Ich bringe in Erfahrung, dass er für einen großen Pharmakonzern mit an der Weiterentwicklung irgendwelcher Mikrochips arbeitet, die Tier- und Menschenversuche bei der Entwicklung von Medikamenten ersetzen. Ich bin schwer beeindruckt, das muss ich nicht einmal heucheln. Obwohl er sonst eher langweilig ist, flirte ich mit ihm auf Teufel komm raus, was Andrew etwas zu verwundern, aber nicht zu stören scheint.

Irgendwann fordert er mich zum Tanzen auf und ich folge ihm bereitwillig. Auch wenn er kein sonderlich toller Tänzer ist, tue ich so, als würde ich mich bestens amüsieren.

Er führt mich, so gut er nur kann, und nach dem vierten Tanz geleitet er mich rücksichtsvoll zurück zur

Bar und bestellt einen weiteren Cocktail sowie ein Wasser für mich.

Dann erkundigt er sich trotz des Lärms höflich nach meinem beruflichen Werdegang. Alles an ihm ist einfach wie aus dem Bilderbuch für Traumschwiegersöhne. Leider ist er auch genauso langweilig und mir wird plötzlich wieder klar, warum es damals bei den wenigen Dates geblieben ist, die wir miteinander hatten.

Ich habe ein schlechtes Gewissen, weil ich auf einmal das Gefühl habe, ihn irgendwie auszunutzen. Um wieder einen klaren Kopf zu bekommen, entschuldige ich mich bei ihm und gehe zur Toilette.

Dort lasse ich kaltes Wasser über meine Handgelenke laufen und spritze mir etwas davon in mein erhitztes Gesicht, bevor ich Puder und Lippenstift erneuere. Nachdenklich betrachte ich mein Gesicht im Spiegel und frage mich, was eigentlich heute mit mir los ist, ohne zu einer zufriedenstellenden Antwort zu kommen.

Als ich fertig bin, steht Grayson auf dem schmalen Flur vor den Damentoiletten und wartet auf mich. Erschrocken zucke ich zusammen, als er auf mich zukommt, weil ich mir beim besten Willen nicht vorstellen kann, was er von mir will. Hier ist es deutlich ruhiger als im Rest der Bar, aber immer noch laut genug, dass er seine Stimme erheben muss, damit ich ihn verstehen kann.

„Was willst du denn mit dem Honk? Der kann ja nicht einmal tanzen!“ Er hat die Arme vor der Brust verschränkt und macht eine verächtliche Kopfbewegung Richtung Bar, wo der *Honk* steht und auf mich wartet. Hoffe ich zumindest.

„Ich wüsste nicht, aus welchen Gründen dich interessieren sollte, mit wem ich mich unterhalte und mit wem nicht." Ich lehne mich gegen die Wand und versuche möglichst überheblich zu gucken.

„Wahrscheinlich weil ich den Eindruck hatte, dass du mir beweisen willst, dass du doch kein Männerschreck bist."

Leider hat er da ins Schwarze getroffen, aber das würde ich niemals zugeben.

„Es ist mir völlig egal, was du von mir denkst. Ich treibe es ja auch nicht mit dem nächstbesten Typen auf dem Tresen, nur weil du der Meinung bist, ich sei eventuell frigide."

Sein verdatterter Blick verrät mir, dass ich dieses Mal diejenige bin, die ins Schwarze getroffen hat. Vielleicht hätte ich lieber gar nicht wissen wollen, dass er so von mir zu denken scheint, denn irgendwie wurmt es mich. Was mich wiederum ärgert, denn es sollte mir doch *eigentlich* tatsächlich völlig egal sein, was er denkt. Zwei kichernde, leicht betrunkene Tussis, die vermutlich gerade erst alt genug sind, dass sie überhaupt legal Alkohol erwerben dürfen, stolzieren an uns vorbei und mustern Grayson mit begehrlichen Blicken. Doch er scheint sie gar nicht zu bemerken.

Er fixiert mich wie ein Raubtier seine Beute, bevor er langsam noch ein Stück näher kommt. Und noch näher. So nahe, dass ich die Hitze seines Körpers spüren kann. Er stützt sich mit beiden Armen rechts und links von mir an der Wand ab, ohne dabei den Blickkontakt zwischen uns zu unterbrechen. Dann beugt er seinen Kopf an mein Ohr.

„Du könntest vögeln, wen du willst. Ich wäre erst vom Gegenteil überzeugt, wenn ich spüren würde, wie du um meinen Schwanz herum zu zucken beginnst und laut meinen Namen schreist, während du kommst."

Die feinen Härchen in meinem Nacken stellen sich auf und ich muss ein paar Mal tief durchatmen, bevor ich etwas antworten kann.

„Tja …" Meine Hand legt sich auf seine feste Brust und verharrt dort einen Moment regungslos. „Dann wird der Grad meiner sexuellen Erregbarkeit wohl zu den ungelösten Rätseln deines Lebens gehören." Entschlossen schiebe ich ihn zur Seite und muss mich zurückhalten, um die Strecke bis zur Bar angemessen langsam zurückzulegen und nicht zu rennen wie ein feiger Hase auf der Flucht.

Verdammt, mir ist auf einmal noch viel heißer, als es die Raumtemperatur verursachen könnte. Zurück am Tresen stürze ich den Drink, den Andrew mir bestellt hat, beinahe auf ex herunter. Einen der Eiswürfel behalte ich eine Weile im Mund, in der Hoffnung, dass mich das ein bisschen abkühlen wird. Leider funktioniert es nicht. Von jetzt auf gleich ist mir alles zu viel hier. Die Bässe dröhnen viel zu laut in meinen Ohren, Andrew ist mir viel zu nahe, die Luft ist mir zu stickig und ich bin viel zu betrunken.

„Alles in Ordnung mit dir?" Andrew beugt sich zu mir vor und schaut mich besorgt an.

„Ich … irgendwie geht es mir nicht so gut. Ich habe schon den ganzen Abend Kopfschmerzen … diese Hitze heute …" Ich lüge ziemlich halbherzig und kann die Enttäuschung in seinem Blick deutlich erkennen. Aber er ist Langweiler genug, um verständnisvoll zu nicken.

„Ich bring dich noch raus und besorge dir ein Taxi, dann mache ich mich auch auf den Heimweg."

Ach Andrew ... so ritterlich und so ... langweilig. Ich komme mir wie ein Schwein vor und seufze schwer.

Da ich Sarah nicht finden kann, schreibe ich ihr im Rausgehen eine SMS und tische ihr dieselbe Notlüge mit den Kopfschmerzen auf, damit sie sich keine Sorgen um mich macht.

+++

Graysons Hand ballt sich unwillkürlich zur Faust, als er sieht, wie Cherry mit diesem Volltrottel zusammen die Bar verlässt.

Es sollte ihm wirklich egal sein, mit wem sie sich unterhält, trinkt, nach Hause geht und was sie dort eventuell mit demjenigen treibt. Oder auch nicht treibt. Doch es ist ihm nicht egal. Wut schwillt in ihm an und setzt sich als ein heiß glühender Klumpen in seinem Bauch fest. Irgendein dummer Typ, der meint, einen noch dümmeren Spruch machen zu müssen, käme ihm jetzt gerade recht.

Aber dann steht plötzlich seine Schwester neben ihm, als hätte sie es geahnt, und legt ihm sanft die Hand auf den Unterarm.

„Na? Hat mein armer Bruder etwa einen Korb bekommen und das Objekt seiner Begierde ist mit einem anderen nach Hause gegangen?" Gut gelaunt zwinkert sie ihm zu und er muss, trotz seiner Wut, lächeln.

„Objekt meiner Begierde? Ich habe keine Ahnung, wovon du sprichst", brummt er, während er sich möglichst lässig an die Bar hinter ihm lehnt.

„Ach nein?“ Sarah mustert ihn und er kann genau sehen, dass sie ihm nicht glaubt, die kleine Kröte.

„Du solltest dich trotzdem ein bisschen entspannen, Bruderherz. Ich habe nämlich keinen Bock, dass du hinterher nicht nur meine Kollegin, sondern auch noch mich auf der Arbeit belästigst, weil du weitere Strafen aufgebrummt bekommst.“ Sie stupst ihm sanft mit dem Ellenbogen in die Seite.

„Willst du damit etwa sagen, du würdest dich nicht freuen, mich jeden Tag auf der Arbeit sehen zu dürfen?“ Lächelnd beugt er sich zu seiner kleinen Schwester herunter.

„Genau das will ich dir damit sagen. Denn sind wir mal ehrlich: So lieb ich dich auch habe, auf meiner Arbeit ist kein Platz für dein Riesenego.“

„Du wirst von Jahr zu Jahr frecher.“

Jetzt lacht sie. „Nein, mein Lieber. Nur ehrlicher!“

Später am Abend gelingt es Sarah irgendwie, ihn halbwegs nüchtern nach Hause zu bekommen.

Aber als er am Sonntagabend loszieht, ist sie zum Glück nicht wieder dabei, um auf ihn aufzupassen, und den Babysitter zu spielen. Überhaupt: Sie ist schließlich seine kleine Schwester! Eigentlich sollte es umgekehrt sein. Wenn er die kleine Kröte nicht so sehr mögen würde …

Nach dem dritten Glas Whisky in der lauten, schummrigen Bar, in die er manchmal geht, tauchen zu seinem Ärger wieder die Bilder vom Vorabend in seinem Kopf auf. Von Cherry und diesem Honk, die zusammen die Bar verlassen, während die Hand dieses Vollidioten besitzergreifend auf ihrem Rücken ruht.

Auch nach dem vierten, fünften und sechsten Glas sind die Bilder noch da. Aber zusätzlich zu seinen finsteren Fantasien sind da jetzt auch noch eine ziemlich reale Blondine mit Schmollmund in seinem linken und eine ebenso hübsche Brünette mit riesigen Titten in seinem rechten Arm aufgetaucht.

Da ist der Abend doch gleich deutlich angenehmer und Whisky Nummer sieben, acht und neun schmecken auch viel besser.

Danach hört er auf zu zählen. Hauptsache der Barkeeper weiß hinterher noch, was Grayson zu bezahlen hat. Und selbst das kann ihm ja eigentlich herzlich egal sein.

+++

Kapitel 8

Am Montag warte ich vergebens auf Grayson White. Abgemacht war, dass er stets eine Stunde vor den Kids hier auftaucht. Aber selbst eine Stunde danach ist er immer noch nicht da. Ich bin wütend. Und als Brendon beim Verabschieden an meinem T-Shirt zupft, mich mit seinen großen, enttäuschten Kulleraugen anschaut und fragt, ob Mr. White denn wenigstens morgen wieder kommen würde, weil er versprochen habe, mit ihnen zu trainieren und sie zu irgendeinem ominösen Turnier anzumelden, da reicht es mir endgültig.

„Adele? Könntest du eventuell den letzten Rest für mich aufräumen und abschließen?“ Ich suche in meiner Handtasche nach dem Autoschlüssel, während ich zu ihr herüber schiele.

Sie schiebt sich eine silbergraue Locke zurück in ihre Hochsteckfrisur und sieht mich schmunzelnd an.

„Gerne – aber nur, wenn du mir versprichst, dass du den armen Grayson am Leben lässt. Es wäre wirklich schade um dieses Bild von einem Mann …“

Lachend klappe ich meine Handtasche zu und greife nach einer Wasserflasche. Es ist immer noch glühend heiß heute und ich habe viel zu wenig getrunken.

„Ich höre auf ihn zu würgen, wenn er ohnmächtig wird. Genügt dir das als Versprechen?“

Mit schief gelegtem Kopf und in die runden Hüften gestützten Händen sieht sie mich kurz an.

„Ja, das reicht mir vollkommen. Also, sieh zu, dass du hier wegkommst.“

Ich bin schon halb zur Tür raus, als sie mich noch einmal zurückruft.

„Ach, und Cherry: Frag ihn vorher, ob er da nicht vielleicht heimlich drauf steht. Das hat er sich heute nämlich wirklich nicht verdient."

Ich verschlucke mich an meinem Wasser, von dem ich gerade noch einen Schluck trinken wollte. Adele kommt zu mir und klopft mir fürsorglich auf den Rücken.

„Du weißt doch – ich lese viel und gern. Da erfährt man so einiges ..." Sie lacht leise, während ich immer noch hustend die Tür hinter mir zuziehe.

Graysons Adresse bekomme ich von Sarah, die sich über meine Wut ein bisschen zu amüsieren scheint, aber gleichzeitig der Meinung ist, dass ihr Bruder eine Abreibung verdient hat. Keine halbe Stunde später bin ich da. Ich halte vor einer weißen, etwas protzigen Villa und komme erst einmal nicht mehr weiter, weil mir ein großes, gusseisernes Tor den Weg versperrt.

Insgesamt klingle ich fünfmal, doch nichts passiert. Dann fahre ich meinen Wagen auf die Seite und gehe den Zaun ab, auf der Suche nach einer unauffälligen Stelle, um darüber zu klettern. Ich muss nicht lange suchen, ein paar Meter weiter werde ich bereits fündig. Dort stehen zwei große Bäume, die meine Kletterkünste vor den neugierigen Blicken übereifriger Nachbarn ausreichend schützen dürften. Ich habe nämlich kein Interesse daran, dass hinterher noch jemand die Polizei ruft, weil er mich für einen Einbrecher hält. Auch wenn ich das natürlich genau genommen tatsächlich irgendwie bin.

Ich halte probehalber meine Hand an den Zaun; falls Grayson verrückt genug sein sollte, das Ding unter Strom zu setzen, will ich das lieber jetzt herausfinden, als wenn ich schon halb darauf hänge. Aber es scheint alles in Ordnung zu sein.

Ich ziehe meine hochhackigen Schuhe aus und werfe sie als Erstes über den Zaun. Als ich kurz darauf ebenfalls auf dem perfekt gepflegten Rasen auf der anderen Seite des Zauns lande, bin ich froh darüber, dass meine Brüder mir wenigstens einmal während meiner Kindheit etwas Sinnvolles beigebracht haben. Und sei es nur über Zäune zu klettern. Zufrieden streife ich meine Schuhe wieder über meine Füße und gehe Richtung Haustür.

Die nächsten drei Male klingle ich direkt am Haus, doch es regt sich innen wieder nichts. Energisch rüttle ich schließlich an der dunkelgrau gestrichenen Tür, um dann festzustellen, dass gar nicht abgeschlossen ist. Ich muss über seine Leichtsinnigkeit fast den Kopf schütteln. Wie naiv kann man eigentlich sein? Nur weil man einen dicken Eisenzaun um sein Grundstück herum hat, heißt das ja trotzdem nicht, dass niemand bis zum Haus vordringen kann. Ich selbst bin schließlich das beste Beispiel dafür.

Vorsichtig sehe ich mich in der Eingangshalle um. Bodentiefe Fenster in Kombination mit hellen Marmorfliesen und weißen Wänden machen den Raum sehr hell, es gibt kaum Einrichtungsgegenstände und schon gar keine persönlichen Dinge, die darauf hinweisen, dass Grayson hier wohnen würde.

Kurz mache ich mir Gedanken, ob ich mich vielleicht im Haus geirrt habe und der tatsächliche Besitzer jetzt mit einem Baseballschläger in der Hand hinter der nächsten Tür auf mich lauert, aber nichts dergleichen passiert. Fast erleichtert lese ich seinen Namen auf einem der unzähligen ungeöffneten Briefe, die auf einer Kommode liegen, und öffne dann kurz entschlossen die nächstbeste Tür, hinter der sich offenkundig das Wohnzimmer befindet. Es besteht aus einer Vitrine voller Footballtrophäen, einem XXL-Flachbildfernseher, einem ganzen Barschrank voller Spirituosen sowie einem großen grauen Sofa. Und auf ebendiesem liegt nun Grayson White höchstpersönlich und schläft.

Die Szene könnte beinahe idyllisch wirken. Durch das leicht geöffnete Fenster kann man die Vögel im Garten zwitschern hören und Grayson wird so von der Sonne beschienen, dass er in goldenes Licht getaucht wird, das ihn beinahe überirdisch schön wirken lässt. Ich starre ihn eine Weile völlig fasziniert an und kann auf einmal verstehen, was die Frauen alle an ihm finden. Er ist wirklich ein wahnsinnig attraktiver Mann. Er trägt eine Jeans und ein enges, dunkelblaues T-Shirt, das keine Spekulationen zum Umfang seiner Muskeln nötig macht, sondern jede einzelne Partie hervorragend zur Geltung bringt. Auch sein Gesicht ist wahrlich attraktiv. Im Schlaf wirkt er weniger überheblich, sein breiter Kiefer und die etwas krumme Nase, dazu diese sagenhaften Wimpern und die energischen, dunklen Augenbrauen … Ich muss mich beinahe gewaltsam von seinem Anblick losreißen.

Toll, Cherry – jetzt kannst du dich in die lange Reihe seiner Bewunderinnen mit anstellen …

Bevor ich mich noch weiter von ihm in den Bann ziehen lasse, beschließe ich, ihn zu wecken. Bekanntlich ist er ja dann meistens so ein Ekelpaket, dass sein gutes Aussehen gar keine Rolle mehr spielt. Vorsichtig berühre ich ihn an der Schulter, um ihn erst zaghaft und schließlich energischer zu schütteln.

Schließlich öffnen sich seine Augen langsam und er gähnt herzhaft, ohne sich die Hand vor den Mund zu halten. Anschließend rülpst er laut. Dann entdeckt er mich und kneift die Augen ärgerlich zusammen.

„Was willst du denn hier?“ Er klingt alles andere als freundlich.

Na bitte, es geht doch. Schon ist er wieder viel weniger attraktiv …

+++

Das Sonnenlicht ist eindeutig viel zu hell und er hat keine Ahnung, wo er seine Sonnenbrille gelassen hat. Oder seine Kopfschmerztabletten. Am liebsten wäre ihm, er hätte gleich beides zur Hand. Dafür könnte Cherry verschwinden. Wie auch immer sie hier hereingekommen sein mag – er hat keine Lust, sie hier zu haben.

Sie betrachtet ihn mit einem abfälligen Blick, von der Art, wie man sie nichtsnutzigen Kindern zuwirft, die einen gerade schwer enttäuscht haben. Nur ohne die Liebe darin. Stattdessen funkeln ihre Augen wütend, aber sie sieht dabei beinahe sexy aus. Sie ist sogar mal wirklich nett angezogen und trägt ein rotes Sommerkleid und seltsam schrille Schuhe mit Kirschen darauf, die zwar bunt und hässlich sind, jedoch immerhin hohe Absätze haben. Grayson mag Frauen in hohen Absätzen! Die Idee, dass Cherry sexy sein könnte, hält sich jedoch nur so lange, bis sie anfängt, mit ihm zu schimpfen.

„Weißt du eigentlich, wie spät es ist?“ Cherry stützt ihre Hände in den Hüften, aber selbst derart aufgebaut wirkt sie in seinen Augen noch immer irgendwie lächerlich klein.

„Nein, Ma'am, nicht die leiseste Ahnung." Er versucht es mit dem Lächeln, das sonst dafür reserviert ist, Frauen um den Finger zu wickeln. Merkwürdigerweise scheint es bei ihr keine Wirkung zu zeigen. Eventuell braucht sie ja eine Brille. Er könnte ihr eine bezahlen, dann würde sie ihre Augen vielleicht auch nicht immer so zusammenkneifen.

„Es ist halb sechs, abends. Ich habe heute auf dich gewartet. Und die Kids auch. Kannst du dir vorstellen, wie enttäuscht sie alle waren, dass du nicht gekommen bist? Obwohl du es ihnen anscheinend versprochen hattest?"

Grayson schüttelt den Kopf, was sich als keine gute Idee erweist, denn die Kopfschmerzen scheinen das als Aufforderung zu einer Runde Stepptanz aufzufassen und ihm wird beinahe schlecht. Er verzieht das Gesicht, während seine Finger zu den Schläfen wandern.

Cherry allerdings hat kein Mitleid mit ihm.

„Pass auf: Ich lasse nicht zu, dass du meine Kinder enttäuschst. Die erleben wirklich genug Mist in ihrem Leben. Ich hatte von Anfang an keinen Bock darauf, dass so ein selbstverliebter Typ wie du bei uns aufkreuzt und sich wichtig macht. Aus welchen Gründen auch immer. Aber nun warst du einmal da und hast irgendwelche Versprechen gemacht, von denen ich erwarte, dass du sie auch einhältst. Hast du den Kids tatsächlich versprochen, sie zu einem Turnier anzumelden?"

Das Footballturnier für Grundschüler – ja, das hat er tatsächlich versprochen. Mit dem Kopf zu nicken, stellt sich zum Glück als nicht ganz so unangenehm heraus, wie ihn zu schütteln.

Er kann deutlich sehen, wie Cherry nach Luft schnappt.

„Wie kannst du den Kids nur solchen Mist versprechen? Vor allem, ohne vorher auch nur einmal mit mir gesprochen zu haben? Ich weiß ja nicht, wie das bei dir sonst so läuft. Aber in der Einrichtung bin *ich* dein Boss. Und glaube mir, ich werde dir das Leben zur Hölle machen, wenn du noch einmal ohne triftigen Grund nicht zur vereinbarten Zeit erscheinst oder dir irgendwelche anderen Fehltritte leistest." Noch einmal holt sie tief Luft. „Morgen früh hole ich dich ab. Ich erwarte, dass du um zehn Uhr draußen auf mich wartest."

Grayson lässt seinen schmerzenden Kopf los, um sie besser ansehen zu können.

„Es war doch vereinbart, dass ich erst nachmittags da sein muss."

„*War* vereinbart, ganz genau! Ab morgen hole ich dich ab. Dann kann ich wenigstens sichergehen, dass du auch da sein wirst."

Erhobenen Hauptes schreitet sie aus seinem Wohnzimmer. Erst als sie die Zimmertür bereits erreicht hat, dreht sie sich noch einmal um.

„Und Grayson?" Anscheinend immer noch kampflustig streckt sie das Kinn vor.

„Ja?"

„Sieh zu, dass meine Kinder das Footballturnier gewinnen!"

Dann verlässt sie sein Haus.

Schneid hat sie – das muss er ihr wirklich lassen. Und wenn sie sich schon so für fremde Kinder einsetzt, will er lieber nicht wissen, wie sie sich verhalten muss, wenn sie irgendwann mal eigene haben sollte.

Aber da sie ja ohnehin eine frigide Jungfrau ist, stellt sich diese Frage erst gar nicht erst.

Nachdem er sich sicher sein kann, dass Cherry tatsächlich weg ist, quält sich Grayson mühsam vom Sofa hoch. Seine Hüfte tut ihm heute mindestens genauso weh wie sein Kopf und er schleppt sich in die Küche, um das Ibuprofen aus dem hochmodernen, rot glänzenden Schrank zu nehmen. Er spült zwei auf einmal davon mit einem Glas Leitungswasser herunter. Er sollte sich echt nicht mehr so vollllaufen lassen, dass er es abends nicht mehr ins Bett schafft, das bekommt seiner Hüfte immer schlecht und am nächsten Tag hat er Schmerzen. Das Sofa ist einfach zu unbequem. Gestern hatte er eindeutig den einen oder anderen Whisky zu viel.

Er fühlt sich auf einmal entsetzlich alt. Das schwarze Spitzenhöschen mit der Telefonnummer daran, das er in seiner Hosentasche findet, schmeißt er achtlos in den Mülleimer und schleppt sich mit einer Flasche Orangensaft und den Resten der Pasta vom Vortag zurück ins Wohnzimmer. Als er sich wieder aufs Sofa fallen lässt, durchströmen ihn die Kopfschmerzen von Neuem.

Vielleicht ist es wirklich langsam an der Zeit, ein bisschen besser auf sich Acht zu geben.

+++

Kapitel 9

Als ich am nächsten Morgen vor Graysons Haus halte, steht er nicht davor. Um ehrlich zu sein, hatte ich auch nicht wirklich damit gerechnet. Männer wie er gehören nicht gerade zu der Sorte, die sich gerne etwas von anderen sagen lassen. Und schon gar nicht von einer Frau. Vielleicht bin ich auch wirklich etwas zu weit gegangen, als ich gestern in sein Haus eingebrochen bin. Ich war nur so unendlich wütend!

Erst will ich einfach weiterfahren, aber dann überlege ich es mir doch noch einmal anders. Ich stelle den Motor meines Autos ab und steige aus. Heute macht ein leichter Wind die Sommerhitze erträglicher. Die Baumwipfel in Graysons Garten bewegen sich sacht in der sanften Brise und zaubern schönes Licht und Schattenspiele auf das Kopfsteinpflaster zu meinen Füßen. Seufzend lege ich die wenigen Schritte bis zur Toreinfahrt zurück, um zu klingeln, ohne mir davon wirklich etwas zu versprechen. Doch zu meinem Erstaunen dauert es kaum fünf Sekunden, bis das Tor aufgeht und gleichzeitig sehe ich Grayson das Haus verlassen. Er trägt Jeans, ein kurzärmliges Hemd und wie immer das rote Basecap mit dem Raccoons-Logo. Seine Miene ist grimmig, aber ansonsten wirkt er ziemlich lässig, als er, die Hände in den Hosentaschen, auf mein Auto zugeschlendert kommt.

„Guten Morgen", grüße ich ihn demonstrativ gut gelaunt. Er wirkt wie ein grantiges Kind, dem man verboten hat, weiter Computer zu spielen und das stattdessen in die Kirche muss.

„Morgen“, erwidert er mürrisch, während er kritisch mein Auto zu beäugen beginnt. Ich muss zugeben, dass ich mir das Lachen nur mühsam verkneifen kann, als ich beobachte, wie er seinen riesigen, massiven Körper in meinen alten Fiat 500 quält. Tatsächlich empfinde ich so etwas wie Genugtuung. Es ärgert mich einfach unbändig, wenn Menschen meinen, dass Regeln nur für alle anderen gelten und nicht für sie selbst. Vielleicht bin ich ein bisschen zu gemein zu ihm, aber ich denke, sein Ego ist so groß, dass er darüber hinwegkommen wird.

Während der Fahrt sagt er kein Wort, aber ich bemerke, wie er sich jedes Mal die Knie anstößt, wenn ich anfahre, und ich bekomme doch ein bisschen Mitleid mit ihm. Der arme Kerl muss sich wirklich ziemlich zusammenkauern, bequem ist mit Sicherheit anders.

+++

Fast den kompletten Rest des gestrigen Tages hat Grayson damit zugebracht sich zu überlegen, ob er den ganzen Mist nicht hinschmeißt und die dämliche Vertragsstrafe einfach bezahlt. Er hat beim besten Willen keinen Bock, sich von irgendeiner dahergelaufenen Zicke tyrannisieren zu lassen.

Andererseits – wenn er sich mal nüchtern ein paar Gedanken darüber macht, hat Cherry natürlich irgendwie recht. Enttäuschte Kinder gehen gar nicht. Kinder zu enttäuschen, die ohnehin schon nicht gerade auf der Sonnenseite des Lebens stehen – das geht eigentlich noch viel weniger. So verhalten sich nur Arschlöcher. Und Grayson hatte sich eigentlich immer eingebildet, keins zu sein.

Obendrein hat er nach wie vor keine Lust, so viel Geld für nichts auszugeben. Was in Konsequenz bedeutet hat, dass er doch brav angetanzt ist, als Cherry ihn abgeholt hat. Vor der Tür zu warten, war ihm dann aber zu doof – man muss es ja auch nicht übertreiben. Und wenn er gewusst hätte, dass er sich in diese Sardinendose von Auto würde quetschen müssen, hätte er es sich vielleicht doch noch einmal anders überlegt. Als sie endlich anhalten, tut ihm jeder Knochen weh und seine Hüfte fühlt sich an, als würde sie jeden Moment explodieren. Beim Aussteigen ist sie so unbeweglich, dass er stolpert und um ein Haar gefallen wäre.

„Alles okay, Grayson?" Cherrys Stimme klingt auf einmal weich und besorgt, aber auf Mitleid kann er wirklich verzichten. Besonders, wenn es sich dabei um *ihr* Mitleid handelt.

„Ja, klar." Seine Antwort bleibt ein unfreundliches Brummen, während er einen Moment stehen bleibt, um seine schmerzende Hüfte so unauffällig wie möglich ein bisschen zu bewegen, damit er gleich nicht mehr ganz so schlimm humpeln muss.

+++

Als ich sehe, wie schwerfällig Grayson aus dem Auto steigt und einen Schmerzenslaut nur halb unterdrücken kann, bekomme ich ein schlechtes Gewissen. Ich fand es ja ganz amüsant, dass er sich so in mein Auto quetschen musste. Aber Schmerzen, die über ein eingeschlafenes Bein oder einen kleinen blauen Fleck am Knie durch zu stürmischen Kontakt mit dem Armaturenbrett hinausgehen, wollte ich ihm dabei eigentlich nicht zufügen.

Ich sage trotzdem lieber nichts weiter dazu. Zum einen weiß ich nicht, was ich eigentlich genau sagen soll, zum anderen glaube ich, dass es ihm ziemlich unangenehm ist, irgendwelche Schwächen zuzugeben. Also halte ich lieber die Klappe.

Es gibt heute ohnehin genug zu tun, wir müssen also keine Zeit mit unnötigem Gequassel verschwenden. Die Speisekammer muss ausgeräumt und gereinigt werden, wir haben hier regelmäßige Kontrollen vom Gesundheitsamt und die sind, vor allem wenn es um Kinder geht, zu Recht ziemlich pingelig.

Während wir alles ausräumen, sauber machen, aussortieren und hinterher wieder einräumen, sprechen wir nur das Nötigste miteinander und genauso bleibt es auch die nächsten Tage. Grayson ist sauer auf mich und ich bin sauer auf ihn. Allerdings habe ich immer mehr das Gefühl, dass es nur noch ums Prinzip geht und nicht mehr um unseren Streit an sich. Zum Ende der Woche hin verlieren wir offenkundig die Lust am Streiten und schaffen es sogar, uns ab und an wieder anzulächeln.

„Benehmen die Kinder sich alle anständig?" Ich beobachte, wie er vom Training hereinkommt, und muss zugeben, dass die Frage eher rhetorisch war, denn sie zuckeln alle artig hinter ihm her und scheinen auch sonst immer zu tun, was er sagt.

„Aber na klar." Grayson verabschiedet jedes einzelne von ihnen mit einem Handschlag und wartet ab, bis sie alle zur Tür herausgegangen sind. „Sie sind alle total brav. Nur Marlon übertreibt es manchmal ein bisschen." Er bewegt seinen Kopf erst nach links und dann nach rechts, um seinen verspannten Nacken zu dehnen. Ich schaue durch das Fenster und betrachte nachdenklich besagten Jungen, der gerade einen Kleinen im Vorbeigehen schubst und anschließend einfach weitergeht.

„Ja, er hat es nicht leicht. Und manchmal ist er ein bisschen wild. Er bräuchte vielleicht so etwas wie eine liebevolle, aber strenge Hand. Seine Eltern interessieren sich nicht sonderlich für ihn …“ Manchmal macht mich das ganz traurig und ich habe das Gefühl, viel zu wenig für die Kinder tun zu können.

„Er ist zwar ein ziemlicher Draufgänger, aber er hat echt Talent. Mit ein bisschen Disziplin könnte er es wirklich zu etwas bringen. Gibt es kein Sportangebot an seiner Schule?“

„Ich denke schon, aber ich weiß nicht, ob es das auch für die Kleinen gibt.“

„Hmm …“ Nachdenklich dehnt er erneut seinen Nacken. „Ich schaue mal, ob sich da nicht etwas machen lässt. Vielleicht können wir das ja morgen Abend mal in Ruhe besprechen? Bei einem Bier oder so? Nicht, dass du hinterher wieder mit mir meckerst.“

„Na klar, gerne“, erwidere ich erstaunt.

Grayson lächelt kurz, dann nimmt er sein Basecap vom Haken, hebt lässig die Hand zu einem lockeren Gruß und ist verschwunden. Wieder einmal stelle ich fest, dass er vielleicht doch nicht ganz so ätzend ist, wie ich manchmal denke.

Mittlerweile sind fast alle Kinder im Footballwahn und diejenigen, die nicht selbst mitspielen wollen, schauen zumindest beim Training zu. Die Idee, zu einem Turnier anzutreten, schweißt die Gruppe sichtbar zusammen, was ich sehr schön finde, da es nicht immer einfach ist, so viele unterschiedliche Kinder unter einen Hut zu bringen.

Lächelnd beobachte ich durch das Küchenfenster, wie die Kinder sich draußen gegenseitig anfeuern und Grayson ziemlich stolz auf seine kleine Mannschaft zu sein scheint. Nur Olivia sitzt still bei mir in der Küche und wirkt heute ziemlich blass oder viel mehr noch blasser als sonst. Sie war ein paar Tage nicht hier und ich wollte mich heute schon erkundigen, als sie zum Glück wieder aufgetaucht ist.

„Geht es dir nicht gut, Liebes?" Ich stelle einen Becher Limonade rechts neben ihr auf den Tisch und seltsamerweise greift sie umständlich mit der linken Hand danach.

„Alles in Ordnung", piepst sie zaghaft, während sie einen Schluck trinkt.

„Hilfst du mir mit dem Abwasch, oder möchtest du lieber sitzen bleiben?"

Unsicher sieht sie mich an, bevor sie antwortet: „Ich würde heute lieber sitzen bleiben."

Ihre Antwort bestätigt mein ungutes Gefühl, denn sie gehört zu den Kindern, die sonst ausgesprochen gern mithelfen.

„Livie, ist etwas mit deinem Arm nicht in Ordnung?"

Erschreckt legt sie ihren linken Arm über ihren rechten und sagt kein Wort.

„Ich sehe mir das mal an, Süße." In meinem Bauch zieht sich etwas unangenehm zusammen, als ich mich neben sie setze. Ohne ihre Antwort abzuwarten, kremple ich den Ärmel ihrer wieder viel zu warmen Bluse hoch. Erst an der linken Seite.

Es kommen eine Reihe von Blutergüssen zum Vorschein, die aussehen, als müssten sie ziemlich schmerzhaft sein und die ich wieder mit dem Ärmel bedecke. Bevor ich ihren zweiten Ärmel nach oben schiebe, atme ich tief durch.

„Scheiße!", entfährt es mir, denn vom Oberarm fast bis hinunter zum Handgelenk ist alles blau und geschwollen. Ich schließe die Augen und mir wird schlecht.

„Was ist das?" Plötzlich steht Grayson hinter mir und betrachtet genauso besorgt wie ich Olivias Verletzungen. „Darf ich mal sehen, Kleines?", fragt er sanft und sie nickt tapfer, während Grayson ihren Arm abtastet. „Ich bin mir ziemlich sicher, dass er gebrochen ist." Vorsichtig hebt er ihn an, betrachtet die Blutergüsse auf der Unterseite und schüttelt ungläubig mit dem Kopf. Dann krempelt auch er ihren zweiten Ärmel hoch. Sein Blick schnellt zu mir, als er entdeckt, was ich vorhin auch gesehen habe: die blauen Flecken auf Olivias anderem Arm, die ganz eindeutig davon stammen, dass sie jemand festgehalten hat.

„Livie, Liebes, erzählst du mir, wie das passiert ist? Ich verspreche dir, egal, wie es passiert ist, wir werden nicht mit dir schimpfen, okay?" Ich streiche über ihr Haar, während sie sich langsam zu mir umdreht.

„Ich war ungeschickt …" Ihre Stimme ist kaum lauter als ein Flüstern. „Ich bin gegen die Heizung gefallen."

Während Grayson ziemlich fassungslos die Stirn runzelt, habe ich mit so einer Antwort gerechnet. Sie ist sechs Jahre alt, sie nimmt ihre Eltern in Schutz. Wie jedes Kind in diesem Alter.

„Olivia, meine Kleine. Du kannst uns sagen, was passiert ist. Wir werden nicht schimpfen. In Ordnung?"

Während ich über ihre Wange streichle, bricht sie in Tränen aus. Sie ist nicht mehr als ein Häufchen Elend, während sie dort in der Küche sitzt und weint, und mir schnürt es regelrecht das Herz zu.

„Ich will nicht lügen, aber ich habe versprochen, nichts zu sagen.“ Sie spricht dabei so leise, dass ich sie kaum verstehen kann. Einen Impuls heraus folgend setze ich sie vorsichtig auf meinen Schoß und sie versteckt ihren Kopf an meiner Schulter. Als wäre es leichter, wenn sie uns dabei nicht ansehen müsste. Als wäre es ihre Schuld und als könne sie es nicht ertragen. Ich beiße mir auf die Lippe und versuche, ganz ruhig zu atmen, um nicht selbst in Tränen auszubrechen.

„Es ist okay, Liebes. Du kannst uns sagen, was passiert ist.“ Um sie zu trösten, wiege ich sie auf meinem Schoß hin und her und warte einfach ab. Es scheint eine halbe Ewigkeit zu vergehen, bis sie schließlich zu reden beginnt.

„Ich war ungeschickt und deshalb habe ich eine Strafe bekommen. Daddy hatte mich gewarnt. Und ich weiß ja, dass ich ihn nicht wütend machen soll. Mommy und ich sollen das nicht machen. Das hat er schon so oft gesagt …“

Ich höre, wie Grayson bei ihren Worten scharf einatmet, und werfe ihm einen vorwurfsvollen Blick zu, weil ich nicht will, dass er Olivia unterbricht.

„Weshalb ist er denn genau wütend geworden?“

„Ich habe mit dem Barbie-Auto gespielt, das Mommy mir letzte Woche auf dem Flohmarkt gekauft hat. Ich soll nicht auf dem Tisch spielen, das hat Daddy mir ganz oft gesagt, aber auf dem Teppich fährt es nicht richtig. Und dann bin ich gegen seinen Whiskey gefahren und die

Flasche ist vom Tisch gefallen und kaputt gegangen. … Dann hat Daddy mich am Arm gepackt und geschubst, so wie ich es mit seinem Whiskey gemacht habe. Ich bin hingefallen und er ist auf meinen Arm getreten. Der, mit dem ich das Auto gegen seine Flasche gefahren habe. Damit ich lerne, dass ich das nicht wieder machen darf. Und seitdem tut mein Arm weh. Aber Daddy hat gesagt, das wäre alles nur passiert, weil ich nie aufpasse, ein Tollpatsch bin und nicht auf ihn höre. Und dass ich das nicht erzählen darf, weil es nur die gerechte Strafe wäre." Sie klingt ganz bedrückt und verängstigt und ich bin so wütend, dass ich am liebsten schreien würde. Grayson scheint es ähnlich zu ergehen, ich kann sehen, wie er seine Kiefer so fest aufeinanderpresst, dass die Muskulatur an seinen Wangen scharf hervortritt.

„Okay, Liebes. Ich finde gar nicht, dass du ein Tollpatsch bist. Im Gegenteil, ich finde, dass du ein tolles, mutiges Mädchen bist. Grayson macht dir jetzt einen Kakao und ich hole schnell Adele, damit sie sich zu dir setzt und du ihn in Ruhe trinken kannst, während ich ein paar Anrufe erledige. In Ordnung?"

Ihre Tränen sind mittlerweile getrocknet und sie nickt tapfer. Ich streiche ihr noch einmal über ihren Kopf und nachdem ich Adele informiert habe, renne ich fast in mein Büro, wo ich mich erst einmal sammeln muss. Ich bin in einem so liebevollen Elternhaus aufgewachsen, dass es mir immer kurz den Atem nimmt, wenn ich mit solchen Dingen konfrontiert werde. Obwohl ich diesen Job schon eine ganze Weile mache, ist dies der erste Fall von Misshandlung, den ich in so extremer Form mitbekomme. Natürlich gibt es immer wieder mal Blessuren und blaue Flecke, sowohl bei den Kindern als auch bei den Müttern, und es tut mir immer selbst weh, das sehen zu müssen. Meistens stehe ich dem ohnmächtig gegenüber, weil es einfach nicht möglich ist, alle Kinder aus ihren Familien herauszuholen. Aber einen Fall, in dem jemand mit Absicht seinem Kind den Arm bricht – den habe ich zum Glück noch nie miterlebt.

Mit zittrigen Händen öffne ich die Wasserflasche auf meinem Schreibtisch und verschütte einen Teil davon, als ich Wasser in ein Glas gieße und einen großen Schluck trinke. Niemals werde ich mich daran gewöhnen, wenn ich sehen muss, dass Kinder so sehr leiden müssen. Egal, wie oft ich das sehen muss. Ich will gerade zum Telefonhörer greifen, als Grayson in mein Büro kommt.

„Ich habe Olivia lieber mit Adele alleine gelassen, ich dachte, jemand, den sie länger kennt als mich, ist ihr vielleicht gerade lieber. Außerdem … ich habe keine Ahnung, wie man sich in so einer Situation verhalten soll. Obendrein bin ich gerade so wütend, dass ich bestimmt nicht die richtige Gesellschaft für sie bin." Er steht da und sieht genauso schockiert aus, wie ich mich fühle. „Ich habe beim Football so viele Knochenbrüche gesehen, aber das waren immer erwachsene Männer, die diese von anderen erwachsenen Männern zugefügt bekommen haben. Und keine kleinen Mädchen, die von ihrem eigenen Vater verprügelt worden sind, weil sie unachtsam waren – wie Kinder das eben sind! Ich meine, ich weiß ja, dass es Kinder gibt, denen noch weitaus schlimmere Dinge angetan werden. Aber dennoch …" Seufzend fährt er sich durchs Haar. „Was wirst du nun machen?" Grayson setzt sich mir gegenüber an meinen Schreibtisch und nestelt an der Papierunterlage herum, die dort liegt. Obwohl er mindestens genauso aufgewühlt zu sein scheint, wie ich es bin, ist seine Anwesenheit trotzdem irgendwie tröstlich.

„Ich rufe jetzt die Notaufnahme an und schildere die Situation. Danach informiere ich meinen Vorgesetzten und das Jugendamt vom Verdacht der Misshandlung. Alles Folgende liegt leider nicht mehr in meiner Macht und in meinem Zuständigkeitsbereich."

„Du meinst, sie nehmen Livie dann einfach allein mit ins Krankenhaus?" Er klingt ein bisschen entsetzt.

Ich reibe mir die Augen, die plötzlich anfangen zu brennen.

„Ich kann da nichts machen, Grayson. Ich bin Angestellte einer Behörde. Obendrein darf ich die Kinder nicht alleine lassen, es muss wenigstens ein geprüfter Betreuer hier sein ... Was glaubst du, was passieren würde, wenn ich gegen die allgemeinen Vorschriften verstoße? Die machen mir gleich am Montag den Laden hier zu. Und damit ist ja letztendlich auch niemandem geholfen. Ich hoffe, sie finden Olivias Mutter und schaffen es, sie irgendwie zu überreden, mit ihrer Tochter ins Frauenhaus zu gehen." Ich schließe kurz die Augen, bevor ich sage: „Wenn alles klappt."

„Okay." Grayson massiert mit den Fingern seine Schläfen, als hätte er plötzlich Kopfschmerzen. „Ruf sie an. Bringen wir es hinter uns."

Die Dame am Ende der Leitung ist freundlich und sachlich, und als ich auflege, fühle ich mich, als hätte ich einen Verrat begangen.

„Scheiße ..." Als ich auflege, fluche ich leise und betrachte die hellgrüne Tischplatte aus Resopal, bevor ich wieder Grayson ansehe. Sein bernsteinfarbener Blick ruht nachdenklich auf mir.

„Weißt du … da musst du dich vielleicht an die Vorschriften halten. Aber ich muss das zum Glück nicht.“ Nachdenklich nimmt er sein Raccoons-Cap, das er immer in meinem Büro lagert, wenn er hier ist, vom Tisch hoch und betrachtet das Logo.

„Was hast du vor, Grayson?“

Er zuckt mit den Schultern.

„Ach … die meisten Menschen sind bestechlich. Logenkarten und ein paar Autogramme für ihre Kinder … Und schon wird ein Auge zugedrückt und man darf Sachen machen, die man sonst eigentlich nicht darf. Ich wette, sie lassen Adele mitfahren.“

Und tatsächlich gelingt es ihm irgendwie, die Sanitäter zu bestechen, damit sie weggucken, sodass Adele mit Livie im Krankenwagen in die Klinik fahren kann, während ich mit Grayson die restlichen Kinder beaufsichtige und beschäftige. Allerdings muss ich gestehen, dass ich meinen Job noch nie so halbherzig gemacht habe wie heute.

Später fahre ich zum Krankenhaus. In Olivias Zimmer begrüßt mich der Geruch von Desinfektionsmittel.

Olivia liegt im Bett, blass und noch ziemlich benommen. Neben ihr steht ein Infusionsautomat, der vermutlich dosiert Schmerzmittel über den Schlauch in ihrer Hand abgibt. Ihr Arm musste operiert werden und ruht in einer Schiene neben ihr auf dem Bett, während ihre Mutter bei ihr sitzt und vorsichtig die Hand ihres unverletzten Armes hält. Auf dem rechten Jochbein von Livies Mom kann ich die Spuren eines verblassten Blutergusses erkennen. Ihr Blick trifft den meinen und ich kann eine Mischung aus Scham, Erleichterung, Dankbarkeit und Sorge darin sehen.

„Hi", flüstert sie rau und ich komme zu ihr und lege ihr die Hand auf die Schulter.

„Hi. Wie geht es Olivia?" Ich betrachte das zarte Gesicht des schlafenden Mädchens und spüre das Beben im Körper ihrer Mutter, während diese zu weinen beginnt.

„Das hätte nie passieren dürfen. Ich hätte schon längst etwas tun müssen. Aber bisher ..." Ihre Stimme bricht weg und sie muss ein paar Mal tief durchatmen, bis sie sich so weit gesammelt hat, dass sie weitersprechen kann. „Er hat ihr vorher noch nie etwas getan. Sie höchstens mal geschubst oder geknufft oder so. Zumindest habe ich das gedacht. Aber sie haben sie geröntgt und mehrere alte, mittlerweile verheilte Rippenbrüche festgestellt." Sie macht eine kurze Pause und als sie fortfährt, klingt sie noch ein bisschen leiser und tonloser als vorher. „Ich habe das nie mitbekommen. Wenn er wütend war, hat sich das sonst immer nur gegen mich gerichtet ... Zumindest dachte ich das."

Ich drücke tröstend ihre Schulter und fühle mich dabei selbst, als ob ich Trost gebrauchen könnte. Mir ist klar, dass ihre Mutter ebenfalls ein Opfer ist, dass sie selbst vermutlich ihr Leben lang so viel Gewalt erlebt hat, dass sie kaum in der Lage ist, die Anzeichen dafür an ihrer Tochter zu entdecken, bis es fast zu spät ist. So wie jetzt. Und dennoch ... Ich werde mich niemals daran gewöhnen, dass solche Dinge passieren.

Olivias Mutter weint noch immer. Sie hält krampfhaft die Hand ihrer Tochter fest, während sie den freien Arm um sich geschlungen hat, als würde sie sich selbst festhalten wollen.

„Ich schicke Ihnen jemanden, der Ihnen hilft, in Ordnung? Damit Sie nicht mehr nach Hause zurückmüssen. Das wollen Sie doch, oder?"

Aus tränennassen Augen sieht sie mich an.

„Nie wieder will ich dorthin zurück. Ich will nicht, dass meinem Baby noch einmal so etwas passiert. Oder dass er ihr noch Schlimmeres antut." Ihre Stimme ist erstaunlich fest und in mir keimt Hoffnung auf. Hoffnung, dass sie auch umsetzt, was sie gerade verspricht und nicht morgen doch wieder zu ihrem gewalttätigen Mann zurückkehrt, wie es so oft geschieht.

„Sie schaffen das. Ganz bestimmt. Ich kümmere mich darum, dass Sie Hilfe bekommen."

„Danke, Cherry", flüstert sie. „Livie mag Sie sehr, wissen Sie?"

„Ich mag Olivia auch sehr. Sie ist etwas ganz Besonderes." Meine Stimme fängt an zu zittern und ich muss hier dringend raus. Die beiden sehen ohnehin so aus, als würden sie ein bisschen Ruhe vertragen können.

Auf dem Flur warten Adele und eine Dame vom sozialen Dienst auf mich und wir füllen gemeinsam noch einige Unterlagen aus, während sie mir hoch und heilig verspricht, dass sie alles daran setzen werden, dass Olivia mit ihrer Mutter zunächst in ein Frauenhaus kommen wird, bevor sie eine andere Lösung für die beiden finden.

Als ich das Krankenhaus schließlich verlasse, fühle ich mich, als wäre ich um Jahre gealtert. Trotzdem beschließe ich, mich noch wie geplant auf den Weg zur Farm zu machen, damit ich unser Sommerlager planen kann.

Zum Glück habe ich heute Morgen schon alles Nötige gepackt und in den Kofferraum meines Wagens verfrachtet. Zwar schweifen meine Gedanken immer wieder zu Livie und ihrer Mutter ab, aber letztendlich kann ich ihnen ja auch nicht damit helfen, dass ich heute zu Hause bleibe. Außerdem wird mir ein bisschen Ablenkung nach diesem Tag sicherlich gut tun.

Kapitel 10

Ich komme viel später an der Rosebelle-Farm an, als ich es eigentlich geplant hatte, und bin mir nicht sicher, ob es tatsächlich eine gute Entscheidung gewesen ist, herzufahren. Wegen der Sache mit Olivia bin ich immer noch ganz aufgewühlt. Andererseits läuft uns wirklich die Zeit davon, und wenn ich heute nicht hergekommen wäre, um alles zu klären, hätten wir das Sommerlager in diesem Jahr abschreiben können.

Nach einer langen Fahrt zwischen Bäumen, Wäldern und Weiden hindurch meint mein Navi, ich solle links abbiegen. Und obwohl ich schon sehr langsam fahre, muss ich doch umdrehen, weil die Einfahrt so zugewachsen ist, dass ich sie zunächst übersehe. Nachdem ich mein Auto fast in der morastigen Wegbegrenzung festgefahren habe, schaffe ich es schließlich, den schmalen Weg vorsichtig zu passieren. Ich fahre so weit, wie ich komme, dann muss ich den Wagen wohl oder übel stehen lassen und die letzten paar Meter zu Fuß gehen.

Das ganze Grundstück ist stark verwildert und wirkt, als hätte es ziemlich lange keinen Gärtner mehr zu Gesicht bekommen. Obwohl es schon fast 18:00 Uhr ist, steht die Sonne immer noch hoch am Himmel und es sind immer noch mindestens 30°C im Schatten. Während ich den tief hängenden Zweig einer Trauerweide zur Seite schiebe, entdecke ich die Farm.

Wie in einem Bilderbuch liegt das große, rote Holzhaus mit den strahlend weißen Fensterrahmen inmitten einer verwilderten Blumenwiese und sieht beinahe aus, als würde es ein Sonnenbad nehmen.

Entzückt bleibe ich einen Moment lang stehen und nehme den Anblick in mir auf, während ich in meiner Handtasche nach dem Schlüssel suche, den Sarah mir letzte Woche gegeben hat. Bevor ich mir das Grundstück weiter anschaue, will ich mir das Haus ansehen.

Mit einem leisen Quietschen öffnet sich schließlich die Haustür mit dem klemmenden Schloss nach dem dritten Versuch. Drinnen begrüßt mich der Geruch von altem Holz, schlecht belüfteten Räumen und Staub. Meine Füße stehen auf von den Jahren grau gewordenen Holzdielen, die unter meinem Gewicht knarren. Zunächst kann ich nicht viel mehr als ein Treppengeländer mit cremeweißen Sprossen und einem taubenblau gestrichenen, gedrechselten Handlauf und Türen in denselben Farbtönen erkennen. Durch ein kleines Fenster, das dringend mal geputzt werden müsste, dringen helle Sonnenstrahlen in den Hausflur ein, die kleine in der Luft tanzende Staubpartikel sichtbar werden lassen.

Ich fühle mich ein bisschen wie in einem Abenteuerfilm, während ich neugierig Zimmer für Zimmer inspiziere.

Leider gibt es weitaus weniger zu entdecken, als ich mir gewünscht hätte. In der Küche stehen ein alter Kaminofen, ein schlichter Holztisch mit vier nicht zueinander passenden Stühlen sowie eine fest eingebaute Spüle aus Terrazzo, die schon bessere Jahre erlebt haben dürfte.

Das Ganze wird abgerundet von einem wunderschönen alten Küchenschrank sowie einem anscheinend nicht mehr funktionierenden Gasherd. Alles hier versprüht einen altmodischen Charme und ist trotz des abgenutzten Zustandes irgendwie gemütlich. Noch besser gefallen würde es mir allerdings, wenn Wasser aus dem Wasserhahn kommen würde. Doch dieser gibt nicht mal mehr ein leises Glucksen von sich, als ich ihn aufdrehe.

Bei meinem weiteren Rundgang durch das Haus muss ich leider feststellen, dass es nirgendwo Wasser gibt, nicht einmal die Toilettenspülung funktioniert mehr. Der Strom genauso wenig und obwohl ich den Sicherungskasten finde, bleibt das auch so. Viel mehr an Mobiliar ist auch nicht zu entdecken, in den meisten Räumen herrscht einfach nur gähnende Leere. Nur in einem kleinen Zimmer im ersten Stock entdecke ich ein Bett mit einer halbwegs sauber aussehenden Matratze und eine Truhe mit drei Bettlaken, die furchtbar staubig riechen. Während ich sie aus der Truhe nehme, fällt etwas Schweres klappernd vor mir auf den Fußboden. Erstaunt hebe ich eine Smith & Wesson auf und wiege den alten Revolver mit dem glatten Holzgriff bedächtig in der Hand. Meine Brüder haben mir bereits als Kind heimlich das Schießen beigebracht. Meine Mutter hätte vermutlich einen Anfall bekommen, wenn sie davon gewusst hätte. Aber Daddy hat es stillschweigend geduldet und auf uns aufgepasst, während wir hinten im Garten auf alte Konservendosen geschossen haben, wenn meine Mutter mal nicht da war.

Eine Waffe ist also nichts, was mir Angst machen würde, auch wenn ich durchaus einen höllischen Respekt davor habe. Ich kontrolliere die Trommel und stelle fest, dass der kleine Revolver sogar geladen ist. Danach lege ich ihn zurück in die Truhe. Sarah und ich müssen unbedingt daran denken, ihn entsorgen zu lassen, bevor die Kids hierherkommen. Auch wenn ich es früher cool fand, bin ich heute der Meinung, dass Kinder ihre Hände von Waffen lassen sollten.

Seufzend mache ich mich auf den Weg zurück zu meinem Auto. Ich hätte mir lieber irgendwo ein Hotelzimmer genommen, aber alles, was verfügbar gewesen wäre, ist mindestens eine Autostunde entfernt und somit total unpraktisch. Zum Glück bin ich immer übervorsichtig und habe, trotz Sarahs Beteuerungen, dass im Haus alles zu finden ist, was ich brauche, wenigstens eine Wolldecke und ein kleines Kissen mitgenommen sowie in weiser Voraussicht an zwei Taschenlampen gedacht.

Ich trage alles ins Haus und nehme auch noch die Kiste mit Proviant und Wasser mit, die ich gepackt habe, außerdem meine kleine Reisetasche, und stelle meine Habseligkeiten auf dem Küchentisch ab. Dann reiße ich alle Fenster und Türen auf. Draußen ist es zwar wärmer als drinnen, dennoch kann ein bisschen Luft dem Haus sicher nicht schaden.

Ich erkunde noch das restliche Grundstück, zu dem neben einer wahrlich riesigen Wiese, die vermutlich früher als Weide gedient hat, auch noch ein wirklich idyllischer See gehört.

Ich bin sehr angetan von diesem Gelände. Natürlich wird es noch ein Haufen Arbeit sein, vor allem müsste der Garten gemacht werden. Aber für unsere Zwecke ist es nahezu perfekt.

Im Gegensatz zu den Wasserhähnen im Haus funktioniert der alte Brunnen davor noch tadellos. Er ist mit einer alten Pumpe versehen und Sarah hat mir versichert, dass das Wasser darin Trinkwasserqualität hat. Sie und Grayson waren als Kinder oft hier und sie fanden es als echte Stadtkinder anscheinend völlig faszinierend, dass Trinkwasser aus einer altmodischen Pumpe kommen kann.

In einer kleinen Scheune finde ich mehrere zerbeulte Zinneimer, die ich alle mit Wasser befülle und ins Haus trage, sodass ich wenigstens die Möglichkeit habe, die Toilette zu benutzen und mit irgendetwas nachzuspülen.

Ich beschließe, schnell noch die Laken zu waschen, damit ich heute Abend saubere Bettwäsche habe. Ich wasche sie mit Brunnenwasser und Haarshampoo aus meiner Kulturtasche in einer alten Emaillewanne durch, wringe sie kräftig aus, um sie dann zum Trocknen aufzuhängen. Hoffentlich werden die Laken noch rechtzeitig wieder trocken.

Nachdem ich somit alle wichtigen Vorbereitungen für die Nacht getroffen habe, gehe ich noch einmal hinunter zu dem kleinen See. Er ist einfach der allerschönste Platz hier. Von zwei Seiten wird er von großen, schattenspendenden Bäumen umrandet, die bei jedem sanften Windzug leise rauschen. Im hohen Gras davor, das nach Sommer und Heu duftet, zirpen Grillen.

Es gibt einen kleinen Bootssteg, der ein paar Meter weit ins Wasser ragt und ich kann nicht widerstehen, mich dort niederzulassen und meine Füße in das kalte Wasser zu stecken. Schon als Kind haben mich solche Stellen immer magisch angezogen und es dauert auch heute nicht lange, bis ich mich schließlich ausgezogen habe und schwimmen gehe. Ich fühle den weichen Sand des Grundes zwischen den Zehen, das kühle, klare Wasser, das meinen Körper umspült und erfrischt, und lege mich auf den Rücken, um mich eine Weile treiben zu lassen. Während die Sommersonne meine Vorderseite wärmt, umgibt das kühle Wasser meinen restlichen Körper und einen Moment lang fühle ich mich schwerelos, sorgenlos und frei.

Später mache ich eine gründliche Bestandsaufnahme des Hauses und des Grundstücks. Überlege, was noch zu erledigen ist, und lege mir eine Liste an, mit wem ich morgen alles sprechen muss und was zusätzlich zu organisieren sein wird.

Ich esse mitgebrachte Sandwiches und trinke einen Schluck Wein, den ich ebenfalls mitgebracht habe, und beobachte den langsam dunkler werdenden Himmel. Wenn meine Gedanken nicht ständig zu Olivia wandern würden, dann würde es sich hier beinahe anfühlen, als wäre ich im Urlaub.

Ich lege mein nur halb aufgegessenes Sandwich zurück in seine Verpackung. Bevor es gleich ganz dunkel ist, will ich unbedingt noch mein Bett machen und im oberen Stockwerk nach dem Rechten sehen.

Die alte Holztreppe knarrt, während ich die Stufen nach oben nehme, und ich entschließe mich doch dazu, die Taschenlampe schon anzuschalten. Ich stelle sie auf das kleine Stativ und bin ziemlich dankbar dafür, dass mein Vater mir mal ein Notfall-Kit für Stromausfälle und andere Katastrophen geschenkt hat: Wer hätte gedacht, dass ich eine aufstellbare Taschenlampe mal gebrauchen kann.

Während ich die Wäschetruhe noch einmal öffne, um das überzählige Laken zurückzulegen, passiert es. Eine Maus springt mir entgegen, die kleinen Knopfaugen funkeln im Licht meiner Taschenlampe. Während ich hysterisch aufschreie, läuft sie direkt auf mich zu und springt erst im letzten Augenblick zur Seite, um dann zur Tür herauszuhuschen. Ich wette, dass sie erst auf mich zugelaufen war, war die pure Berechnung – sie plant bestimmt, mir damit einen Schock zu verpassen, der zum Herzstillstand führt, und mich damit außer Gefecht zu setzen. Mein Herz rast furchtbar und ich brauche eine Weile, bis ich mich wieder halbwegs gesammelt habe.

Cherry, du hast einen furchtbaren Dachschaden!

Den habe ich tatsächlich, aber frei lebende Mäuse sind einfach widerlich. Ich habe keine Probleme mit Käfern, Würmern oder Spinnen, doch vor Mäusen ekle ich mich schlichtweg furchtbar – zumindest dann, wenn sie die Chance haben, frei herum zu huschen. Mir ist klar, dass das eine völlig irrationale Angst ist. Doch allein bei dem Gedanken, dass das Tierchen heute Nacht mit mir unter einem Dach schlafen wird, stehen mir fast die Haare zu Berge. Nachdem ich kurz in Erwägung ziehe, die Maus mit dem gefundenen Revolver zu jagen, verwerfe ich den Gedanken jedoch recht schnell wieder. Es käme mir auch etwas martialisch vor, das Tier gleich umzubringen. Stattdessen bewaffne ich mich mit einem alten Besen und mache mich auf die Jagd nach dem Untier, um es aus dem Haus zu scheuchen, aber es ist und bleibt irgendwo versteckt. Vermutlich hat das kleine Graufell Wissen über psychologische Kriegsführung und ahnt schon, dass es mich in den Wahnsinn treiben wird, wenn ich nur weiß, dass sie noch im Haus ist.

Mir ist ja klar, dass es lächerlich klingt, aber ich habe wirklich eine *ziemliche* Phobie vor Mäusen. Vielleicht, weil meine Brüder mir mal eine unter meinen Pulli gesteckt haben, als ich acht Jahre alt war, und das Tier mich voller Panik gebissen hat. Am liebsten würde ich sofort meine Sachen packen und umgehend von hier verschwinden. Das Pflichtbewusstsein hält mich letztendlich doch hier. Vielleicht schlafe ich später einfach im Auto.

Mit immer noch stark rasendem Herzen gehe ich die Treppe herunter, als mein Handy zu klingeln beginnt.

Kapitel 11

„Hi, ich bin's!" Graysons Stimme klingt tief und melodisch durch das Telefon und ich bin einen Moment lang so erleichtert, eine vertraute Person zu hören, dass ich am liebsten losheulen würde.

„Guten Abend, Grayson." Ich höre mich nicht ganz so souverän an, wie ich es gerne würde. Aber immerhin hört man mir auch nicht an, dass ich vor ein paar Minuten nur mit Mühe dem Tod durch einen heimtückischen Mäuseangriff entgangen bin. Ich lehne den Besen an die Wand und lasse mich auf die unterste Stufe der alten Holztreppe sinken, die unter meinem Gewicht leise knarzt. Mit der flachen Hand streiche ich über die ausgetretenen Stufen und fühle die Maserung des Holzes an meinen Fingern.

„Wo bist du gerade? Wir wollten doch noch über Marlon reden." Im Hintergrund kann ich Motorengeräusche hören, vermutlich sitzt er im Auto.

Mist!

Verlegen beiße ich mir auf die Unterlippe. Ich hatte total vergessen, dass wir uns heute Abend verabredet hatten, um über den Jungen zu sprechen.

„Ich inspiziere das Gelände samt Haus, das deine Schwester als potenzielles Ferienlagergrundstück ausgemacht hat. Sorry – ich habe das in der ganzen Aufregung um Olivia heute völlig vergessen."

„Habe ich gemerkt. Ich stand gerade eine halbe Stunde vor deiner Wohnung herum und habe geklingelt und geklopft. Bis deine uralte Nachbarin in einem sauhässlichen fliederfarbenen Nachthemd wie eine Furie zur Tür herausgeschossen kam und mir Schläge mit ihrem Stock angedroht hat, wenn ich jetzt keine Ruhe gebe."

Ich muss lachen und will ihn korrigieren und darauf hinweisen, dass das im Leben keine halbe Stunde gewesen sein kann, weil Mrs. Rubinstein deutlich schneller die Geduld bei solchen Dingen verliert. Dafür kommt sie aber nicht mehr aus ihrer Wohnung geschossen, sondern höchstens noch geschlurft. Aber ich komme nicht mehr dazu. Stattdessen kreische ich hysterisch auf und lasse das Telefon fallen. Denn da ist etwas und huscht über meine nackten Füße. Beinahe möchte ich behaupten, es ist nicht etwas, sondern jemand. Denn was da huscht, ist die kleine graue Maus von vorhin und ich könnte beinahe schwören, dass ihre Augen voller Schadenfreude blitzen, als sie mich schon zum zweiten Mal an diesem Tag fast in den Herzinfarkt getrieben hat.

Aber diesmal ist es mir zu bunt. Außerdem hat sie sich mit dieser Aktion sozusagen selbst ins Aus gespielt. Denn am Fuße der Treppe gibt es keine Versteckmöglichkeiten und keine offenen Mauernischen mehr. Nur blanken Boden und nackte Wände.

Voller Kampfesmut greife ich zu meinem Besen und stelle dem kleinen, grauen Unhold mit Entschlossenheit nach. Und da sitzt sie auch schon, plötzlich nicht mehr ganz so schelmisch funkelnd, und macht stattdessen einen auf *ich bin niedlich – bitte tu mir nichts*.

„Na warte …", murmle ich, den Besen fest umklammernd, und mache möglichst vorsichtige Schritte auf dem glatten Dielenboden in ihre Richtung. Bevor sie noch auf die Idee kommen kann, wieder loszuhuschen, öffne ich ganz schnell die Tür nach draußen und werfe dann schreiend den Besen nach ihr.

Und tatsächlich zögert sie nicht lange und ergreift ihre Chance auf Flucht ins Freie ohne einen weiteren Versuch, mir nach dem Leben zu trachten.

Ich sprinte ihr hinterher und schließe lachend die Tür, nachdem sie das Haus verlassen hat. Schade eigentlich, dass gerade niemand da ist, um diesen unglaublichen Sieg mit mir zu teilen!

Du solltest lieber froh sein, dass niemand hier ist, der hinterher noch das Wissen um deinen unglaublichen Dachschaden teilen könnte, Cherry!

Auch wieder wahr. Immer noch lachend fällt mein Blick schließlich auf das heruntergeworfene Telefon und ich werde umgehend ernst. Wenn Grayson das jetzt alles mit angehört hat …

Oh Gott!

Allein der Gedanke daran treibt mir die Schamesröte ins Gesicht und ich traue mich kaum, das kleine Gerät hochzunehmen. Als ich es endlich doch wage, stelle ich mehr als erleichtert fest, dass es sich ausgestellt hat, hoffentlich schon, als ich es habe fallen lassen. Beinahe dankbar drücke ich es an meine Brust. Mein Enthusiasmus wird aber deutlich getrübt, als ich es einschalten will und es keinen Mucks mehr von sich gibt. Kein Leuchten, kein leises Piepen, kein freundliches Klingeln oder Blinken … nichts.

„Schöne Scheiße." Leise fluchend nehme ich mein Handy mit nach oben, weil dort die größere Taschenlampe liegt und ich dringend ein bisschen Licht brauche, um zu erkennen, ob sich dort noch irgendetwas reparieren lässt. Oder ob es doch noch ein Sieg für die Maus war und ich ein erstes Todesopfer auf meiner Seite zu beklagen habe.

Keine Ahnung, wie viel Zeit ich mit verzweifelten Wiederbelebungsversuchen meines armen Smartphones verbringe, aber irgendwann gebe ich es seufzend auf. Morgen früh werde ich zusehen, dass ich irgendwo ein neues herbekomme und eine Nacht werde ich es ja wohl mal ohne schaffen, auch wenn mich der Umstand irgendwie nervös macht. Komisch, wie abhängig man sich von solchen Geräten fühlt. Wenn ich an die vielen Fotos und Adressen denke, die auf meinem Handy sind und jetzt vielleicht nicht mehr zu retten sein werden, wird mir endgültig anders. Wie haben nur all die vielen Generationen vorher ohne Mobiltelefone überleben können?

Fast schon ein bisschen verzweifelt stapfe ich ins Badezimmer und putze mir die Zähne mit dem mitgebrachten Wasser aus der Flasche.

Dann gehe ich ins Bett. Wenn ich schnell genug einschlafe, bekomme ich von der Dunkelheit dieses Hauses hoffentlich nicht mehr so viel mit und es ist ganz schnell wieder hell draußen. Ich muss ja zugeben, dass ich meinen Mut wirklich ein bisschen überschätzt habe, als ich so freimütig gesagt habe, ich würde allein hierher fahren, um das Haus zu inspizieren. Aber nun bin ich hier und jetzt stehe ich das auch durch!

Müde schüttle ich das Kissen auf und freue mich, dass ich wenigstens saubere Bettwäsche haben werde, bevor ich mich zwischen die Laken kuschle, die nach meinem Haarshampoo und frischer Luft duften, und versuche, einzuschlafen.

In einem fremden Haus mit lauter fremden Geräuschen und in dem Wissen, dass man keine Hilfe rufen kann, wenn man sie brauchen würde, einzuschlafen, ist gar nicht so einfach. Und das, obwohl eine geladene Waffe unter dem Kopfkissen ja eigentlich genug Sicherheit bieten sollte. Deutlich mehr als so ein blödes Telefon.

Das rufende Käuzchen irgendwo in dem Wald vor dem Haus, das ich erst noch als romantisch empfunden habe, ist mir plötzlich unheimlich. Sogar die kleine Maus, die ich vorhin ins Freie gesetzt habe, tut mir plötzlich leid. Dass sie jetzt vielleicht draußen von einem bedrohlich rufenden Waldvogel gefressen wird, ist kein Schicksal, das ich ihr gönnen würde. Überall knackt und knarrt und knirscht irgendetwas, trotz aller Erschöpfung kann ich nicht einschlafen.

Außerdem drückt der Bügel meines BHs, den ich vergessen habe auszuziehen, beim Liegen unangenehm gegen meinen Brustkorb. Ich setze mich hin und will ihn gerade öffnen, als ich ein Geräusch höre. Mit klopfendem Herzen lasse ich meine Hände wieder sinken.

Tief durchatmen, Cherry! Bestimmt bildest du dir das alles nur ein!

Aber auch nach mehrfachem tiefem Durchatmen ist das Geräusch immer noch da. Da macht sich eindeutig jemand an der Haustür zu schaffen.

Und du dummes Huhn hast dir Sorgen über Mäuse gemacht.

Meine Hände zittern, als ich nach der Waffe unter meinem Kopfkissen greife. Vielleicht hat ja alles eine ganz harmlose Erklärung, aber auf die Schnelle will mir kein harmloser Grund einfallen, warum jemand mitten in der Nacht versuchen sollte, hier ins Haus zu kommen.

Das Herz schlägt mir bis zum Hals, während ich erst die Taschenlampe anschalte und dann den Revolver mit beiden Händen festhalte und auf die Tür richte. Keine Sekunde später höre ich die Angeln der sich öffnenden Haustür quietschen, gefolgt von schweren Schritten auf der knarrenden Treppe.

Mir ist furchtbar schlecht. Und als sich der Türknauf von außen zu drehen beginnt, glaube ich kurz, mich übergeben zu müssen.

Für ein paar Schläge setzt mein Herz einfach aus, als die Tür sich langsam öffnet.

„Keinen Schritt weiter!" Meine Stimme klingt dünn und fremd in meinen Ohren und meine Hände zittern immer noch.

Dann schaue ich in die erschreckt aufgerissenen Augen von Grayson, der völlig erstaunt auf die auf ihn gerichtete Mündung der Smith & Wesson starrt.

+++

Nachdem Cherry einfach aufgelegt hat, und zwar kreischend, hat Grayson zunächst gewartet, dass sie noch mal anruft, und ist ziellos weitergefahren, ein bisschen sinnlos in der Gegend herum. Er hatte keine Lust, sich heute Abend besaufen zu gehen; ein erstaunlicher Umstand eigentlich, aber nach den Erlebnissen mit Olivia heute war ihm einfach nicht danach.

Sich selbst betrinken zu gehen, nachdem er gesehen hat, wozu Menschen unter Alkoholeinfluss so alles fähig sind, wäre ihm wie ein Verrat an dem kleinen, misshandelten Mädchen vorgekommen. Also ist er weiter herumgefahren, ohne ein wirkliches Ziel zu haben. Er fährt gerne Auto. Die Landschaft an ihm vorbeiziehen zu sehen, das leise Brummen des Motors – für Grayson ist das eine Form der Entspannung.

Nach einer halben Stunde hat Cherry immer noch nicht zurückgerufen und bei seinem Anruf bei ihr ist gleich die Mailbox angesprungen. Grayson hat angefangen, sich Sorgen zu machen. Wenn jemand kreischend auflegt und anschließend nicht mehr erreichbar ist, ist das schließlich nicht unbedingt ein gutes Zeichen.

Also hat er Sarah angerufen, die ihn zwar beruhigt, ihm aber trotzdem erzählt hat, wo sie ist und auch, dass es vermutlich einen Ersatzschlüssel unter einem bestimmten Blumentopf gibt.

Grayson kennt das Haus noch, als Kind war er im Sommer ein paar Mal dort und ein Blick auf die Straße hat ihm gezeigt, dass er ohnehin schon halb auf dem Weg dorthin ist.

„Was soll's!“ Schulterzuckend ist er einfach weitergefahren, wenn er sowieso schon fast da ist, kann er ja auch mal schnell schauen gehen, ob alles okay ist.

Er ist so weit, wie er konnte, bis zum Haus vorgefahren und hat seinen Hummer neben Cherrys kleinen Fiat abgestellt und ist das restliche Stück dann über den kleinen Kiesweg entlang zu Fuß weitergegangen.

Ohne groß darüber nachzudenken, hat er nach dem Schlüssel gesucht, der tatsächlich genau da lag, wo Sarah ihn vermutet hatte. Im Haus war es dunkel, nur der Schein des Vollmondes spendete gerade genug Licht, um schemenhafte Umrisse erkennen zu können. Da er Cherry im Erdgeschoss auf Anhieb nicht entdecken konnte, ging er auf gut Glück in den ersten Stock hoch und öffnete dort die erstbeste Tür. Was er allerdings sofort bereut hat. Denn statt sich zu freuen, dass er zu ihrer Rettung geeilt ist, sitzt diese Wahnsinnige nun hinter der Tür, blendet ihn mit einer Taschenlampe und bedroht ihn mit einer Waffe! Ein paar Schläge lang kommt sein Herz vor Schreck ins Stolpern – schließlich wird er ja nicht jeden Tag mit einer Knarre bedroht –, bevor es sich langsam wieder beruhigt.

Vielleicht wäre es doch besser gewesen, sich heute Abend einfach volllaufen zu lassen …

+++

Langsam, ganz langsam beruhigt sich mein rasendes Herz wieder und mein Atem geht weniger stoßweise. Erst danach realisiert mein Gehirn, dass keine Gefahr droht und es kein Einbrecher ist, auf den ich da ziele. Trotzdem gelingt es mir nur im Zeitlupentempo, die Waffe sinken zu lassen.

„Grayson, verdammt! Du hast mich fast zu Tode erschreckt!"

Der Beschuldigte hebt den Kopf und zieht eine Augenbraue in die Höhe.

„Was soll ich denn da sagen? Ich komme, um nach dir zu sehen, und werde von irgendeiner Irren in Empfang genommen, die mit einer Waffe auf mich zielt! Ich hoffe doch, das Ding ist nicht geladen?" Er streicht sich eine verirrte Strähne seines Haars aus der Stirn.

„Natürlich ist sie geladen, es macht wohl wenig Sinn, jemanden mit einer ungeladenen Waffe zu bedrohen." Ich klinge wie ein Klugscheißer, aber es ist ja wahr. Meine Hände umklammern immer noch den Revolver; ich lasse sie in meinen Schoß sinken.

„Verdammt, du hättest mich umbringen können."

„Habe ich aber nicht. Außerdem hättest du vielleicht mal nach mir rufen können, statt einfach das Haus zu stürmen. Das hätte uns beiden eine Menge Kummer erspart. Was machst du überhaupt hier?" Ich fühle mich, als würde ich jeden Moment völlig hysterisch werden, irgendwie war dieser Tag ein bisschen zu viel für mich.

„Du hast gekreischt, als würde dich jemand schlachten wollen, und warst anschließend nicht mehr erreichbar! Ich dachte, ich schaue mal nach dem Rechten …"

Mist - er hat es doch gehört …

„Ich habe höchstens einen kleinen Schreck bekommen, weil hier plötzlich eine süße kleine Maus entlanglief, und dabei ist mir das Telefon aus der Hand gerutscht. Nachdem ich das Tierchen ins Freie gebracht hatte, musste ich dann leider feststellen, dass mein Handy seinen Geist aufgegeben hat." Das entspricht ja zumindest weitestgehend der Wahrheit, finde ich.

„Dann geht es dir also gut?"

Genau genommen tut es das nicht. Ich bin völlig am Ende, wenn ich mal ehrlich zu mir selbst bin, und obwohl ich sonst mit dem Alleinsein keine Probleme habe, bin ich gerade froh, ein lebendiges, menschliches Wesen hier zu haben. Da dieses Wesen aber ausgerechnet der Mensch mit dem größten Ego ist, den ich kenne und ich de facto seine Chefin bin, würde ich das niemals zugeben.

„Na klar geht's mir gut. Du kannst also wieder fahren." Ich klinge ein bisschen schnippisch, was meiner Aussage irgendwie die nötige Autorität nimmt.

„Morgen gerne. Heute ist es mir zu spät. Außerdem bin ich gern gesehener Gast hier." Er lächelt hochzufrieden und in seiner rechten Wange zeigt sich ein zugegebenermaßen sehr hinreißendes Grübchen, das mir schon häufiger aufgefallen ist. „Na, dann kann ich dich wohl nicht aufhalten. Viel Spaß beim Schlafplatz suchen." Ich versuche meine Erleichterung darüber, dass ich hier heute nicht werde alleine übernachten müssen, so gut es geht zu verbergen. Meine Schadenfreude darüber, dass er irgendwo wird auf dem Boden schlafen müssen, weil ich das einzig verfügbare Bett im Haus in Beschlag nehme, allerdings auch.

„Ich leihe mir die mal aus …" Er greift nach meiner Lieblingstaschenlampe, aber ich bin immer noch viel zu erleichtert, um ihm zu widersprechen. Sein anschließendes Gepolter im Haus ist wie Musik in meinen Ohren, weil es alle anderen unheimlichen Geräusche überdeckt. Und natürlich weil ich es amüsant finde, mit anhören zu dürfen, wie er von Zimmer zu Zimmer geht, auf der Suche nach einer bequemen Schlafstätte, und doch nicht fündig werden wird. Mir ist klar, dass das gemein ist, schließlich ist er nur hergekommen, weil er sich meinetwegen Sorgen gemacht hat. Aber seine Überheblichkeit provoziert mich unglaublich und ich fühle mich herausgefordert, Dinge zu tun und zu sagen, die ich sonst nie machen würde.

Ich lege mich zurück in mein Bett, bis mir die BH-Problematik erneut in die Quere kommt. Außerdem habe ich Durst. Ich stehe auf und suche in meinem Gepäck nach einer Flasche Wasser und trinke ein paar Schluck. Dann will ich endgültig den blöden BH loswerden, um heute vielleicht doch noch ein bisschen Schlaf finden zu können. Ich greife nach dem Saum meines Shirts und will es mir gerade über den Kopf ziehen, als meine Zimmertür erneut von außen geöffnet wird und mich der Schein meiner eigenen Taschenlampe blendet.

„Lass dich bitte nicht aufhalten …“ Grayson schaut grinsend auf den Saum meines Shirts, den ich noch immer in den Händen halte. „Was immer du auch gerade vorhattest.“

Er stellt die Taschenlampe zurück auf ihr Stativ, setzt sich auf das Bett und schnürt in aller Ruhe seine Schuhe auf. Nachdem er sie zusammen mit den Strümpfen von seinen Füßen gestreift hat, stellt er sich hin und zieht seine Hose aus, anschließend lässt er das Shirt folgen.

Fasziniert und ziemlich perplex beobachte ich ihn beim Ausziehen und betrachte die festen Muskelpakete, die zum Vorschein kommen. Unwillkürlich lecke ich mir über die Lippen, die sich plötzlich so furchtbar trocken anfühlen. Dann endlich schaffe ich es, meinen Blick von den Bergen und Tälern seiner muskulösen Brust loszureißen und ihm stattdessen in seine schönen, bernsteinfarbenen Augen zu blicken, die gerade beinahe wölfisch funkeln.

Wenn mir nur nicht so heiß wäre …

Ich schlucke heftig.

„Verrätst du mir auch, was das hier wird, wenn es fertig ist?“, gelingt es mir schließlich mit erstaunlich fester Stimme zu sagen.

„Ich ziehe mich aus, um mich schlafen zu legen. Normalerweise schlafe ich nackt, doch aus Rücksicht auf dein zartes Gemüt behalte ich die Boxershorts heute mal an …“

Schade eigentlich!

Meine Hormone schlagen Kapriolen und bei dem Gedanken daran, dass er sich vielleicht ganz nackt zu mir ins Bett legen könnte ... Sein Blick wandert zu meinem Gesicht, doch statt mir in die Augen zu sehen, haftet er an meinem Mund.

Schnell versuche ich die Bilder, die ungefragt in meinem Kopf auftauchen, wieder zu verdrängen.

„Wie nett von dir. Aber du weißt schon, dass das mein Bett ist?"

Als hätte er mich nicht gehört, macht er es sich bequem und deckt sich zu. Ich schiele noch einmal nach seiner Brust, die nun leider halb vom Laken bedeckt ist.

„Klar weiß ich das. Und du weißt genau, dass dieses Bett das einzige Bett ist, das es momentan hier gibt. Es ist groß genug für uns zwei und mit meiner verletzten Hüfte kann ich auf gar keinen Fall auf dem Boden schlafen." Seine Zähne blitzen weiß auf, als er zufrieden lächelt. „Wenn du allerdings Angst hast, dass du dich nachts nicht zurückhalten kannst und über mich herfallen musst – es steht dir natürlich frei, irgendwo anders auf dem Boden zu schlafen. Ansonsten kannst du völlig unbesorgt sein, ich habe mich hervorragend im Griff."

„Du bist unglaublich", gebe ich ärgerlich zurück und Grayson lacht leise.

„Weißt du – einige Körperteile von mir sind das tatsächlich. Willst du mal sehen?"

Ich schnappe nach Luft und bin mir nicht sicher, ob ich über seine Unverschämtheiten lachen oder ihm lieber eine Abreibung verpassen soll. Bevor ich mich für das eine oder andere entscheiden kann, setzt er sich wieder hin. Jeder Plan, der sich auch nur ansatzweise in meinem Kopf gebildet hat, ist auf einmal dahin; statt mir einen neuen auszudenken, verfalle ich in jämmerliches Starren. Ob nun absichtlich oder zufällig richtet sich Grayson noch ein bisschen weiter auf, und während das Laken noch ein wenig tiefer rutscht, wird ein kleiner Pfad hellbrauner Haare unter seinem Bauchnabel sichtbar, der dann in seiner Hose verschwindet.

„Was ist eigentlich mit dir?“ Seine Stimme bringt mich ins Hier und Jetzt zurück.

„Hm?“ Ich klinge wie ein Trottel, allerdings bin ich fest davon überzeugt, dass ich anfangen würde zu stottern, wenn ich jetzt versuchen würde, vernünftige Wörter oder gar ganze Sätze zu bilden.

„Schläfst du immer in normaler Kleidung? Ich kann dir sonst gerne mein T-Shirt leihen, wenn du es dir bequem machen möchtest. Als ich vorhin hereinkam, warst du dabei, dich umzuziehen, oder?“ Seine Augen funkeln noch mehr als vorhin. Ich lege den Kopf schief und lächle ihn an, so charmant ich nur kann.

„Ich habe es mir anders überlegt. Männern, die sich ungebeten in das Bett von fremden Frauen legen, sollte man nämlich besser nicht trauen.“

Erneut starre ich ihn an und merke, wie mir noch heißer wird; wie sich in meinem Bauch ein aufgeregtes Kribbeln breitmacht, das sich zwischen meinen Beinen zu einem verzehrenden Ziehen fortsetzt. Ich bin mir nicht sicher, ob ich mir selbst trauen kann. Vielleicht sollte ich wirklich besser auf dem Boden schlafen. Während ich bereits überlege, wie ich es schaffen kann, dass es dort nicht ganz so furchtbar unbequem ist, höre ich Grayson kurz auflachen und etwas murmeln.

Hat er wirklich …?

„Bitte was hast du gesagt?“ Meine Stimme ist so leise, dass sie beinahe bedrohlich klingt, aber Grayson lässt sich davon nicht im Geringsten beeindrucken. Im Gegenteil. Er lacht noch einmal, diesmal sogar lauter.

„Du hast mich schon richtig verstanden: Ich habe Feigling gesagt.“ Sein Tonfall ist die pure, übermütige Provokation.

Er kann nicht wissen, wie sehr ich dieses Wort hasse. Dass es mich schon in meiner Kindheit dazu gebracht hat, dumme und leichtsinnige Sachen zu machen.

Feigling.

Jeder meiner vier größeren Brüder hat das zu mir gesagt, wenn ich zu viel Angst hatte, mit ihnen heimlich in den dunklen Keller der Nachbarn einzubrechen. Oder im Garten der verrückten alten Katzenlady, die ich für eine Hexe gehalten habe, Erdbeeren zu stehlen. Oder auch nur, wenn ich Angst hatte, dass die dicke Schlange hinter dem Brombeerstrauch giftig sein könnte.

Feigling.

Dieses Wort hat mich dazu gebracht, lauter entsetzlich waghalsige Dinge zu tun. Auf die höchsten Bäume zu klettern, einzig, um mithalten zu können, und mir dabei beinahe alle Knochen zu brechen. Ich habe mich um ein Haar im Keller der Nachbarn einsperren lassen und einmal hat mich sogar die Polizei nach Hause gefahren. All das nur, weil ich kein Feigling sein wollte.

Bis heute verfehlt das Wort seine Wirkung bei mir nicht. Ich spüre, wie ich anfange zu lächeln, und irgendetwas in mir beginnt, Dinge zu tun, die bar jeder Vernunft sind.

„Du glaubst also, ich traue mich nicht, mich vor dir auszuziehen?“, frage ich, jedes Wort langsamer und betonter formend, als es sein müsste, um wirklich ganz sicherzugehen.

„Das ist doch wohl offenkundig!" Graysons Blick trifft den meinen und hält ihn kurz fest, dennoch reicht es, um das Erstaunen darin aufflackern zu sehen. Er hat nicht damit gerechnet, dass ich auf seine Provokation wirklich eingehen würde. Aber es ist längst zu spät, ich kann überall dieses aufgeregte Kribbeln spüren. Den Leichtsinn wie einen reißenden Strom durch meine Adern fließen fühlen.

Dann beginne ich, mich auszuziehen. Viel, viel langsamer, als ich es müsste, jeden Moment genießend. Ich öffne den Knopf an meinen Shorts und beobachte dabei zufrieden Grayson, der auf meine Hände starrt, während ich den Reißverschluss langsam herunterziehe und anschließend die Hose über meine Hüften nach unten schiebe, aus ihr heraussteige und sie mit dem Fuß zur Seite kicke. Danach ist das Shirt dran: Ich umfasse den Saum und ziehe es mir über den Kopf, Grayson dabei nicht aus den Augen lassend. Er sieht nach wie vor ein kleines bisschen ungläubig aus und das erfüllt mich mit Genugtuung. Als ich mir über die Lippen lecke und sehe, wie er diese Geste unbewusst wiederholt, würde ich am liebsten laut auflachen vor Triumphgefühl.

Du hast die Falsche provoziert, mein Lieber!

Während ich nach dem Verschluss meines BHs greife, um ihn zu öffnen, überlege ich kurz, ob er nicht genau das beabsichtigt hat, aber jetzt ist es zu spät. Die Träger gleiten langsam über meine Schultern, dann lasse ich das Stück schwarzen Stoff entschlossen fallen und höre, wie Grayson scharf die Luft einzieht. Während ich mich im Zeitlupentempo auf das Bett zubewege, kann er seinen

Blick nicht von meinen Brüsten abwenden. Er starrt meinen halb entblößten Körper an. Ich kann an seinem trunkenen Blick sehen, wie sehr es ihn anmacht. Einen Augenblick lang fühle ich mich wie eine Göttin, schön, begehrenswert und mächtig. Im nächsten Moment komme ich nicht mehr dazu, mir auch nur noch einen kurzen Augenblick länger um irgendetwas Gedanken zu machen. Denn von einem Atemzug auf den nächsten finde ich mich in Graysons Armen wieder, eng an seinen nackten Brustkorb gedrückt, umgeben von seiner Wärme, seiner Haut, die auf meine trifft.

„Cherry …" Seine Stimme ist tief und ein bisschen heiser, bevor er mich küsst. Seine Lippen legen sich auf meine, küssen mich, sanft, aber mit Nachdruck, und ich erwidere seinen Kuss, während ich mich noch ein bisschen enger gegen ihn dränge.

Er riecht so gut, so absolut umwerfend, würzig nach Wurzeln und Hölzern, nach etwas Frischem, Ingwer vielleicht oder Zitrone, und nach nacktem, erregtem Mann. Während seine Zunge langsam in meinen Mund eindringt, stöhne ich auf, öffne mich für ihn, schon viel zu gefangen in dem Taumel aus Adrenalin und Erregung, um mir noch Gedanken über die Konsequenzen meines Handelns machen zu können.

Himmel! Wie ist es nur möglich, dass ein Mann so umwerfend küssen kann?

Ich habe noch nie zuvor erlebt, dass mich ein simpler Kuss so sehr erregt hätte. Alles an mir besteht nur noch aus reinem, heißem Begehren. Meine Knie drohen nachzugeben, aber Grayson hält mich fest und hebt mich hoch, um mich auf dem Bett wieder abzulegen, ohne seinen Kuss dabei zu unterbrechen. Auf dem Weg dorthin fällt die Taschenlampe mit lautem Gepolter um und erlischt, so dass der Raum einzig in diffuses, silbriges Mondlicht getaucht ist.

Meine harten Knospen reiben gegen Graysons Brust, als er sich auf dem Bett weiter über mich beugt, und ich stöhne heiser auf, während meine Hände seinen Rücken erkunden, die festen Muskelstränge unter seiner glatten Haut nachfahren und spüren, wie sie sich an- und wieder entspannen.

Als Grayson seinen Kuss unterbricht, gebe ich einen frustrierten Laut von mir und er lacht rau auf.

„Keine Sorge." Seine Lippen sind so nah an meinem Ohr, dass sie mich dort sanft kitzeln. „Ich werde jetzt nicht aufhören. Ich will dich, schon die ganze Zeit. Ich will dich, Baby. Hörst du?"

Ich bin kaum noch in der Lage zu nicken, während seine kundigen Hände damit beginnen, meinen Körper zu erforschen. Er streichelt mich und es fühlt sich an, als wäre er plötzlich überall gleichzeitig. Seine Hände fühlen sich rau und trocken an, gleichzeitig hinterlassen seine Lippen heiße, nasse Spuren auf meinem Körper, während er meinen Hals und meine Schlüsselbeine zu küssen beginnt.

Jede seiner Berührungen, jeder seiner Küsse ist eine lustvolle süße Folter. Als er einen meiner harten Nippel mit den Lippen umfasst und erst daran zu lecken und anschließend zu saugen und zu knabbern beginnt, ist es beinahe um mich geschehen. Ich schiebe meine Hände in den Bund seiner Boxershorts und umklammere seinen Po, drücke seinen Körper gegen mich und presse das Becken gegen seine Erektion, während ich meine Augen schließe und den Kopf zurückwerfe.

Als ich mich an ihm zu reiben beginne, stöhnt er heiser auf und mit stürmischer Ungeduld reißen wir uns schließlich gegenseitig das jeweils letzte Kleidungsstück vom Körper. Meine Hand greift zwischen seine Beine, findet die harte, große Erektion, umfasst und massiert sie, während mein Daumen einen Tropfen der Flüssigkeit auf seiner glatten Eichel verteilt, der sich dort gebildet hat.

„Cherry!“ Er keucht auf, stößt sein Becken nach vorn und flucht unterdrückt. „Du musst damit aufhören ... sonst ... Oh Gott, Cherry, bitte!“

Aber ich habe keine Lust aufzuhören. Es gefällt mir, wie er sich windet, wie er gleichzeitig darum bettelt, dass ich aufhöre und weitermache. Ich bewege meine Hand auf und ab, schiebe die weiche, samtene Haut über den harten Kern, während Grayson zappelt und sich windet. Dann gibt er noch einen Fluch von sich, diesmal deutlich lauter, bevor ich spüre, wie er sich warm über meine Hand ergießt.

Einen Moment lang bleibt er keuchend neben mir liegen, schließlich dreht er sich auf den Rücken und legt seinen Unterarm über seine Augen, bevor er lautstark anfängt zu lachen. Sein Lachen klingt so unbekümmert und ansteckend, dass ich einfach mitlachen muss. Grayson zieht mich in seine Arme und angelt mit der freien Hand nach seinem vor dem Bett liegenden T-Shirt, um mich sauber zu machen. Als er mich küsst, lacht er noch immer. Ich spüre das Vibrieren in seinem Brustkorb, das sich in meinem fortsetzt, und alles an diesem Moment fühlt sich gut und perfekt an.

„Das ist mir ein bisschen peinlich.“ Grayson zieht mich halb auf sich und bettet meinen Kopf an seiner Brust, dann legt er beide Arme um mich. „Und ich könnte mich auch nicht entsinnen, dass mir das schon mal passiert wäre. Du darfst mich von jetzt an Speedy nennen." Er fängt wieder an zu lachen. „Gib mir nur ein paar Minuten, okay? Dann beweise ich dir, dass ich auch länger durchhalten kann!" Er küsst mein Haar, streicht es mir aus dem Gesicht und deckt uns beide zu. Ich kann mich nicht mehr daran erinnern, wann ich mich das letzte Mal so geborgen gefühlt habe.

+++

Cherry scheint einen sehr anstrengenden Tag gehabt zu haben, denn es dauert keine fünf Minuten, bis ihre Atemzüge tief und gleichmäßig werden. Ihr kleiner, süßer Körper liegt warm und nackt an seinem und auch wenn sein bestes Stück seit einer Weile wieder einsatzfähig wäre, will er sie nicht wecken. Stattdessen betrachtet er sie noch ein bisschen, so gut das im dämmrigen Mondlicht möglich ist. Im Schlaf ist alle Strenge aus ihrem Gesicht verschwunden und sie wirkt auf einmal klein, verletzlich und beschützenswert.

Grayson zieht das Laken ein Stück höher, bis über ihre Schultern, und schließt zufrieden die Augen.

Vielleicht war es dumm, sich so von seinen Trieben leiten zu lassen, aber morgen ist es noch immer früh genug, um sich über all solche Dinge den Kopf zu zerbrechen.

+++

Kapitel 14

Davon wach zu werden, dass an einem freien Tag die Sonne an meiner Nase kitzelt, gehört für mich eigentlich mit zu den schönsten Dingen, die einem im Leben so begegnen.

Davon wach zu werden, dass einem die Sonne an der Nase kitzelt, um dann festzustellen, dass man zum einen am Vorabend sehr zweifelhaften Sex mit einer Person hatte, mit der man sich das besser erspart hätte, und zum anderen festzustellen, dass man alleine ist, gehört eindeutig zu den weniger schönen Dingen, die einem im Leben so passieren können.

Am liebsten würde ich einfach weiterschlafen, um gar nicht genauer darüber nachdenken zu müssen, aber die blöde Sonne, deren Anwesenheit ich vor wenigen Augenblicken noch als absolut entzückend empfunden habe, lässt das einfach nicht zu.

„Scheißsonne …“, murmle ich, während ich mich im Bett aufsetze und im Zimmer umsehe. Graysons Sachen sind alle verschwunden, auch bei einem Blick aus dem verstaubten Fenster kann ich keine Spuren mehr von ihm entdecken.

Ich sollte froh darüber sein.

Denn eine Affäre mit einem aufgeblasenen Ex-Footballstar, dessen Chefin ich zusätzlich momentan bin, gehört nicht gerade zu den Dingen, die auf meiner Prioritätenliste sonderlich weit oben stehen. Durch sein freundliches Verschwinden hat er es mir einfach gemacht.

Keine peinlichen Momente nach dem Aufwachen, keine noch peinlicheren Gespräche …

Wirklich, ich sollte froh darüber sein.

Dennoch macht sich ein dumpfes, unangenehmes Gefühl in mir breit, ein kalter, drückender Klumpen in meinem Bauch.

Ich muss mehrfach blinzeln und versuche mir selbst einzureden, dass auf keinen Fall Tränen die Ursache sein können. Niemals. Schuld sind nur Staub und Sonne, und das ungute, schmerzende Gefühl … Das liegt an dem anstrengenden Tag und der nervenaufreibenden Nacht, die ich hinter mir habe. An nichts sonst.

Niemals kann es sein, dass ich heimlich enttäuscht bin, dass Grayson einfach verschwunden ist, weil ich mir in irgendeinem Grunde meines Herzens irgendetwas anderes erhofft hätte.

Was denn genau erhofft?

Das weiß ich leider selbst nicht.

Mit einem schweren Seufzen mache ich mich daran, die Laken vom Bett zu reißen, um sie erneut zu waschen. Ich will auf gar keinen Fall, dass jemand entdeckt, was Grayson und ich hier getrieben haben!

Wenn ihr es mal getrieben hättet!

Tatsächlich weiß ich nicht so richtig, ob ich den Umstand, dass wir nicht bis zum Letzten gegangen sind, bedauern oder begrüßen soll. Vielleicht wäre die Situation noch vertrackter, weil es irgendwie noch emotionaler wäre … zumindest für mich. Andererseits: Wann hat man mal die Gelegenheit, mit einem Kerl wie diesem zu vögeln? Selbst ich muss ja zugeben, dass er *ziemlich* gut aussehend ist. Prinzipiell hasse ich verpasste

Chancen – man kann schließlich nie wissen, ob sie je wiederkommen werden.

Der See erscheint mir heute Morgen grau und abweisend, die Sonne viel zu hell und das Zwitschern der Vögel viel zu schrill. Von wegen romantisch! Ich finde alles hier nervig und will eigentlich nur noch weg.

Aber vorher muss ich das Bettzeug waschen und anschließend noch die Erkundungen im Ort machen, zu denen ich gestern nicht mehr gekommen bin.

Ich wasche mich schnell an dem kleinen Brunnen und versuche im Anschluss, das Bettzeug sauber zu bekommen, indem ich es, genau wie gestern, in der kleinen Zinkwanne mit Haarshampoo durchspüle. Mittlerweile steht die Sonne hoch am Himmel, und weil ich zu faul gewesen bin, die Wanne in den Schatten zu ziehen, muss ich nun den Preis dafür bezahlen. Als ich endlich alles gewaschen, ausgewrungen und auf meine improvisierte Wäscheleine gehängt habe, bin ich völlig durchgeschwitzt.

Da hier keine Menschenseele weit und breit ist, ziehe ich mich nach vollendeter Arbeit kurz entschlossen aus und springe in den See. Das Wasser umfängt mich, kühl und erfrischend, und irgendwie fühle ich mich davon getröstet, ohne dass ich überhaupt einen Grund gehabt hätte, traurig zu sein. Nachdem ich ein paar Züge hinaus geschwommen bin, tauche ich unter. Ich bin schon als Kind gerne und lang getaucht – diesbezüglich ist nie jemand auf die Idee gekommen, mich einen Feigling zu nennen – und ich genieße die klare Sicht unter Wasser. Das Sonnenlicht, das sich an der Wasseroberfläche bricht und schöne Lichtspiele zaubert, die Fische, die mich erstaunt anglotzen. Erst, als ich vor lauter Sauerstoffmangel Flecken vor den Augen sehe und das Blut in meinen Ohren zu rauschen beginnt, kehre ich zurück an die Wasseroberfläche.

Als ich auftauche, höre ich Schritte am Ufer hinter mir. Auch ohne mich umzudrehen, weiß ich, dass es Grayson ist. In dem Moment, in dem er gut gelaunt beginnt, die Titelmelodie von Speedy Gonzales zu pfeifen, drehe ich mich mit viel zu freudig klopfendem Herzen zu ihm um.

+++

Eigentlich war er heute Morgen in der festen Absicht losgefahren, sich nur beim nächstbesten Drive-in etwas zum Frühstücken zu besorgen, um sich anschließend so schnell wie möglich aus dem Staub zu machen. Ohne es zu wollen, ist die Bestellung jedoch viel größer ausgefallen, als er es geplant hatte.

Groß genug für zwei …

Trotzdem ist er weiter Richtung Highway gefahren, die schöne, von Bäumen gesäumte Straße entlang. Ungefähr zwei Minuten lang. Dann stand dort ein Kind am Straßenrand, das Herzkirschen verkauft hat. Und die Kirschen … haben ihn an Cherry denken lassen. An ihren entzückenden Körper und … ach verdammt.

Jetzt ist er wieder hier.

Mitsamt einem Kilo Herzkirschen und Frühstück für zwei.

Cherry nackt im See zu erwischen genügt, um sicher zu sein, dass diese Entscheidung, zumindest für heute, die richtige gewesen sein muss. Und ihr Anblick genügt, um dafür zu sorgen, dass er alle anderen Sorgen auf später verschiebt.

Denn als sie aus dem See auftaucht, läuft das Wasser glitzernd an ihrem nackten Rücken herunter, und als sie sich gemächlich umdreht, bleibt Grayson fast der Atem stehen. Ihre Nippel haben sich durch die Kälte des Wassers zusammengezogen und aufgerichtet und wirken auf ihrer hellen Haut wie entzückende Himbeeren auf einem süßen, glasierten Muffin.

Und ihr Lächeln ist einfach umwerfend!

Während sie langsam aus dem Wasser steigt, kommt er sich vor, als wäre er James Bond und findet selbst, dass er ein verdammt glücklicher Schweinehund ist.

„Hey, Cherry-Baby!"

Sie legt den Kopf schief und ihr Lächeln verstärkt sich noch ein wenig.

„Guten Morgen, Speedy!"

Grayson lacht leise.

„Wenn du dich ans Ufer traust, werde ich dir beweisen, dass ich nicht immer schnell bin …"

+++

Natürlich traue ich mich ans Ufer!

Auch wenn es sich ein bisschen komisch anfühlt. Ich meine, welche Frau ist mit ihrem Körper schon ganz zufrieden? Klar hat er mich bereits nackt gesehen, aber zwischen dem funzeligen Licht einer Taschenlampe und einem strahlend hellen Sommertag gibt es eben doch ein paar Unterschiede und ich fühle mich heute deutlich nackter als gestern. Auch wenn das vielleicht komisch sein mag.

Graysons Blick klebt so begehrlich an mir, er gibt sich so wenig Mühe zu verbergen, dass ihm mein Anblick nicht nur gefällt, sondern ihn auch erregt, dass ich meine

Scheu ziemlich schnell überwinde, während ich aus dem Wasser steige.

Kaum habe ich einen Fuß ans Ufer gesetzt, streckt er die Hand nach mir aus und zieht mich an sich. Mein Herzschlag ist auf einmal so laut, dass ich mir sicher bin, dass er ihn hören muss, während es in meinem Bauch zu kribbeln beginnt.

„Ich bin noch ganz nass …“, murmle ich, während er mich umarmt und mein Körper Flecken aus Seewasser auf seinem Poloshirt hinterlässt.

„Oh, Baby, das will ich doch hoffen!“ Sein wölfisches Grinsen bringt mich auf angenehme Art zum Erschauern und ich lasse es zu, dass er mich hochhebt, und schlinge meine nackten Beine um seine Taille.

Sein Kuss schmeckt nach Pfefferminz und nach Grayson. Süß, lüstern und erregend. Ich befürchte, die Flecken auf seinem Shirt werden bald nicht mehr nur vom Seewasser verursacht. Denn der raue Stoff reibt sanft über die empfindlichste Stelle zwischen meinen Beinen, als er sich jetzt in Bewegung setzt und mich mit sich fort trägt. Mein ohnehin bereits beschleunigter Atem verwandelt sich in ein leises Keuchen, als er mich im Schatten einiger Bäume auf einer Decke, die er anscheinend mitgebracht hat, ablegt. Er zieht sein Shirt aus und beginnt, meinen Körper überall zu küssen. Er startet bei meinem Mund, macht weiter am Hals, findet den Weg über meine Brüste zum Nabel, hinterlässt heiße Küsse an meinem Hüftknochen. Während ich bei jedem seiner Küsse das Gefühl habe, dem Wahnsinn ein bisschen näher zu kommen, bewegt er sich immer weiter auf meine Mitte zu. Sein weiches Haar kitzelt an meinem Schenkel, die Bartstoppeln an seinem Kinn fühlen sich rau und kratzig an. Er haucht zarte Küsse auf mein Schambein und teilt gleichzeitig mit seinem Zeigefinger mein erhitztes, erregtes Fleisch.

Als seine Zunge kurz darauf meine empfindliche Perle findet, bekomme ich eine Gänsehaut am ganzen Körper. Ich kralle mich in seinem Haar fest und wölbe mich ihm entgegen. Er treibt mich höher und höher, es ist fast zu viel für mich und doch nicht genug.

„Grayson …", flüstere ich. „Grayson … bitte …"

Er hört auf und ich will nur noch eines, nämlich dass er weitermacht. Auf mir, in mir, einfach überall. Ich höre ihn mit etwas rascheln, vermutlich mit der Verpackung eines Kondoms, dann ist er über mir. Er sieht mir tief in die Augen, ich sehe seine geweiteten Pupillen, die Erregung darin, und als er mich küsst, kann ich mich selbst schmecken.

„Ich will dich, Cherry. So sehr …"

„Ich will dich!" Zu mehr bin ich nicht mehr in der Lage. Ich dränge mich gegen ihn, reibe mich an ihm, bis er ein heiseres Knurren ausstößt und ich seine Erektion endlich an meinem Eingang spüren kann. Er sieht mich unverwandt an, während er beinahe gemächlich in mich eindringt, aber meine Erregung ist schon zu weit fortgeschritten, um seinen Blick noch lange halten zu können.

„Ich will sehen, wie du kommst ..." Seine Stimme an meinem Ohr ist wie ein leiser Befehl und genügt, um mich zum Höhepunkt zu bringen.

Keine Ahnung, was ich für unsinniges Zeug von mir gebe, während ich komme, ich habe das Gefühl, aufzuhören zu denken und aufzuhören zu sein, als die

Wellen meines Höhepunktes mich erreichen und davonspülen.

Grayson lässt mir nicht viel Zeit, mich zu erholen. Er lacht leise, als ich meine Augen danach langsam öffne.

„Und jetzt machen wir es ganz langsam. Und beim nächsten Mal nimmst du mich mit.“ Er küsst mich, bevor er sein Tempo langsam und gemächlich wieder erhöht, um seinen Worten Taten folgen zu lassen.

Kapitel 15

„Warum heißt du eigentlich Cherry?“ Wir liegen im Schatten und Grayson füttert mich mit den Kirschen, die er mitgebracht hat.

„Ich habe vier größere Brüder. Meine Eltern haben fest damit gerechnet, dass ich auch ein Junge werde. Als ich zur Welt kam, gab es einige Komplikationen, meine Mutter musste operiert werden und war noch nicht wieder wach, als mein Vater gefragt wurde, wie ich heißen soll.“ Ich spucke den Kirschkern weg und versuche dabei, weiter zu kommen als Grayson mit seinem letzten Kern. „Weil sie sich nur Namen für einen Jungen überlegt hatten, ihm das aber peinlich war zuzugeben, hat er sich wohl vom Muster der Kirschblütentapete im Säuglingszimmer inspirieren lassen. Meine Mutter hat ihn fast erwürgt, als sie aus der Narkose aufgewacht ist. Keine Ahnung, ob sie es noch hätte ändern können … aber ich heiße bis heute so.“

„Ich dachte immer, nur Stripperinnen aus Las Vegas würden so heißen. Obwohl … Du hast ja gestern tatsächlich einen Striptease für mich hingelegt.“ Er isst die letzte Kirsche selbst und zu meinem Ärger spuckt er den Kern weiter als alle anderen und ich habe keine Chance mehr auf eine Revanche.

„Ach, deshalb falle ich also offenkundig in dein Beuteschema?“ Ich gebe ihm einen spielerischen Stoß und er fängt an zu lachen.

„Du meinst, ich stehe auf Stripperinnen?“

„Tust du das nicht?“

„Na ja … du hast ja gestern für mich gestrippt, oder?“ Sein Zeigefinger fährt die Kontur meiner Unterlippe nach. „Soll ich dir noch mal beweisen, dass ich offenkundig auf dich stehe?“ Beim Lächeln zeigt er dieses entzückende Grübchen und dann küsst er mich, bis mir die Luft wegbleibt. Trotzdem kann ich nicht auf sein Angebot eingehen und löse mich widerwillig von ihm.

„Ich muss heute noch eine Liste von Dingen abarbeiten. Und dafür brauche ich noch ein bisschen Zeit. Möglichst bei Tageslicht und ich befürchte, wenn ich hier noch lange liegen bleibe, wird das nichts mehr. Denn dann muss ich mich wieder und wieder im See sauber machen, nur damit du anschließend entdeckst, wie gern du mich schmutzig machst … wenn ich nass bin.“

Das schelmische Lächeln, das er mir schenkt, lässt das kleine Grübchen in seiner Wange erneut erscheinen und seine Zähne aufblitzen und beinahe werde ich doch noch schwach.

„Du kennst mich schon ziemlich gut.“ Grayson küsst meine Nasenspitze. „Aber es ist gut, dass wenigstens du vernünftig bist. Ich habe heute auch noch einen Termin mit Under-Wear. Die sind bestimmt nicht begeistert, wenn ich dort zu spät oder gar nicht auftauche! Schlimm genug, dass sie die Kratzspuren an meinem Rücken werden wegretuschieren müssen …“

Ich könnte schwören, dass in seiner Stimme ein bisschen Stolz mitschwingt.

Unser Abschied erfolgt ziemlich kurz und fast ein bisschen unterkühlt. Irgendwie ist die Stimmung plötzlich merkwürdig angespannt zwischen uns und ich glaube, wir sind beide froh, als der jeweils andere weg ist.

Ich bin außerdem froh, dass mir noch ein bisschen Ablenkung bevorsteht, denn ich habe noch eine ganze Liste mit möglichen Sponsoren und Lieferanten aus dem nächstgelegenen Ort, die ich heute abklappern muss.

Hey, Cherry, du hast gerade mit Grayson White gevögelt!

Ich muss grinsen und bekomme es den Rest des Tages nicht mehr aus dem Gesicht. Allerdings scheint meine gute Laune bei meinen Terminen hervorragend anzukommen, es verläuft alles zu meiner vollen Zufriedenheit und am Ende des Tages habe ich Brot und Brötchen zum Bestpreis herausgeschlagen sowie diverse andere Kleinigkeiten, die für unser Sommercamp wichtig sind.

Erst auf der Heimfahrt fangen die Grübeleien an und mein Hochgefühl verfliegt langsam.

Was ich da gemacht habe, war, um es mal vorsichtig auszudrücken, vielleicht nicht sonderlich schlau.

Ich bin mir ziemlich sicher, dass es mir bis Montag tadellos gelingen wird, mich so richtig schön verrückt zu machen. Weil ich nämlich, verdammt noch mal, ausgerechnet Grayson White gevögelt habe.

Dann allerdings fällt mir noch etwas viel Schlimmeres ein. Morgen hat meine Mom Geburtstag und ich habe ihr versprochen, heute Abend vorbeizukommen und ihr mit den Vorbereitungen zu helfen. Ich müsste schon mit 40°C Fieber im Bett liegen, damit sie akzeptieren würde, dass ich das nun doch nicht mache. Selbst in diesem Fall würde ich mich vermutlich noch lieber zu ihr hinquälen, als mir hinterher ihre stummen Vorwürfe anzuhören. Sie kann das hervorragend. Auf diese unvergleichbare Art, wie das wohl nur Mütter können. Ohne ein Wort zu verlieren, weiß man trotzdem, wie unendlich und tief man sie enttäuscht hat. Das war als Kind schon schlimmer als jede Strafe für mich und es wirkt bis heute. Leider weiß das auch meine Mom … Sie hat uns alle gut im Griff damit. Mein ältester Bruder ist mittlerweile zweiundvierzig, verheiratet und hat selbst drei Kinder. Und dennoch braucht sie ihm nur diesen einen Blick zuzuwerfen und er ist wieder neun Jahre alt und hat gerade ihre Lieblingsvase mit einer Kartoffelpistole zerstört.

Seufzend biege ich an einer mit Eichen gesäumten Allee rechts ab, um mich auf den Weg zu ihr zu machen.

Zu Hause riecht es wie immer, eine Mischung aus Zitronenpolitur, Kuchen, Waschmittel, dem Ruß des alten Ofens und dem schweren, patschuli-lastigen Parfüm meiner Mutter.

„Hallo, mein Engelchen!“ Sie kommt mir entgegen geschwebt, begleitet vom Klimpern ihrer Armreifen und dem Klappern ihrer Absätze auf den antiken, grau-blau gemusterten Fliesen, und ich muss lächeln. Auf den ersten Blick scheint sie ein so ätherisches Wesen zu sein, dass man kaum glauben kann, dass diese Frau fünf Kinder zur Welt gebracht hat, die sie größtenteils alleine großgezogen hat. Mein Vater hat als Ingenieur für eine Ölfirma gearbeitet, bevor er letztes Jahr in Rente gegangen ist, und war oft wochenlang nicht zu Hause. Auf ihre eigene, ganz spezielle Weise, ist meine Mutter zäh wie Unkraut. Wie ein Gänseblümchen vielleicht, dem traut man auch nicht zu, dass es sogar den Rasenmäher übersteht. Der Vergleich würde ihr bestimmt gefallen.

„Hallo, Mom!“ Wir umarmen uns herzlich, dann umfasst sie meine Oberarme und hält mich ein Stück von sich weg.

„Du siehst gut aus, mein Schatz. Irgendwie verändert. Hast du einen Freund?“

Es kostet mich alle Aufbringung meiner motorischen Fähigkeiten, um in diesem Moment meine Gesichtszüge nicht total entgleisen zu lassen. Es dauert nur einen Wimpernschlag, bis ich mich wieder völlig im Griff habe und mein strahlendstes Lächeln aufsetze.

„Ach Mom, frag mich das doch nicht immer. Ich erzähle dir schon, wenn da was ist.“

An ihrer hochgezogenen Augenbraue kann ich erkennen, dass sie mir nicht glaubt. Aber sie ist taktvoll genug, nicht weiter nachzufragen, was ich ihr sehr hoch anrechne. Ohnehin war meine Mutter nie eine von denen, die uns mit neugierigen Fragen gelöchert hat. Was jedoch nie an mangelndem Interesse an uns lag, sondern schlicht daran, dass sie der Meinung war und ist, dass man auch als Kind schon einen Anspruch auf eine Privatsphäre hat.

„Hilfst du mir mit dem Kuchen für morgen?“ Sie geht vor mir her in die Küche und ich begutachte ihre vertraute, schlanke Gestalt und die ersten grauen Strähnen in ihrem dunklen Haar, die zu färben sie zu naturverbunden ist. Ich finde ohnehin, dass es ihr gut steht, die silbrigen Strähnen sehen bei ihr irgendwie edel aus und nicht ältlich wie bei manchen anderen Frauen. Wahrscheinlich liegt es einfach daran, dass meine Mutter sie mit Stolz und Würde trägt, als wären sie der Beweis für ihre Reife sowie ihre Überlebenskünste und nicht für ihren Verfall.

Den restlichen Tag stehen wir zusammen in der Küche, backen und kochen, so wie wir es schon früher immer miteinander gemacht haben. Es ist harmonisch und friedlich, die Ruhe vor dem großen Sturm, der morgen losbrechen wird, wenn meine Brüder mit ihren Familien hier eintreffen.

Sie sind alle vier mittlerweile verheiratet und haben Kinder, ich bin die Einzige von uns, die immer noch ledig ist. Wenn ich mit der ganzen Familie zusammen bin, habe ich immer den Eindruck, als wäre das ein Makel, der mir anhaftet. So als hätte es zu einem netten Mann und ein paar lärmenden Blagen nicht gereicht. Trotzdem freue ich mich immer, wenn wir zu den Geburtstagen meiner Eltern alle zusammentreffen.

Mittlerweile sieht die Küche aus, als würden wir eine halbe Armee verköstigen wollen, und es duftet köstlich. Im Gegensatz zu mir ist meine Mutter eine hervorragende Köchin, aber sie hat mir leider weder ihr Talent noch ihre Eleganz vererbt.

Meine Mom streicht noch den letzten Rest Glasur über eine große Ladung Cupcakes, dann wischt sie sich die Hände an ihrer Schürze ab.

„Fertig!", stellt sie zufrieden fest und räumt die dreckigen Utensilien in die Spülmaschine. „Jetzt haben wir uns mindestens ein Glas Wein verdient!"

Als hätte er es geahnt, kommt in diesem Moment mein Vater herein, der den ganzen Tag angeln war. Das ist beinahe ein Ritual, er macht das jedes Jahr vor Moms Geburtstag und bringt nie einen Fisch mit nach Hause. Ich glaube, er ist den halben Tag panisch damit beschäftigt, ein Geschenk für meine Mutter zu finden, und den restlichen halben Tag verbringt er in der Kneipe von seinem Kumpel Rick, um sich vom Geschenkestress zu erholen. Da meine Mutter aber froh ist, wenn sie ihn bei den Vorbereitungen nicht im Wege herumstehen hat, lässt sie ihn gewähren. Und das, seit ich denken kann.

„Hallo, kleine Kirschblüte, geht's dir gut?" Als ich nicke, drückt er mich an seine bärenartige Brust, die ein bisschen nach Kneipe riecht, und ich bekomme für ein paar Sekunden nicht mehr richtig Luft, weil er mich viel zu fest umarmt. Bevor er sich zu uns an den Tisch setzt, rümpft er die Nase über unseren Wein und holt sich ein Bier aus dem Kühlschrank. Er sitzt da, schweigsam wie immer, zufrieden, dass er bei uns ist und nichts erzählen muss.

Wir sitzen bis spät in die Nacht zusammen am Tisch, reden und lachen, eingehüllt in den Duft von Kuchen und das Gefühl von zu Hause.

Später, als ich schlafen gehe, blitzen in mir noch einmal kurz die Gedanken an Grayson auf, aber ich bin zum Glück viel zu müde, um noch genauer darüber nachzudenken.

Der Geburtstag meiner Mom verläuft so turbulent wie immer. Mein Vater schenkt ihr, wie jedes Jahr, einen großen Strauß Blumen und ein Kochbuch, das meine Mutter lächelnd in ihre Sammlung stellt und nie benutzt, aber dennoch in Ehren hält.

Ich bekomme so viele freundschaftliche Kniffe meiner Brüder auf meinen Oberarm, dass ich befürchte, dort morgen lauter blaue Flecke zu haben.

Meine insgesamt zehn Nichten und Neffen im Alter zwischen zwei und zwölf machen Lärm und wollen, je nach Alter, auf meinen Schoß oder aber eben das auf gar keinen Fall mehr. Es ist laut und lustig und anstrengend.

Abends steige ich in mein Auto und mir tut der Bauch vom vielen Essen und vom vielen Lachen weh. Als ich zu Hause ankomme, ist die Stille und Einsamkeit dort so greifbar, dass sie mir beinahe die Tränen in die Augen treibt.

+++

Nach einem langen, anstrengenden Tag mit Fotoaufnahmen sinkt Grayson erschöpft auf die Rückbank der Limousine, die ihn wieder nach Hause fährt. Die Zeit reicht nicht mehr für viel mehr als eine schnelle Dusche, bevor er sich in seinen Smoking zwängt. Jedes Jahr im Sommer gibt seine Mutter eine Dinnerparty im Garten des Hauses ihres dritten Ehemanns, der weder Graysons noch Sarahs Vater ist.

Er hasst diese Veranstaltungen, er hasst den dämlichen Smoking und er hasst die Blasiertheit der Gäste auf dieser Veranstaltung.

Wie jedes Mal trifft er sich vorher mit Sarah und ein Blick in ihr Gesicht verrät ihm, dass sie denselben Impuls verspürt wie er: Am liebsten würde er sich Händchen haltend an sie klammern, so wie sie es als Kinder immer getan haben. Stattdessen hält er ihr seinen Arm hin, sodass sie sich unterhaken kann – das sieht weniger seltsam aus –, dann betreten sie gemeinsam die Party des Grauens.

Ihre Mutter kommt ihnen entgegen. Groß, hager, das Lächeln im Gesicht festgefroren, die Frisur wie einbetoniert. Zu ihrem eleganten Kleid trägt sie den

Schmuck, den ihr Ehemann Nummer drei zum letzten Hochzeitstag geschenkt hat und dem sie vermutlich vorher wochenlang mehr oder weniger diskrete Hinweise gegeben hat. Ihren beiden Kindern haucht sie zur kühlen Begrüßung je ein Küsschen auf die Wange, ohne sie dabei zu berühren, damit ihr Lippenstift nicht in Mitleidenschaft gezogen wird. Dann widmet sie ihre Aufmerksamkeit wieder ihren Gästen zu. Stirnrunzelnd betrachtet Grayson den perfekt geschmückten Raum mit den farblich abgestimmten Blumenbouquets. Alles ist entsetzlich perfekt und er wünscht sich nur eines, nämlich weit, weit weg von hier zu sein.

Er muss unzählige Runden oberflächlichen Small Talks überstehen. Bei jeder bekommt er zu spüren, dass er eigentlich gar nicht gut genug für diese elitäre Runde ist. Denn er verdient sein Geld ausschließlich mit Körperkraft und gutem Aussehen statt mit großartigem Getue als Arzt oder Anwalt. Grayson ist mehr als erleichtert, als der Abend endlich vorbei ist.

Er bringt Sarah nach Hause, die ihn umarmt und einen kurzen Moment eng an sich drückt.

Als er endlich selbst zu Hause ist, ist er froh über die Ruhe und darüber, wieder er selbst sein zu dürfen.

+++

Kapitel 16

Ich kann mich nicht erinnern, jemals so nervös zur Arbeit gefahren zu sein, von meinem allerersten Arbeitstag mal abgesehen. Und wenn ich genauer darüber nachdenke, dann war ich selbst damals nicht so furchtbar unruhig wie heute.

Verdammt noch mal, auf was hast du dich da bloß eingelassen?

Es gibt Momente, in denen frage ich mich ernsthaft, ob ich wohl jemals erwachsen werde. Ich meine … Ich bin dreißig Jahre alt. Ich bin mit einem Typen ins Bett gegangen. Ich hatte Sex mit ihm, nur weil er mich einen Feigling genannt hat. Und vielleicht auch deshalb, weil er ziemlich scharf ist. Obendrein war es nicht irgendein x-beliebiger Typ, nein, noch viel schlimmer, ich bin momentan seine Chefin und muss ihn jeden Tag sehen. Und er ist … ein verdammter Promi, der sich vermutlich grinsend eine Kerbe mehr in den Bettpfosten geritzt hat, weil er mich flachlegen konnte.

Aber der Sex mit ihm war wirklich klasse!

Oh ja, verflucht, das war er tatsächlich. Allerdings ist jetzt der denkbar ungünstigste Moment, um sich darüber Gedanken zu machen. Denn gleich werde ich ihm gegenüberstehen und habe ohnehin schon keine Ahnung, wie ich mich verhalten soll, da muss ich nicht auch noch daran denken, wie er und ich nackt …

Ich versuche zur Ablenkung an irgendetwas anderes zu denken, doch weder meine nicht fertige

Steuererklärung noch der Besuch bei Olivia im Krankenhaus schaffen es.

Alles in meinem Kopf dreht sich um Grayson und Sex, oder aber um Sex und Grayson, vor allem aber um Sex mit Grayson. Es ist zum Verzweifeln. Als ich endlich angekommen bin, glüht mein Gesicht hochrot … und außerdem bin ich feucht.

Ich bin ja nur froh, dass er keine Gedanken lesen kann, doch ich befürchte trotzdem, dass mir jeder ansieht, dass ich gerade furchtbar erregt bin. Es ist mir unendlich peinlich, doch da muss ich nun durch. Das kommt eben davon, wenn man sich auf irgendwelche dubiosen Männergeschichten einlässt.

Zum Glück bin ich die Erste im Büro, Adele kommt erst heute Nachmittag und ich bin extra früher losgefahren, um noch eine halbe Stunde für mich zu haben, bevor Grayson hier aufschlägt. Das zahlt sich jetzt aus, denn so habe ich wenigstens noch die Chance, mich wieder ein bisschen abzuregen, ehe mich jemand sieht.

Ich kühle mein erhitztes Gesicht mit ein bisschen Wasser. Am liebsten würde ich wieder meinen ganzen Kopf unter das kalte Wasser halten, eine kalte Dusche wäre vielleicht noch besser. Aber weder gibt es hier eine Dusche, noch wird mir der Fehler, mich auszuziehen, wenn ich Grayson erwarte, ein zweites Mal passieren.

Bei dem Gedanken daran, was so alles passieren könnte, wenn er mich hier halb nackt erwischen sollte, geht wieder meine Fantasie mit mir durch. Fluchend schaue ich dem fließenden Wasser nach, das im Ausguss des alten Edelstahlbeckens gluckernd verschwindet, und wünsche mir, ich könnte es ihm gleichtun.

Das ist genau das, was passiert, wenn man seinen Kopf nicht zum Denken benutzt, sondern sich von tiefer liegenden Regionen steuern lässt. Ich drehe das Wasser ab, gehe in mein Büro und mache die Abrechnung für letzten Monat. Eine Arbeit, die ich hasse, aber wenigstens kann ich mich dabei hinter meinem PC mit dem altmodischen Röhrenmonitor verstecken.

Grayson erscheint pünktlich und zufrieden pfeifend bei der Arbeit. Sein anzüglicher Blick sorgt dafür, dass mir ganz heiß wird. Davon mal abgesehen, lässt er sich nichts anmerken und benimmt sich, als wäre nie etwas zwischen uns gewesen.

Damit ich möglichst wenig Zeit mit ihm in einem Raum verbringen muss, schicke ich ihn den Rasen mähen, der hat es nämlich ziemlich nötig.

Da kenne ich noch jemanden …

Ärgerlich über mich selbst hacke ich Zahlen in den Computer ein und überhöre durch das laute Klackern fast, dass irgendwann Adele erscheint.

„Mäht Grayson den Rasen?“

„Ja, ich dachte, wenn wir schon mal einen Mann hier haben, kann er solche Aufgaben ruhig übernehmen.“ Erst jetzt nehme ich das monotone Brummen des alten Benzinmähers wieder bewusst wahr.

„Das hast du gut gemacht, meine Liebe.“ Sie tätschelt mir kurz die Schulter, bevor sie an mir vorbei zum Fenster geht und einen leisen Pfiff ausstößt.

„Wollen wir mal hoffen, dass das Wetter so bleibt und er noch des Öfteren den Rasen mähen muss, solange er bei uns ist.“

Ich drehe mich auf meinem alten Bürostuhl zu ihr um und bereue es im selben Moment wieder.

Denn draußen kommt Grayson mit dem Rasenmäher auf uns zu. Im hellen Sonnenlicht wirkt er ein bisschen, als sei er mitten aus dem Olymp zu uns herabgestiegen; ich bin mir sicher, ihm würde dieser Vergleich gut gefallen. Er schwitzt, weil es ziemlich warm draußen ist. Und vermutlich genau aus diesem Grund trägt er kein Shirt mehr. Dann dreht er sich um und präsentiert uns seinen ziemlich ansehnlichen Rücken. Inklusive der Kratzspuren.

Adele pfeift gleich noch einmal.

„Da hatte aber jemand ein schönes Wochenende. Ich frage mich, wer wohl die Glückliche war …", sagt sie mehr zu sich selbst als zu mir. Während ich mir auf die Unterlippe beiße, wende ich mich so schnell wieder meinem PC zu, dass ich dabei fast das Glas mit den Stiften vom Schreibtisch gefegt hätte. Ich kann bloß hoffen, dass sie mich nicht zu genau ansieht. Denn ich bin mir sicher, dass mir in diesem Moment deutlich ins Gesicht geschrieben steht, dass ich die *Glückliche* bin, die für Graysons zerschundenen Rücken verantwortlich ist.

Ich gehe ihm aus dem Weg, wo ich nur kann. Zum Glück sitzt er beim Essen weder neben mir noch mir gegenüber, sodass ich ihn nicht ansehen muss. Und danach ist er immer noch damit beschäftigt, die Kids für das Turnier zu trainieren, während ich mit denen, die dazu keine Lust haben, Wassereis für den nächsten Tag zubereite und einfriere.

Der Nachmittag ist mir noch nie so lang erschienen. Als ich gerade alle Kinder verabschiedet habe und denke, ich habe es geschafft, drehe ich mich herum und entdecke Grayson in der Tür zur Küche stehen. Er hat sich in den Türrahmen gelehnt, ein kleines Lächeln auf den Lippen, die Arme vor der Brust verschränkt, und versperrt mir den Weg.

„Hey, Cherry-Baby …“ Das Timbre seiner Stimme ist tief und samtig und sorgt dafür, dass sich die kleinen Härchen auf meinem Körper aufstellen. Ich habe auf einmal das Gefühl, dass das Gebäude viel zu klein für uns beide ist, und würde gerne raus ins Freie und … ja, ich würde gerne abhauen wie ein kleiner Angsthase. Aber dafür müsste ich erst an ihm vorbei. Und dafür wiederum müsste ich ihm nah kommen. Viel zu nah. Schon jetzt müsste eigentlich deutlich mehr Abstand zwischen uns sein. Denn im Moment kann ich sehen, wie sich mit jedem Atemzug seine breite Brust dehnt und wieder senkt. Ich kann den Puls an seinem Hals rhythmisch pochen sehen und ich kann ihn riechen. Den Duft seiner Haut nach einem heißen Tag im Freien in Kombination mit Aftershave und Deo.

Ich bin mir sicher, dass man den Puls an *meinem* Hals jetzt ebenfalls rasen sehen kann. Er beugt sich ein bisschen vor, kommt mir näher und ich merke, wie meine Brustwarzen sich zusammenziehen und gegen den Stoff des BHs drücken, während mein Mund trocken wird. Ganz im Gegensatz zu anderen Körperstellen.

Ich atme tief durch, was keine wirklich gute Idee ist, wenn jemand vor einem steht, dessen Duft so verführerisch ist wie der Graysons, und kurzzeitig wird mir etwas schwindelig. Dann reiße ich mich zusammen.

„Hey, Speedy!“, erwidere ich seinen Gruß so cool wie möglich. „Es ist Zeit für Feierabend. Würdest du mich bitte durchlassen?“

Er lächelt eine Spur zu selbstgefällig und bewegt sich keinen Millimeter.

„Kann es sein, dass du mir heute irgendwie aus dem Weg gehst, Cherry?“

„Hätte ich einen Anlass dafür?“ Meine Augenbrauen wandern fragend in die Höhe und ich versuche, so überrascht wie möglich aufgrund dieser Unterstellung auszusehen.

„Ich weiß es nicht, hast du einen?“ Er streckt die Hand nach mir aus und streicht mit Zeige- und Mittelfinger zart über meinen Hals und mein Schlüsselbein. In meinen Ohren rauscht laut das Blut und aus weiter Ferne nehme ich den Gesang einer einzelnen Amsel durch das geöffnete Küchenfenster wahr. Unwillkürlich lecke ich mir über die Lippen und Grayson lächelt zufrieden.

„Na dann, bis morgen, Cherry!“

Er dreht sich um und geht. Verschwindet einfach und lässt mich, völlig aus der Fassung gebracht, zurück.

So ein unverschämter Mistkerl!

Ich räume meine Sachen zusammen, schließe alle Fenster und das Gebäude ab und gehe frustriert zu meinem Auto, um nach Hause zu fahren. Allerdings komme ich nicht sehr weit, denn ein schwarzer Hummer parkt die kleine Ausfahrt zu, die zur Straße führt.

Kapitel 17

Die Art und Weise, auf die Grayson mit verschränkten Armen und einem angewinkelten Bein an seinen verdammten Hummer gelehnt dasteht, hat beinahe schon etwas Verschlagenes. Das Ganze ist so provokativ, dass ich zunächst so tue, als hätte ich ihn gar nicht gesehen. Ich fahre einfach weiter rückwärts und bremse erst, als er plötzlich hektisch seine Körperhaltung verändert, um sich zur Not in Sicherheit bringen zu können.

Hah!

Als mein Auto steht, bleibe ich stumpf sitzen und hupe einmal kräftig. Soll er doch herkommen, wenn er was will!

Genau das macht er auch, ich muss nicht mal allzu lange darauf warten. Als er die Tür meines Autos öffnet, sieht er nicht mehr ganz so selbstsicher aus, was ich mit einiger Genugtuung feststelle.

„Du stehst mir im Weg!", sage ich, nicht sonderlich freundlich. Leider hat er sich schnell wieder gefangen.

„Ach, wirklich? Ist mir gar nicht aufgefallen." Dann mustert er mich und beugt sich über mich, um meinen Sicherheitsgurt zu lösen, was dazu führt, dass erneut dieser unglaubliche Duft zu mir herüber weht, und plötzlich ist das Rauschen in meinen Ohren wieder da.

„Also, Cherry ...." Seine Stimme ist wie ein tiefes, sehnsuchtsvolles Streicheln. „Soll ich ernsthaft versuchen, dich in deinem Auto zu vögeln, oder willst du lieber mit in meins kommen?"

Eine Stunde und drei Orgasmen später mache ich mich schließlich doch noch, diesmal erfolgreicher, dafür aber kopfschüttelnd, auf den Heimweg.

Sex mit Grayson ist der Wahnsinn.

Und dennoch muss ich verrückt sein, dass ich mich schon wieder darauf eingelassen habe.

Dienstag rufe ich erst im Krankenhaus und dann beim sozialen Dienst an, um mich nach Olivia zu erkundigen. Aber außer, dass sie mit ihrer Mutter vorübergehend in einem Frauenhaus ist, können und dürfen sie mir nichts sagen. Um Frauen und Kinder zu schützen, dürfen keine Adressen bekannt gegeben werden . Eine Auskunft, die mich einerseits beruhigt, andererseits aber frustriert, weil ich so nicht wirklich weiß, wie es Livie mittlerweile geht. Mir bleibt also nur, darauf zu hoffen, dass ihre Mutter die Chance nutzt und die Kraft hat, für sich und ihre Tochter etwas Neues aufzubauen.

Die nächsten Tage laufen eigentlich alle nach demselben Schema ab. Während der Arbeitszeit tun Grayson und ich so, als wäre alles wie sonst auch.

Danach wartet er irgendwo auf mich. Zieht mich in sein Auto oder in mein Büro oder entführt mich sonst wohin.

Wir haben wilden, leidenschaftlichen, wunderbaren Sex, wann und wo immer sich die Gelegenheit dazu bietet, und ich habe das Gefühl, in der Einrichtung selbst und deren näheren Umgebung nirgendwo mehr vorbeigehen zu können, ohne rote Ohren zu bekommen.

„Kommst du heute noch mit zu mir, Cherry-Baby?" Gemächlich fährt sein Zeigefinger meine Halswirbel nach und verschwindet dann in dem tiefen Rückenausschnitt meines Kleides, das eigentlich für die Arbeit völlig unangemessen ist und das ich nur trage, um Grayson zu gefallen.

Langsam drehe ich mich zu ihm herum.

„Mit zu dir, Grayson? Und was genau sollte ich da wollen?" Ich senke meine Stimme ein bisschen, während ich mich halb auf den Tisch setze und dabei meinen Oberkörper nach vorne strecke, in der Hoffnung, dass er sich von meinen Mini-Brüsten wenigstens ein kleines bisschen beeindrucken lässt. Sonst scheinen sie ihm ja durchaus auch zu gefallen.

„Ich dachte an eine kleine Dienstbesprechung." Er drängt sich zwischen meine Beine und sein Mund kommt mir so nahe, dass ich seinen Atem auf meinen Lippen spüren kann. Doch zu meinem großen Frust küsst er mich nicht. Nur so gerade eben streichen seine Lippen die meinen, kaum mehr als der Flügelschlag eines Schmetterlings. Aber es genügt. Es genügt, damit mein Blut in Wallung gerät und ich keinen klaren Gedanken mehr fassen kann. Dabei hatte ich mir so fest vorgenommen, heute mal keinen Sex mit Grayson White zu haben, einfach deshalb, um mir zu beweisen, dass ich ihm widerstehen kann.

Wem willst du denn hier was vormachen?

„Eine Dienstbesprechung also?"

„Genau das." Er streicht das Haar an meinem Hals zur Seite und küsst die empfindliche Stelle hinter meinem Ohr. „Und bei mir zu Hause könnten wir alles in aller Ruhe ... besprechen."

Ohne mich noch eines weiteren Blickes zu würdigen, dreht er sich um und geht zu seinem Auto und ich schließe noch schnell ab, bevor ich ihm mit meinem Wagen zu ihm nach Hause folge.

+++

Alles an dieser Frau scheint ihn verrückt zu machen. Sie braucht nur mit ihrem süßen kleinen Hintern vor ihm her zu wackeln oder nachdenklich auf ihrer Unterlippe herumzukauen und schon kann er an nichts anderes denken als daran, wo und wann er die nächste Gelegenheit finden wird, sie zu vögeln. Er ist regelrecht besessen von ihr und das Schlimme ist: Er ist es auch noch gern.

Sie ist so süß und willig und die Geräusche, die sie beim Sex von sich gibt, sind einfach köstlich. Tatsächlich hat er in den letzten drei Wochen mehrere Treffen mit seinen Kumpels abgesagt, weil er stattdessen die Aussicht auf Sex mit Cherry hatte.

Darüber will er lieber gar nicht genauer nachdenken.

Zum Glück sind sie sich ja einig, dass es hier ausschließlich um Sex geht. Davon geht er zumindest aus, schließlich hat er ihr ja nichts anderes versprochen.

Er wartet in der geöffneten Haustür und sieht sie mit diesem süßen Lächeln näher kommen, nachdem sie ihren Wagen abgestellt hat.

Auf einmal schlägt sein Herz viel schneller, als es sollte. Einen kurzen Moment lang beunruhigt Grayson das, aber dann ist Cherry schon bei ihm, um ihn zu küssen, und er ist ziemlich schnell ziemlich abgelenkt.

„Ich hoffe, es ist wichtig, wenn du deine Chefin zu einer *Dienstbesprechung* zu dir nach Hause einlädst ...“

Ihre Stimme ist eine ganze Oktave tiefer als normal und er grinst so breit, dass ihm die Wangen davon wehtun.

„Wichtig? Und wie …“ Er zieht ihre Hand in seinen Schritt, um ihr zu zeigen, *wie* wichtig es ist. Als er die Veränderung in ihrem Blick wahrnimmt, beeilt er sich, sie ins Haus zu schieben und die Tür hinter sich zu schließen. Aber das auch nur, weil Mrs. Miller von gegenüber so konservativ und obendrein schwer herzkrank ist.

Dann ist in seinen Augen dem Anstand Genüge getan und er beginnt, Cherry wieder zu küssen und diese störenden Klamotten zu entfernen. Um ins Schlafzimmer zu gehen, bleibt keine Zeit mehr und keine halbe Minute später steht seine momentane *Chefin* endlich nackt vor ihm.

+++

Viel später, als ich alleine zu Hause in meinem Bett liege, frage ich mich, auf was ich mich da eigentlich eingelassen habe.

Eine Affäre … und auch noch mit einem Promi. Das ist etwas, das sonst so gar nicht zu mir passt. Aber nun stecke ich mittendrin. Oder ist es überhaupt eine Affäre? Wir verbringen so viel Zeit miteinander. Ich kann mich seit dem schicksalhaften Samstag auf der Rosebelle-Farm an keinen Tag erinnern, an dem ich mich nicht noch nach der Dienstzeit mit Grayson getroffen hätte. Sogar an den Wochenenden steht er plötzlich bei mir vor der Tür oder lässt mich nach der Arbeit erst gar nicht nach Hause fahren.

Die halbe Nacht liege ich wach, betrachte die Schatten, die der Baum vor meinem Fenster an die Decke meines Schlafzimmers wirft, und frage mich, was wohl sein wird, wenn Graysons zwei Monate bei den Kids und mir vorbei sind.

Ich muss dringend ein bisschen Abstand zu ihm bekommen, sonst endet das alles in einer einzigen, riesigen Katastrophe, aus der ich mit einem gebrochenen Herzen hervorgehen werde.

Die Baumschatten an der Decke scheinen sich sanft zu bewegen, als wollten sie zustimmend nicken.

Dieses Wochenende werde ich ohne Grayson White verbringen. Schließlich ist mir das die letzten dreißig Jahre ja auch irgendwie gelungen.

Obwohl ich mich viel besser fühle, nachdem ich diesen Entschluss gefasst habe, ist es schon fast Zeit zum Aufstehen, als es mir endlich gelingt, einzuschlafen.

+++

Unter Cherrys Augen zeigen sich heute leichte Schatten und Grayson fragt sich kurz, ob es ihr vielleicht nicht gut geht und ob er sie darauf ansprechen sollte.

„Kommst du nachher mit zu mir?“, flüstert er ihr stattdessen ins Ohr, als sie sich auf dem Flur an ihm vorbeidrängt und sie unbeobachtet sind.

„Ich hab am Wochenende schon etwas vor.“ Sie lächelt, ohne dass es ihre Augen erreichen würde, und lässt ihn dann einfach stehen.

Den Rest des Tages gibt es keine Gelegenheit mehr, sie alleine zu sprechen, und selbst nach der Arbeit, während Grayson vor der Tür auf sie wartet, ist sie nicht alleine, sondern in Begleitung von Adele. Die beiden sind völlig ins Gespräch vertieft und mehr als einen Gruß aus der Ferne haben sie für ihn nicht übrig.

Mit gerunzelter Stirn steigt er in sein Auto. Er stellt das Radio an, aber auf keinem der programmierten Sender läuft Musik, die er gerne hören würde. Genervt dreht er es wieder ab. An jeder Ampel bremst er zu abrupt und fährt mit zu viel Gas wieder an und fragt sich, warum er plötzlich so schlecht gelaunt ist.

Abends geht er mit zwei seiner alten Footballkollegen aus.

Der ganze Abend scheint von Anfang an unter einem schlechten Stern zu stehen. In der Kneipe, in die sie gehen, gibt es seinen Lieblingswhisky nicht. Der widerliche Bourbon, den er stattdessen angeboten bekommt, schmeckt in etwa so, wie Nagellackentferner schmecken würde, wenn man bekloppt genug wäre, ihn zu trinken.

Seine Kumpels reißen den ganzen Abend die allerdämlichsten Witze und Grayson muss sich bemühen, um nicht irgendwann die Augen zu verdrehen, von lachen ist er weit entfernt.

Und die Frauen … Nicht, dass es an Angeboten mangeln würde, doch nicht eine ist dabei, die ihm gefallen könnte. Er wimmelt sie alle ab.

Als die Jungs später vorschlagen, noch in ein Striplokal zu gehen, geht Grayson nur widerwillig mit. Vor ihm tanzen die hübschesten Frauen, aber seine Gedanken wandern ständig zu einer kleinen Sozialarbeiterin, die unter ihm liegt und …

„Ich verschwinde jetzt, Jungs!"

Als Antwort kommt kaum mehr als ein Grunzen und als Grayson kurze Zeit darauf wieder zu Hause ist, ziemlich nüchtern und ziemlich frustriert, fragt er sich ernsthaft, was er an solchen Abenden früher mal gefunden hat.

Er lässt sich auf das Sofa fallen und schaltet den Fernseher ein. Auf jedem Sender scheint heute Abend ein anderer kitschiger Liebesfilm zu laufen, der von der wahren, großen Liebe handelt.

Wer denkt sich so einen dämlichen Scheiß aus?

Kein Mensch braucht eine Beziehung und so etwas wie die große Liebe gibt es nicht. Klar, Sex ist eine nette Sache. Doch Dinge wie Beziehungen und Hochzeiten führen zu Streit, Gerichtsterminen und Scheidungen. Und am Ende steht man ohne die Frau da. Ohne sein Lieblingshaus, um zigtausend Dollar Abfindungen und Alimenten ärmer und lediglich um Erfahrungen reicher. Er hat das während seiner Kindheit und später als Erwachsener im Bekanntenkreis mehr als nur einmal mitbekommen. Er muss diese Erfahrung nicht erst am eigenen Leib erfahren.

Genervt schaltet er den Fernseher aus und geht stattdessen schlafen. Zumindest versucht er es. Aber statt einzuschlafen, hört er dem Regen zu, der auf das Dachfenster prasselt, und fühlt sich seltsam rastlos.

Samstag geht er trainieren. Lauf- und Krafttraining, bis er das Gefühl hat, völlig am Ende zu sein und jeder einzelne Muskel vor Anstrengung zittert. Statt der erhofften inneren Ruhe nach dem Training ist er nun zwar erschöpft, doch noch genauso rastlos wie am Tag zuvor.

Er weiß nichts mit sich anzufangen. Den ganzen verschissenen Tag lang nicht. Außerdem hat er es eindeutig mit dem Training übertrieben und seine Hüfte meldet sich schmerzhaft.

Auch am nächsten Tag ist es nicht besser.

Sarah hat sich für den Nachmittag angemeldet und er kocht für sie Lasagne.

„Du siehst scheiße aus, Grayson." Sie mustert ihn eingehend und verzieht missbilligend das Gesicht, als ihr Blick an den tiefen Ringen unter seinen Augen hängen bleibt.

„Und du bist wie immer sehr charmant." Mit etwas zu viel Kraft legt er je eine Gabel neben die Teller und es gibt ein scheppherndes Geräusch, das ihn irgendwie aggressiv macht.

Sie essen schweigend. Manchmal weiß seine Schwester ganz gut, wann es sinnvoll ist, die Klappe zu halten. Trotzdem geht es ihm besser, ihre Anwesenheit hat etwas Tröstliches.

Abends schaut er so lange uralte Splatterfilme im Fernsehen, bis ihm fast die Augen zufallen.

Nachdem er sich endlich ins Bett gequält hat, fällt ihm auf, dass er sich auf morgen freut. Weil morgen Montag ist.

Junge, du bist absolut pervers.

+++

Mein Wochenende verbringe ich, wie ich es immer mache, wenn ich nachdenken muss: Ich fahre zu meinen Eltern und bitte meinen Vater, mit mir angeln zu gehen.

Auf diese Art und Weise kann ich in aller Ruhe nachdenken, muss dabei aber nicht alleine sein. Wir sitzen nebeneinander, trinken Bier. Ich mag kein Bier, doch zum Angeln gehört es irgendwie dazu. Niemand sagt ein Wort. Auch das gehört zum Angeln dazu, genau wie der Umstand, dass wir nie einen Fisch fangen. Einmal beißt versehentlich trotzdem einer an, aber er ist viel zu klein und wir lassen ihn wieder frei.

Ich grüble nach, das ganze verdammte Wochenende, und bin mir sicher, dass sich eine tiefe Falte zwischen meinen Augenbrauen gebildet hat, als ich mich Sonntag von meinen Eltern verabschiede, um nach Hause zu fahren. Aller Falten zum Trotz bin ich genauso schlau, wie ich es war, als ich hergefahren bin.

Kapitel 18

Am Montag fahre ich mit gemischten Gefühlen zur Arbeit.

Ein Teil von mir freut sich unbändig darauf, Grayson wiederzusehen, ein anderer – der vernünftigere – mahnt mich, mich von ihm fernzuhalten. Leider ist das ja kaum möglich, solange wir zusammenarbeiten.

Da ich heute mehrere Auswärtstermine habe, sind Adele und Grayson schon da, als ich bei der Einrichtung ankomme, und wir begrüßen uns lediglich aus der Ferne.

Wenn mein Herz nicht verdächtig schneller schlagen würde, als ich ihn beobachte, wie er mit den Kindern draußen trainiert, könnte ich mir beinahe einreden, das Wochenende ohne ihn hätte mich quasi von ihm geheilt. Allerdings nur so lange, bis mein Handy in meiner Tasche vibriert.

Liebe Chefin,
hättest Du heute nach der Arbeit noch
Zeit für eine Dienstbesprechung?
G.

Lieber Coach White,
eine Dienstbesprechung?
Schon wieder?
Ich hoffe, es ist wichtig
– ansonsten bitte ich, erst einen Termin
bei meiner Sekretärin
zu vereinbaren.
Beste Grüße
Cherry Devenor

Liebe Chefin,
aber natürlich! Dienstbesprechungen
sind immer wichtig
– sowohl für das Arbeitsklima als
auch für den täglichen Dienstbetrieb.
Hochachtungsvoll
Ihr ergebener Grayson White
PS: Als Du letzte Woche „Oh mein
Gott, Grayson" geschrien hast, hat
mir das wesentlich besser gefallen,
als wenn Du mich Coach nennst …

Lieber Coach White,
Anträge auf Namensänderung werden
nur mittwochs bis freitags angenommen.
Heute ist Montag.
Mit freundlichen Grüßen
Die Chefin

Liebe Chefin,
wenn Du auf diesen Namen bestehst,
dann musst Du heute aber oben liegen!
G.

Hey Coach,
wird das jetzt etwa ein Fall von sexueller Belästigung am Arbeitsplatz? Als Chefin muss man übrigens vor allem delegieren können und schwierige Arbeiten an andere abgeben. Sonst kommt man nie in Führungspositionen.
MfG Cherry Devenor
PS: Wenn es Dir lieber ist, kann ich Dich übrigens gerne weiterhin Speedy nennen

Hey Chefin,
wenn Du weiterhin so frech bist, befürchte ich, dass ich ganz langsam machen und Dich später stundenlang sexuell belästigen muss. Dann gibst Du meinem Antrag auf Namensänderung vielleicht doch noch statt und wir landen wieder bei „Oh mein Gott, Grayson!“

Coach,
konzentrier Dich lieber aufs Training, statt hier so frech zu werden!

Lachend packe ich mein Handy weg und versuche noch einen Blick auf Grayson zu erhaschen, der draußen mit den Kids für das Turnier übt, während Adele und ich mit den restlichen Kindern drinnen Deko für das daran anschließende Sommerfest basteln.

Keine zehn Sekunden später fliegt ein Football durch das geöffnete Küchenfenster herein, mit so wenig Schwung, dass er nichts kaputt machen kann. Die kleinen Mädchen neben mir am Tisch kichern entzückt, als weitere zehn Sekunden später Grayson in seiner vollen Größe und Schönheit am Fenster erscheint und mit einer Stimme, die mich dazu bringt, mir die Lippen zu lecken, um Rückgabe des Footballs bittet.

Ich bin ein bisschen entsetzt, dass sein Charme schon auf sechsjährige Kinder wirkt, aber offenkundig haben auch Mädchen in diesem Alter bereits einen guten Geschmack.

„Danke, Ladies! Und ich bitte vielmals um Entschuldigung, weil ich die Damen belästigt und von wichtigen Arbeiten abgehalten habe.“ Er zwinkert mir zu und lässt seine Finger eindeutig absichtlich einen Moment zu lange auf meinen ruhen, bevor er sich wegdreht und wieder zurück zu seinen brav wartenden Schützlingen läuft.

Danach kann ich mich nicht mehr konzentrieren. Ich verschneide mich dreimal beim Ausschneiden eines simplen Schmetterlings, und bevor ich mich noch dabei verletze, verkünde ich, dass für heute Feierabend ist. Adele schaut etwas irritiert – ich mache sonst immer erst um Punkt 16:00 Uhr Schluss. Aber sie sagt nichts und räumt stillschweigend mit uns auf.

Als wir fertig mit aufräumen sind, kommt auch Grayson mit den grölenden Kids wieder herein und ich bin froh, dass sie alle viel zu sehr mit sich selbst beschäftigt sind; denn sein Blick, der erst meine Augen, dann meinen Mund streift, um anschließend an meinem Ausschnitt hängen zu bleiben, ist definitiv nicht jugendfrei.

Kapitel 19

Eine heimliche Affäre mit jemandem zu haben, von dem man die Finger nicht lassen kann, birgt gewisse Gefahren. Und nicht bloß solche, die mein Herz betreffen.

Einmal hat uns Adele beinahe erwischt, ein anderes Mal hat Sarah bei ihrem Bruder geklingelt und ich habe mich in seinem Schlafzimmer versteckt, als wäre ich … ja, seine heimliche Affäre eben.

So oft denke ich, ich sollte es einfach beenden, denn die Heimlichtuerei geht mir gehörig auf die Nerven. So sehr, dass es mir manchmal schon Kopfschmerzen bereitet. Dann steht Grayson vor mir, groß und nahezu absurd gut aussehend, lächelt mich mit diesem ganz bestimmten Grübchenlächeln an und ich werde wieder schwach. Und wieder und wieder.

Nächste Woche steht die Fahrt ins Sommerlager bevor und unsere heutige Dienstbesprechung ist tatsächlich eine. Aus finanziellen und organisatorischen Gründen fahren wir lediglich vier Tage, und wenn wir wiederkommen, ist noch eine Woche Bürobetrieb, danach bleibt die Einrichtung drei Wochen geschlossen, so wie jeden Sommer.

Und Graysons Zeit dort ist auch vorbei. Genau wie meine Zeit mit ihm. Ich spüre, dass ich mich viel zu sehr an ihn gewöhnt habe, und ich will nicht eines Tages dastehen müssen und feststellen, dass ich mich in einen Mann verliebt habe, den ich nie werde haben können. Zumindest nicht mehr als in sexueller Hinsicht. Da ich ihm jedoch nicht widerstehen kann, solange er in meiner

Nähe ist, beschließe ich die Zeit bis dahin zu genießen. Wenn man keine Wahl hat, tut man gut daran, die Dinge so hinzunehmen, wie sie sind, und das Beste daraus zu machen. Tatsächlich könnte es wahrlich Schlechteres geben, als Sex mit Grayson White zu haben. Wilden, ausgiebigen und unglaublichen Sex.

„Cherry?" Adeles Stimme bringt mich zurück ins Hier und Jetzt und ich schüttle leicht den Kopf, um die Bilder, die darin gerade entstanden sind, zu vertreiben. So ganz gelingt mir das allerdings nicht und als mein Blick auf den von Grayson trifft, bin ich mir ziemlich sicher, dass er genau weiß, woran ich gerade gedacht habe. Denn er sieht aus wie ein Kater, der gerade einen Kanarienvogel gefressen hat und dem die letzten Federn noch aus der Schnauze hängen. Ein bisschen schelmisch, ein bisschen gefährlich und hochgradig mit sich zufrieden.

Zumindest bietet er sich an, alle Lieferanten noch mal telefonisch abzuklappern, wofür ich ihm sehr dankbar bin. Wenn der legendäre Grayson White dort anruft, kann er vielleicht noch den ein oder anderen Rabatt rausschlagen.

Sarah wird auch mitkommen. Sie schafft es zwar aus zeitlichen Gründen nicht, noch ein eigenes Sommerlager stattfinden zu lassen, aber wir brauchen mehr Betreuungspersonen und so hat sie sich ebenfalls zur Verfügung gestellt.

„Ich könnte zusammen mit Cherry vielleicht vorfahren, um sicherzugehen, dass auch alles in Ordnung ist. Im Bus gibt es doch ohnehin nicht genug Plätze, oder?“ Graysons Bleistift tippt mehrfach auf die Tischplatte.

Sarah zieht eine perfekt gezupfte Braue skeptisch in die Höhe und wirft ihrem Bruder einen kurzen musternden Blick zu, nickt aber schließlich.

„Ich denke, das wäre eine gute Idee. Wenn ihr bereits morgens hinfahrt, könnt ihr eventuell noch etwas retten, falls es noch irgendwelche Probleme geben sollte. Ich würde mit Adele und den Kindern nachmittags nachkommen.“ Sie macht sich ein paar Notizen, während Grayson sich zufrieden zurücklehnt und ich Schwierigkeiten habe, ein Lachen zu unterdrücken. Ich bin mir ziemlich sicher, dass er ganz andere Ideen hat, als er vorgibt.

Am Abreisetag bin ich vermutlich genauso nervös wie meine Kinder. Die ganze Fahrt über kann ich kaum stillsitzen und spiele im Kopf die unzähligen Katastrophen durch, die sich in so einem Sommerlager abspielen können.

„Machst du dir Sorgen, Cherry?“ Grayson legt seine Hand auf mein Bein und als ich die Wärme seiner Handfläche durch meine dünne Sommerhose spüre, werde ich ein bisschen ruhiger.

„Ja, furchtbar. Ich bin mindestens genauso nervös, wie ich es vor meinem ersten Sommercamp als Kind gewesen bin.“

„Warst du oft in solchen Camps?“ Da eine kurvenreiche Strecke kommt, muss er seine Hand wegziehen, weil er beide Hände zum Lenken braucht, und ich seufze tief.

„Nein. Nur zweimal. Ich hatte immer entsetzliches Heimweh. Einzig meine Angst davor, dass die anderen über mich lachen, wenn ich mich vorzeitig abholen lasse, hat mich durchhalten lassen. Zumindest beim ersten Mal. Beim zweiten Mal habe ich am dritten Tag angefangen, mich zu übergeben, und erst damit aufgehört, als ich bei Dad im Auto gesessen habe. Bei der Erinnerung daran bekomme ich immer noch Bauchschmerzen. Komisch, wie tief so was manchmal sitzt."

„Hast du deine Eltern so vermisst?" Endlich ist seine Hand wieder bei mir.

„Alles. Unser großes Haus, meine Eltern, meine großen Brüder, unseren alten Hund … Vielleicht hat mir das Sommerlager auch deshalb nicht gefallen, weil bei uns zu Hause fast mehr los war als dort. Wir haben immer viele Freunde mit nach Hause bringen dürfen und in den Sommerferien waren wir fast den ganzen Tag draußen. Wir durften mehr oder weniger tun und lassen, was wir wollten … Das klingt jetzt so, als hätten meine Eltern uns vernachlässigt, aber dem war nicht so. Sie hatten einfach schon immer riesiges Vertrauen in uns. Und auch wenn man mit vier größeren Brüdern hart im Nehmen wird, haben sie immer gut auf ihre kleine Schwester aufgepasst. Trotzdem kamen wir jeden Abend hungrig, müde, dreckig und mit zerkratzten Schienbeinen nach Hause. Wir haben Staudämme gebaut und Hütten im Wald, haben mit unserem Hund Kaninchen aufgestöbert … Im Sommerlager musste ich stattdessen den ganzen Tag brav sein. Nachdem meine Eltern gemerkt haben, dass sie mir damit keinen Gefallen tun, musste ich zum Glück nicht mehr hin." Die Erinnerungen an meine Kindheit bringen mich zum Lächeln und lassen mich meine Nervosität fast vergessen. Einen Moment lang betrachte ich die vorbeiziehende Landschaft und schwelge in Erinnerungen. „Und du, Grayson? Musstest du immer ins Sommerlager, oder macht ihr Jungs aus gutem Hause so was nicht?"

„Seit ich älter als zwölf bin, gab es regelmäßig Unterschriftenaktionen besorgter Mütter, die Angst um die Jungfräulichkeit ihrer Töchter hatten, und ich durfte nicht mehr mit." Seine Augen funkeln übermütig, bevor er wieder ernst wird. „Als ich noch jünger war, war ich jeden Sommer mit Sarah auf der Rosebelle-Farm bei Tante Lizzy. Dann ist sie irgendwann gestorben und ich war zu alt für Urlaub auf dem Land. Außerdem habe ich angefangen Football zu spielen und die Highschool hat im Sommer ein Trainingslager angeboten."

„Eine Privatschule?"

„Natürlich. Dafür hat meine Mutter gesorgt. Football spielen durfte ich allerdings nur, weil mein Dad gedroht hat, ihr sonst das Sorgerecht zu entziehen." Er lächelt noch immer, doch ich kenne ihn mittlerweile gut genug, um die Bitterkeit dahinter zu erkennen.

„Sie wollte nicht, dass du Football spielst?" Er will seine Hand wegziehen, doch ich halte sie einfach fest.

„Nein. Das ist ihr zu primitiv. Sie schämt sich bis heute dafür. In ihren Kreisen betreibt man Sport ausschließlich als nettes Hobby. Und dann spielt man Tennis, oder vielleicht darf man noch Mitglied der Rudermannschaft sein. Aber niemals so etwas Brutales wie Football. Und schon gar nicht als Profi."

„Ich hatte immer gedacht, dass die Eltern von Profisportlern vor Stolz platzen müssen." Mittlerweile hat er seine Hand so herumgedreht, dass er meine festhalten kann.

„Mein Vater war bestimmt stolz. Allerdings war er nie da. Insofern war es letztendlich auch egal."

„Er *war* stolz?" Wir fahren durch eine Allee und Licht und Schatten wechseln sich auf Graysons Gesicht so schnell ab, dass ich seine Mimik unmöglich deuten kann.

„Mein Vater ist an einem Herzinfarkt gestorben, als ich zweiundzwanzig war."

„Das tut mir sehr leid." Ich will seine Hand drücken, aber er entzieht sie mir. Ob die Kurve der Grund dafür ist, die wir gerade passieren, oder ob ihm mein Mitleid unangenehm ist, weiß ich nicht.

„Wenn ich jetzt sage: *Mir nicht!* Hältst du mich dann für einen sehr schlechten Menschen?" Er hält kurz inne, bevor er weiterspricht. „Ich meine damit nicht, dass ich ihm seinen Tod gewünscht hätte oder so … Aber ich habe ihn eigentlich kaum gekannt. Als Kind habe ich ihn vielleicht zweimal im Jahr gesehen, wenn überhaupt. Später war er ein paar Mal bei Spielen … Ich habe allerdings nie eine richtige Beziehung zu ihm aufbauen können. Ich war nicht traurig, als er gestorben ist. Betroffen vielleicht – für tiefer gehende Trauer habe ich ihn einfach nicht gut genug gekannt."

Er bremst sanft und stellt die Schaltung auf Parken. Auch wenn Graysons Intention, mit mir bereits vorher herzufahren, wohl eine andere war, als tatsächlich hier nach dem Rechten zu schauen, stellt es sich als überaus sinnvoll heraus.

Denn nicht eines der bestellten Zelte ist aufgebaut, anders als es besprochen war. Stattdessen liegt ein grünes

Häufchen aus Planen und Stangen auf der immerhin perfekt gemähten Wiese in strahlendem Sonnenschein.

„Hast du schon mal ein Zelt aufgebaut?" Reichlich ratlos schaue ich auf den Stapel aus Planen.

„Zuletzt als Kind." Grayson stupst eines der am Boden liegenden Zelte an, als würde er überprüfen wollen, ob es vielleicht lebendig ist. „So schwer kann das ja nicht sein."

Leider ist es das doch. Wir brauchen fast eine Stunde, bis wir das System der etwas in die Jahre gekommenen Zelte verstanden haben. Und da wir die Mistdinger ziemlich günstig bekommen haben, ist keines wie das andere. Wir kämpfen uns durch einen Wirrwarr aus Stangen und Planen, und das alles in der prallen Mittagssonne. Als wir endlich fertig sind, lassen wir uns völlig erschöpft ins Gras fallen. Viel Pause bleibt uns allerdings nicht vergönnt – keine fünf Minuten später hupt in der Ferne ein Bus und kurz darauf stürmen zwanzig schreiende Kinder mit vier gut gelaunten Betreuerinnen das Gelände.

Auch der Rest des Tages wird nicht unbedingt entspannter. Die Kinder sind kaum ausgestiegen, da hat sich das erste schon ein Knie aufgeschlagen und muss verarztet werden. Sie wollen alle ins Wasser, aber nicht alle können schwimmen, sodass immer mindestens zwei Betreuer aufpassen müssen, dass nichts passiert. Der Lieferant, der für das Abendessen zuständig ist, taucht einfach nicht auf und die Kinder haben alle Hunger. Einen Anruf und jede Menge Aufregung später ist klar: Der Lieferant hat sich den falschen Monat notiert und wir haben ein Problem.

Adele fährt schließlich mit Graysons Auto in den nächsten Supermarkt und kauft dort mit Graysons Kreditkarte alles an Hamburgern und Würstchen, was sie finden kann, und zusätzlich einen Grill. Während Grayson die Burger auf den Grill schmeißt, suchen die Kinder Stöcke, auf die sie die Würstchen aufspießen, um sie dann über dem Lagerfeuer zu rösten, das Sarah und ich in der Zwischenzeit gemacht haben.

Nachdem alle ihr Essen in der Hand halten, wird es auf einmal so ruhig, dass man das Knistern des Lagerfeuers und das Zirpen der Grillen hören kann. Ich bin bereits beim Essen so erschöpft, dass ich mich am liebsten irgendwo zusammenrollen und einschlafen würde.

Während ich es erst noch bedauert habe, dass wir aus finanziellen Gründen bloß ein langes Wochenende mit drei Übernachtungen anbieten können, bin ich nun durchaus dankbar dafür. Ich glaube, viel mehr hätte ich nicht überlebt.

Eine Stunde später sind alle Kinder im Bett. Und obwohl ich hundemüde bin, finde ich in dieser Nacht kaum mehr als zwei Stunden Schlaf am Stück. Ständig ist irgendetwas, eines der Kinder weint, ein zweites spielt Gespenst und ein drittes hat zu viel gegessen und jetzt Bauchschmerzen.

Sarah und Adele scheinen so tief zu schlafen, dass sie von alledem nichts mitbekommen. Ich beneide sie brennend.

Als ich das letzte Mal auf die Uhr sehe, ist es fünf Uhr morgens und ich bin mir sicher, dass bald die ersten der kleinen Monster schon wieder wach sein werden. Ich schließe den Reißverschluss des letzten Zeltes, aus dem ich gerade gekrabbelt bin, um aufgeschreckte Kinderseelen in den Schlaf zu wiegen, und sehe Grayson aus einem anderen kommen.

„Ich glaube, ich setze mich noch ein bisschen an die Reste des Lagerfeuers. Sich wieder hinzulegen, lohnt ja doch nicht mehr!“ Seufzend lässt er sich an den Resten des Lagerfeuers nieder, deutlich schwerfälliger als sonst. Er trägt immer noch Jeans und eine graue Sweatjacke mit Kapuze. „Leistest du mir Gesellschaft?“ Mit einem einladenden Lächeln streckt er den Arm nach mir aus und ich kann einfach nicht widerstehen und setze mich zu ihm, um mich an ihn zu kuscheln. Keine Ahnung, wie wir das erklären sollen, wenn Sarah oder Adele uns entdecken, aber für den Moment ist es mir egal.

Ich lege meinen Kopf an Graysons Schulter, atme seinen betörenden Duft ein und dann bin ich auch schon eingeschlafen.

Als ich wach werde, ist es bereits hell geworden. Grayson ist weg, aber mein Kopf liegt auf seiner Jacke, als wäre sie ein Kissen, und Sarah steht lächelnd über mir.

„Ich habe schon Beschwerden bekommen, dass Adele und ich zu tief geschlafen haben ... Ich habe wirklich nichts mitbekommen. Vermutlich sind meine mütterlichen Anteile eher ziemlich verkümmert ausgeprägt ...“

„Dich hätte man schon als Kind im Schlaf klauen können, ohne dass du davon wach geworden wärst.“ Grayson legt seiner Schwester den Arm um die Schulter und drückt ihr einen flüchtigen Kuss auf den Kopf. Die Geste ist so offen und so selbstverständlich, dass ich einen brennenden Stich der Eifersucht in mir fühle.

Komm mal wieder runter, sie ist seine Schwester!

Klar ist sie das. Und ich habe ja auch überhaupt kein Recht auf öffentliche Zugehörigkeitsbekundungen. Schließlich bin ich nur seine Affäre. Mehr nicht. Trotzdem bin ich plötzlich eifersüchtig, weil sie ihn in der Öffentlichkeit haben kann und ich nicht. Auch wenn es natürlich etwas ganz anderes ist, als das zwischen uns.

Während ich langsam aufstehe, versuche ich die trüben Gedanken aus meinem Kopf zu vertreiben. Mir tut jeder Knochen im Körper weh.

„Ich brauche eine heiße Dusche und einen noch heißeren Kaffee", brummle ich völlig übernächtigt und strecke mich unter lauten Knacken meiner armen, müden Knochen.

„Tut mir leid – alles, was Ihr Urlaubsort zu bieten hat, wäre ein kaltes Bad im See. Doch danach könnte ich der Dame zumindest einen Kaffee servieren!" Grayson zwinkert mir gut gelaunt zu und ich stelle fest, dass er kein bisschen müde aussieht, was ich irgendwie als Frechheit empfinde. Wie kann man nach so einem Tag und der darauf folgenden Nacht bloß so erholt und frisch wirken?

Fünf Minuten später tauche ich in den kühlen See. Das kalte Wasser macht mich zumindest wach und nachdem ich ein Stück geschwommen bin, steigert sich auch meine Laune ein bisschen.

Als ich schließlich an Land komme, wartet Sarah mit einem Badehandtuch auf mich und legt es mir um die Schultern, als ich das Wasser verlasse.

„Eine kleine Wiedergutmachung, weil ihr vergangene Nacht alles alleine machen musstet." Sie zaubert noch eine Thermoskanne mit Kaffee und eine Papiertüte mit einem Schokocroissant hervor. „Das hat mein Bruder mitgebracht, als er vorhin die Brötchen fürs Frühstück aus dem Ort geholt hat."

Dankbar nehme ich es entgegen und setze mich neben Sarah auf den Bootssteg.

„Sollten die nicht eigentlich geliefert werden?"

„Theoretisch schon, aber Grayson war nach dem Desaster von gestern anscheinend so sauer, dass er den Lieferanten ganz abbestellt hat, und ist deshalb selbst gefahren." Eine Weile sitzen wir schweigen nebeneinander und teilen Kaffee und Croissant, während ein ganzer Chor von Vögeln für uns ein Morgenkonzert gibt.

„Schläfst du eigentlich mit ihm?"

Hustend verschlucke ich mich an meinem Kaffee.

„Mit dem Lieferanten? Dann würde er hoffentlich zuverlässiger liefern." Ich stelle mich bewusst doof und Sarah lacht.

„Nein, ich meine mit meinem Bruder. Er sieht dich auf so eine Art an … ich hätte geschworen, ihr habt etwas miteinander." Nachdenklich hält sie kurz inne, bevor sie mir einen Kuss auf die Wange haucht. „Ich würde mich freuen, wenn es so wäre. Ich mag dich. Und du würdest ihm sicher guttun." Sie steht auf und geht fröhlich pfeifend zurück ins Lager, während ich ihr ziemlich perplex nachschaue.

„Ich habe Unterstützung angefordert. Matt Johnson kommt nachher mit Sophie vorbei. Wir Männer spielen den einen Teil der Kinder beim Footballtraining müde und ihr müsst mit dem Rest irgendetwas anderes anfangen. Eine Seilspringcompetition vielleicht, jedenfalls irgendwas, damit ihnen heute Nacht die Energien zum Nicht-schlafen-Können und Blödsinn machen fehlen."

Wir räumen die Reste vom Frühstück weg, während Adele überwacht, dass die Kinder, die für den Abwasch eingeteilt sind, diesen auch machen und sich nicht bloß eine Seifenblasen- und Wasserschlacht liefern.

„Klingt nach einem guten Plan." Ich gähne laut und ziemlich undamenhaft. „Ich brauche dringend mehr Kaffee. Und wer ist Matt Johnson?"

„Du hast wirklich überhaupt keine Ahnung von Football, kann das sein?" Seine rechte Augenbraue wandert in die Höhe und ich zucke mit den Schultern.

„Nicht die geringste. Ich kann aber schließlich auch nicht alles wissen."

„Matthew ist der Quarterback der Boston Raccoons", mischt Sarah sich ein. „Grayson hat mal seine Frau geküsst, woraufhin Matt ihm die Nase gebrochen hat. Sophie kennst du übrigens, Cherry. Sie ist eine Kollegin. Ich habe euch einander schon mal vorgestellt."

„Du küsst die Freundinnen deiner Kollegen?" Um ehrlich zu sein, bin ich ein bisschen entsetzt. Andererseits kann ich mir sehr gut vorstellen, dass Grayson nichts anbrennen lässt. Ich bin ja selbst das beste Beispiel dafür.

Der Beschuldigte reibt sich das Kinn, bevor er verlegen mit den Schultern kreist.

„Das war einzig aus Rache. Er hat mir mal meine Freundin ausgespannt …"

„Grayson, da wart ihr sechzehn! Und der arme Matt wusste nicht einmal, dass sie deine Freundin war. Und das Mädchen, um das es damals ging – wie hieß sie noch mal? Conny? Collette? –, wusste vermutlich auch nicht, dass sie deine *Freundin* war, weil du zeitgleich noch drei andere hattest."

Auf dem Gesicht des Beschuldigten breitet sich ein schelmisches Grinsen aus.

„Na und? Außerdem war das zwischen Sophie und mir nur ein ganz harmloser Kuss. Nicht mehr als ein Küsschen. Und absolut jugendfrei. Matt hat mir schon lange verziehen."

Als besagter Quarterback und seine Frau zwei Stunden später auftauchen, bin ich ziemlich beeindruckt. Matt Johnson ist mindestens so groß wie Grayson und sieht mit seinen tiefblauen Augen und dem strahlenden Lächeln wirklich sehr gut aus. Ich frage mich, ob die Raccoons ihre Spieler vielleicht nicht bloß nach ihrem Talent, sondern auch nach ihrem guten Aussehen einkaufen. Wenn man Grayson und Matt kennt, könnte man das zumindest vermuten.

„Beeindruckend, oder?", flüstert Sarah neben mir und es ist mir ein bisschen peinlich, weil sie mich beim Starren erwischt hat.

„In der Tat", versuche ich so leise zurückzuraunen, dass es niemand hört, aber Grayson steht so dicht hinter mir, dass er es trotzdem mitbekommt und ein leises Grummeln von sich gibt.

Ist er etwa eifersüchtig?

Ein Lächeln stiehlt sich auf mein Gesicht, das da eigentlich nichts zu suchen hat und sich zu einem breiten Grinsen entwickelt, als auch noch eine sehr große, sehr männliche Hand in besitzergreifender Geste auf meiner Schulter landet.

„Das ist meine Chefin Cherry." Die Art, auf die er das sagt, betont das *meine* und hört sich eher so an, als würde auch er Besitzansprüche klarstellen wollen. Das leise Lachen von Sarah durchdringt die warme Sommerluft, als sie Grayson zur Seite schiebt.

„Hast du Angst, Matt könnte sich für den Kuss rächen? Ich glaube, da kann ich dich beruhigen: Er hat einzig und allein Augen für Sophie, seit er sie kennt." Sie spricht leise genug, dass Matt und Sophie nichts davon hören, jedoch laut genug, dass ich jedes Wort verstehe. Dann zwinkert sie Grayson und mir fröhlich zu und nimmt die Begrüßung der Neuankömmlinge selbst in die Hand.

„Mein Bruder hat vergangene Nacht zu wenig Schlaf bekommen und nun schlechte Laune!" Sie gibt den beiden ein Küsschen. „Cherry und Sophie, ihr kennt euch ja schon. Matt, Cherry ist neben Sophie meine Lieblingsarbeitskollegin."

Sophie lacht leise. „Cherry und ich sind die einzigen Arbeitskolleginnen, zu denen du ein bisschen Kontakt hast. Faktisch kennst du also gar keine anderen ..." Sie umarmt mich gut gelaunt und zwinkert Grayson zu. „Dir komme ich lieber nicht zu nahe!" Aber dann knufft sie ihm doch spielerisch in den Bauch und er tut so, als würde er sich unter ihrem Schlag krümmen.

Matt beobachtet das alles mit verschränkten Armen und gerunzelter Stirn, bevor er seiner Frau demonstrativ den Arm um die Schultern legt.

„Bevor ihr weiterflirtet, sollten wir lieber die Ausrüstung für die Kids aus meinem Wagen holen und trainieren gehen. Ich glaube nicht, dass die anwesenden Damen es lustig finden würden, wenn wir noch anfangen, uns zu prügeln." Ich bin mir nicht so sicher, ob er das ernst meint oder nicht, ich vermute eine Mischung aus beidem. So oder so setzt sich Grayson brav in Bewegung und kurz darauf schleppen die beiden mehrere Garnituren mit Schulterpolstern, Helmen, Schuhen und sonstiger Football-Kleidung an.

„Wer soll denn das alles bezahlen?", flüstere ich ein bisschen ängstlich, weil ich befürchte, dass das alles ein Vermögen gekostet hat und durch das Sommerlager kaum noch Gelder übrig geblieben sind.

„Keine Angst, das haben Matt und Grayson bezahlt." Sophie schaut nachdenklich auf die Kinder, die gerade enthusiastisch dabei sind, die Ausrüstung anzuprobieren. „Die sehen plötzlich alle wie richtige Footballer aus. Dabei sind es doch noch Kinder." Beschützend legt sie ihre Hand auf ihren Bauch und erst jetzt entdecke ich die kleine Kugel, die unter ihrer weiten weißen Bluse vorher gut versteckt war.

Matt scheint einen siebten Sinn für seine Frau zu haben, denn in genau diesem Moment kommt er zu ihr herüber geschlendert.

„Mach dir keine Sorgen, Honey. Bei Kindern ist Football noch nicht so brutal. Und außerdem sind sie nun gut geschützt …" Er gibt ihr einen Kuss und schiebt seine Hand unter ihre. „Wenn unser Kleiner erst mal so weit ist, werden wir ihm einfach die beste Ausrüstung überhaupt kaufen, damit er sich nichts tut."

„Wir könnten ihn auch einfach Baseball statt Football spielen lassen. Da ist das Verletzungsrisiko viel geringer. Oder er macht was anderes. Schach vielleicht …"

Matt wirft seiner Frau einen beinahe mitleidigen Blick zu, in etwa so, als wäre sie völlig geistesgestört, bevor er sich wieder Grayson und den Kindern zuwendet.

„Wenn ich mir darüber vorher im Klaren gewesen wäre: Ich hätte darum gebetet, dass es ein Mädchen wird." Nun liegen beide Hände beschützend auf ihrem Bauch und ich habe wirklich ein bisschen Mitleid mit ihr.

Während die Männer mit den meisten Kindern Football trainieren, machen wir mit den restlichen erst einen Schwimmwettbewerb und anschließend lassen wir sie im Wald Holz für das Lagerfeuer sammeln.

Und tatsächlich geht Graysons Plan auf: Bereits beim Abendessen, das auch heute aus Hamburgern und Würstchen besteht sowie ebenfalls über dem Lagerfeuer gegrillten Maiskolben, sind die ersten Kinder bereits so müde, dass ihnen fast die Augen zufallen. Leider trifft das nicht nur auf die Kinder zu, auch ich kann ein Gähnen nicht unterdrücken und die Augen kaum noch offen halten. Selbst Grayson kann die bleierne Müdigkeit nicht vertreiben. Und das, obwohl er es geschafft hat, sich neben mich zu setzen, als die Kinder endlich alle schlafen und seine Hand unauffällig unter meinen Pulli geschoben hat, um die nackte Haut meines Rückens zu streicheln. Während ich mehrfach gähnen muss, wandert mein Blick immer wieder zu Matt und Sophie. Er hat den Arm beschützend um sie gelegt und zwischendrin tätschelt er ständig liebevoll ihren Bauch. Das Lächeln, das sie sich schenken, die Art und Weise, wie er sie mit dem Essen füttert, das er für sie über dem Lagerfeuer gegrillt hat … Es ist so offensichtlich, wie sehr sie ineinander verliebt sind, dass ich ganz wehmütig werde, als ich sie beobachte. Vielleicht liegt es an dem Flackern des Lagerfeuers oder an dem Zirpen der Grillen im Hintergrund, dass ich plötzlich so melancholisch werde. Dennoch beschäftigt mich die Frage, ob ich das wohl auch je werde haben dürfen, mehr als jede andere. So ein Glück und einen Partner zu haben, der so offenkundig in mich vernarrt ist, wie Matt es in Sophie ist – und umgekehrt –, das muss einfach wundervoll sein.

Mühsam versuche ich die Augen offen zu halten, aber irgendwann verliere ich den Kampf gegen die Müdigkeit trotzdem und wache erst auf, als Grayson mich zu meinem Zelt trägt und mich kurz davor absetzt.

„Sind Matt und Sophie schon weg?"

„Ja, sie sind vor über einer Stunde gegangen."

„Ich wollte mich doch verabschieden …" Müde reibe ich meine Augen.

„Wir wollten dich nicht wecken, du hast so tief geschlafen … und so nett meine Jacke vollgesabbert …"

Grayson stupst mir mit dem Finger auf die Nase und ich begutachte verschlafen seinen Jackenärmel, der völlig trocken ist.

„Stimmt ja gar nicht!", brummle ich, während ich mein Zelt öffne.

„Nicht? Schade. Wäre bestimmt niedlich gewesen. Und jetzt ab ins Bett mit dir, Dornröschen!"

Nur halb bekomme ich noch mit, wie er leise das Zelt hinter mir schließt, ich bin einfach viel zu müde heute.

Nachts träume ich davon, wie Grayson mir vor dem Traualtar seine ewige Liebe schwört, und wache kopfschüttelnd und ein bisschen traurig auf, weil ich mich darüber ärgere, dass sich mein Unterbewusstsein solchen Kleinmädchenvorstellungen hingibt.

Kapitel 20

Anscheinend war die Nacht ziemlich ruhig und die Mini-Monster alle brav, andererseits wäre ich vermutlich auch dann nicht wach geworden, wenn sie um mein Zelt herum Polonaise getanzt hätten. Ich war einfach viel zu erledigt.

Der Schlaf hat mir gutgetan, als ich wach werde, fühle ich mich frisch und voller Energie.

Doch leider bin ich da nicht die Einzige. Auch die Kinder haben ihre Energiereserven über Nacht offenkundig wieder aufgeladen und sind nun munter, quirlig und voller Tatendrang. Weder schwimmen noch Footballtraining können sie heute müde spielen.

Grayson und ich sind gerade mit der Vorbereitung des Abendessens beschäftigt, als Brendon ganz aufgeregt angestürmt kommt. Er hält einen Eimer in der Hand, aus dem das Wasser schwappt.

„Cherry, Cherry, den hat Marlon aus dem Wasser geholt. Mit seinem T-Shirt. Und er wollte ihn auffressen!" Der kleine Junge ist so aufgeregt, dass sich seine Stimme beim Sprechen beinahe überschlägt.

„Das heißt aufessen, Brendon", verbessere ich aus Gewohnheit.

Grayson zieht die Augenbrauen in die Höhe. „Na ja, im Zusammenhang mit Marlon …"

Schnell werfe ich ihm einen mahnenden Blick zu. Obwohl Marlon wirklich mehr als anstrengend ist, ist er auch schon so arm genug dran. Da müssen die anderen nicht auch noch anfangen, über ihn zu lachen.

Als ob sich das jemand trauen würde, er ist schließlich doppelt so groß …

Kopfschüttelnd gehe ich ein paar Schritte auf den aufgelösten Brendon zu und schaue in den Eimer.

+++

„Das ist ja ein Goldfisch! Ein lebendiger!" Cherry starrt fassungslos in das Wasser.

Grayson ist nicht halb so fassungslos. Er hat Marlon beim Blocken während des Footballs erlebt und wundert sich seitdem über nichts mehr. Er würde ihm ganz andere Dinge zutrauen, als einen Goldfisch bei lebendigem Leibe zu essen … Aber das sagt er lieber nicht laut. Cherry hat ein viel zu gutes Herz, als dass sie solcherlei erschreckende Wahrheiten würde hören wollen. Außerdem ist Marlon trotz alledem – oder vielleicht auch gerade deswegen – ein hervorragender Tackle.

„Den wollte er bestimmt nicht wirklich essen, Brendon. Er wollte euch nur erschrecken. Du weißt doch, wie er manchmal ist …", versucht sie nun den kleinen Jungen zu beschwichtigen. „Komm, wir lassen den Fisch einfach frei, okay?"

„Nein! Bitte nicht, Cherry!" Brendon steht kurz davor, in Tränen auszubrechen, und schaut Hilfe suchend zu Grayson. „Können wir den Fisch nicht im Eimer lassen? Sonst erwischt Marlon ihn hinterher trotzdem noch!"

„Der Fisch kann doch nicht in dem kleinen Eimer bleiben. Schau mal, er hat kaum Platz, sich darin zu bewegen …"

Brendons Augen füllen sich mit Tränen und Grayson hat das Gefühl, unbedingt eingreifen zu müssen, bevor sein bester Quarterback noch anfängt zu heulen.

„Pass auf, Kumpel. Oben im Bad ist eine Badewanne. Die befüllen wir und da kann er bis morgen bleiben. Danach lassen wir ihn wieder frei."

So ganz zufrieden scheint das aufgeregte Kind mit dieser Antwort noch nicht zu sein, doch er beruhigt sich zumindest ein bisschen.

„Und wenn Marlon irgendwann noch mal hierherkommt? Oder jemand anderes? Oder ein größerer Fisch Freddy frisst?"

„Freddy?" Cherry muss sichtbar schmunzeln. „Ihr habt dem Fisch einen Namen gegeben?"

„Ja, Freddy Fisch!", erfolgt die Antwort mit einer feierlichen Ernsthaftigkeit, wie nur Kinder sie zustande bringen.

„Und ich dachte schon an Freddy Krüger …" Wie nicht anders zu erwarten, erntet er für diesen Kommentar einen bösen Blick, aber als er es mit seinem charmantesten Lächeln versucht, lächelt Cherry doch zurück, während sie gleichzeitig die Augen verdreht.

„Also gut. Wir setzen den Fisch in die Badewanne und wenn wir morgen nach Hause fahren, nehme ich Freddy mit und setze ihn in den Teich in meinem Garten. Da kannst du ihn besuchen kommen, wann immer du willst, was sagst du dazu?"

„Wirklich?" Man kann direkt dabei zusehen, wie Brendons Miene sich langsam aufhellt.

„Fest versprochen. Aber du musst mir helfen, noch ein paar Eimer voll Seewasser zu holen. Ich glaube nicht, dass Freddy Leitungswasser mag."

Es dauert bloß wenige Augenblicke, bis Brendon mit Verstärkung in Form vier anderer Kinder, die alle mit Wassereimern bewaffnet sind, zurück ist.

„Grayson?“ Cherry sieht ihn mit gerunzelter Stirn an.

„Was denn?“

„Hast du überhaupt einen Gartenteich?“ Sie grinst.

„Wollte schon immer einen haben!“, antwortet er schulterzuckend, bevor er zum Telefon greift und seinen Gärtner anruft, damit der alles dafür in die Wege leitet.

+++

Mal abgesehen von einer weiteren beinahe schlaflosen Nacht verläuft der Rest unseres Sommerlagers ohne weitere Zwischenfälle und am Ende sind alle Kinder ein bisschen sonnengebräunter, erholter und schmutziger als zuvor und alle Betreuer etwas müder.

Bevor wir abfahren, besorgt Grayson noch einen verschließbaren Eimer im Ort, damit wir Freddy Fisch unversehrt nach Hause bekommen.

„Was hat dich der Spaß jetzt gekostet?“, frage ich, während ich den Eimer vorsichtig zwischen meinen Füßen deponiere, damit er beim Losfahren nicht umfällt.

„Ein Vermögen. Man kann in einen frisch angelegten Teich nämlich eigentlich gar keine Fische setzen, wegen irgendwelcher Nitritwerte. Aber mein Gärtner hat es trotzdem hinbekommen. Frag mich nicht wie. Aber hey: Ich habe einen Gartenteich mit einem Gratisgoldfisch. Und ein Kind glücklich gemacht. Wird nicht immer behauptet, so etwas sei unbezahlbar?“

„Auch wieder wahr.“

Diesmal zieht Grayson meine Hand auf sein Bein und ich lasse sie gerne dort liegen.

Kapitel 21

Grayson und ich fahren zunächst zur Einrichtung, um sicherzugehen, dass die Kinder auch alle abgeholt werden. Lächelnd schaue ich zu, wie strahlende Eltern ihre ebenso strahlenden Kinder wieder in die Arme schließen.

Etwas weniger fröhlich stimmen mich allerdings die Eltern, die sonst nie hier aufkreuzen, nun aber so tun, als wären sie und Grayson alte Kumpels, und ihre Kinder dabei beinahe ignorieren. Marlons Vater ist dabei ganz vorne weg. Grayson verteilt dennoch geduldig lächelnd Autogramme und klopft auf diverse Schultern.

Irgendwann sind sie alle verschwunden. Sarah und Adele haben sich ebenfalls bereits verabschiedet und Grayson sieht mich mit diesem Blick an, der dafür sorgt, dass sich mein Gehirn anfühlt, als würde es nur noch aus Watte bestehen.

„Hast du noch was vor, Cherry-Baby?“

Dieses Lächeln!

Ich lächle zurück.

„Am allerdringendsten will ich jetzt schlafen.“

Seine Hände schlingen sich um meine Taille und ich merke, wie sich meine Präferenzen durch seine Nähe verschieben. Vielleicht bin ich doch noch gar nicht soooo schrecklich müde.

„Schlafen?“ Seine Lippen sind ganz nah an meinem Ohr. „Mit mir?“ Ein kleiner Kuss landet kurz unterhalb meines rechten Ohrs. „Oh bitte, sag mir, dass du mit zu mir fahren wirst und ich dich endlich wieder anfassen darf. Und Sex mit dir haben." Noch ein Kuss, diesmal etwas tiefer auf meinem Hals. „Drei lange Tage, in denen du immer um mich herum warst und ich dich nicht anfassen durfte. Zumindest nicht so ..." Seine Hände landen auf meinem Po und er drückt mich so an sich, dass ich seine Erektion an meinem Bauch spüren kann. „Bitte sag mir, dass du mit *schlafen* mit *mir schlafen* meinst."

Mein verräterischer Körper reagiert sofort und ein warmes Ziehen breitet sich in meiner Brust und in meinem Unterleib aus.

„Lass uns zu dir fahren. Vorher brauche ich dringend eine Dusche. Und ich will in ein vernünftiges Bett. Außerdem steht mein Auto auch noch dort."

„Okay. Erst unter der Dusche, dann im Bett. Auf eine Nummer in deiner Zwergenkutsche würde ich aufgrund bequemerer Angebote lieber verzichten." Grayson gibt ein zufriedenes Brummen von sich, bevor er mein Gesicht umfasst, um mich zu küssen.

So war das zwar nicht gemeint, aber sein Kuss sorgt dafür, dass ich es dennoch für eine hervorragende Idee halte.

„Hast du Hunger?" Grayson liegt neben mir und malt mit seinem Zeigefinger große und kleine Kreise auf meinen nackten Rücken.

„Ja, ein bisschen. Allerdings weder auf Hamburger noch auf Würstchen ..." Gähnend strecke ich mich aus.

„Wollen wir uns Pizza bestellen? Oder etwas vom Chinesen?" Auf die Kreise folgen kleine Spiralen.

„Pizza klingt super."

„Okay.“ Er hört mit dem Malen auf und haucht stattdessen unzählige kleine Küsse auf meine Wirbelsäule. „Ich werde mich darum kümmern. Gleich nachdem ich das hier zu Ende gebracht habe.“ Ein sanfter Biss in meinen Nacken folgt. „Und danach ... sollten wir vielleicht noch einmal duschen gehen.“ Noch ein Biss. „Übrigens ist es schön mit dir, Cherry-Baby. Sehr, sehr schön. Ich will mehr davon ...“

Ich liebe dich auch!

Zu meinem großen Glück verschließt er meinen Mund gerade mit einem innigen Kuss, so dass ich gar nicht erst dazu komme, so dumme Sachen zu sagen.

Drei Stunden, von denen ich zwei mit schlafen verbracht habe, und eine Dusche später fühle ich mich viel besser als noch heute Morgen.

„Eigentlich könntest du doch auch noch bis morgen bleiben ...“ Grayson sieht mir zu, wie ich meine getragene Kleidung durch saubere ersetze und alles, was ich nicht brauche, in meine Reisetasche packe. Zum Glück habe ich viel mehr Kleidung mit ins Sommercamp genommen, als ich benötigt habe. „Dann könnten wir später noch Gesellschaft für Freddy Fisch kaufen gehen.“

„Morgen muss ich aber ins Büro und habe keine sauberen Sachen mehr dabei.“ Trotzdem schlägt mein Herz einen Purzelbaum nach dem anderen. Er hat mich gebeten, bei ihm zu bleiben.

Als ich schließlich in frischen Klamotten die Treppe nach unten herunterschwebe, merke ich, dass ich ziemlich grenzdebil grinse.

Gerade bin ich ziemlich glücklich.

Kapitel 22

Es klingelt und ich gehe zur Tür, um dem Pizzaboten zu öffnen. Dann schaue ich zunächst etwas verdattert, als ich direkt auf eine ziemlich muskulöse Brust in einem engen, weißen T-Shirt blicke, aber keine Pizza weit und breit sehen kann.

Der Kerl, der mehr oder weniger den kompletten Türrahmen auszufüllen scheint, starrt mich erstaunt an. Er hat kurz geschorene blonde Haare und wasserblaue Schweinsaugen, dazu einen mächtigen Stiernacken. Neben ihm steht jemand, den man für seinen Zwillingsbruder halten könnte, nur dass der Stiernacken bei seinem Kumpel nicht ganz so ausgeprägt ist und seine Haare etwas länger sind. Außerdem trägt er statt eines T-Shirts ein schwarzes Hemd, das er an den Ärmeln hochgekrempelt hat, vermutlich, um seinen beachtlichen Bizeps besser zur Geltung zu bringen. Komplettiert haben beide ihr Outfit mit Shorts und Sportschuhen.

Sie mustern mich genauso perplex wie ich sie, bevor der Stiernackige mit den Schultern zuckt.

„Wir wollten zu Gray!" Ohne eine Antwort meinerseits abzuwarten, schiebt er mich zur Seite und macht sich, gefolgt von seinem Kumpel, auf ins Haus.

„Gray, alter Schweinehund, wo steckst du?", brüllt er durchs Haus, woraufhin der andere ein bisschen dümmlich grunzt, bevor sie sich wie selbstverständlich auf den Weg in die Küche machen, um sich ein Bier aus dem Kühlschrank zu nehmen.

Ich folge den beiden ein bisschen fassungslos.

„Bist du die neue Haushälterin?“ Der mit dem schwarzen Hemd öffnet die Bierflasche mit den Zähnen und sieht mich an, als würde er von mir dafür Applaus erwarten. Wenn er das des Öfteren macht, kann ich seinen Zahnarzt nur beglückwünschen, der verdient sicherlich ein Vermögen mit ihm.

Bevor ich dazu komme irgendetwas zu antworten, taucht Grayson endlich in der Küche auf.

„Ich hab euch ganz vergessen, Jungs!“ Cool schlendert er an mir vorbei, um seinen Kumpels zur Begrüßung lässig auf die Schultern zu klopfen.

„Cherry, das sind Shawn und Kevin, ehemalige Teamkollegen von mir“, stellt er die beiden vor. Dann wendet er sich mir zu. „Und das ist Cherry …“ Er zögert kurz, lediglich für einen Wimpernschlag, aber mir kommt es wie eine Ewigkeit vor. „Sie ist meine momentane Chefin, hab euch ja schon von ihr erzählt. Sie war hier, weil wir noch etwas besprechen mussten.“

Der Moment, den es dauert, bis das soeben Gesagte in mein Gehirn vorgedrungen ist und dort verarbeitet wurde, dauert eine weitere Ewigkeit. In der Ferne höre ich die Sirene eines Krankenwagens und dann das dreckige Gelächter von Kevin und Shawn, die, was die Verarbeitung von Informationen betrifft, anscheinend schneller sind als ich.

„Du bist also seine neue Chefin, so?“ Shawn mit dem Stiernacken gibt ein Geräusch von sich, das vermutlich ein Lachen sein soll, und trinkt noch einen Schluck Bier aus der Flasche, während ich mechanisch nicke. Er fängt breit an zu grinsen und zeigt dabei eine nicht sehr dekorative Zahnlücke. „Sei doch bitte so gut und gib ihm seine Eier zurück. Seit er bei dir arbeitet, scheint er die nämlich verloren zu haben und mutiert zu einem riesigen Langweiler, der für echten Männerspaß keine Zeit mehr hat."

Kevin fängt an zu grölen und haut Shawn anerkennend auf die Schulter und beide finden sich anscheinend irre komisch, während Grayson sich ebenfalls ein Bier aus dem Kühlschrank nimmt und so tut, als würde ihn das alles nichts angehen.

Ich ringe mir ein müdes Lächeln ab und muss gegen meinen Willen heftig blinzeln, während ich Graysons Blick suche. Doch er weicht mir aus.

Er hat mich als seine Chefin vorgestellt! Wenn ich mir je Fragen zu der Art und Weise unserer Beziehung gestellt habe, so haben die sich gerade unmissverständlich geklärt. Ich bin seine Chefin. Weiter nichts.

Noch einmal wandert mein Blick suchend zu ihm. Er steht immer noch bloß ein bisschen verlegen lächelnd im Türrahmen zwischen Küche und Wohnzimmer gelehnt und nippt an seinem Bier.

Ich brauche ein paar Atemzüge, um mich zu sammeln. Dann straffe ich meine Schultern, strecke mein Kinn vor und nehme mein letztes bisschen Selbstbeherrschung zusammen.

„Wenn du so gerne mit seinen Eiern spielst, kannst du sie nächste Woche bei mir abholen. Danach sind seine zwei Monate bei mir nämlich vorbei. Vorher kann ich sie leider nicht entbehren, aber anschließend könnt ihr Jungs euch wieder gemeinsam in eurem Bauch-Beine-Po-Kurs amüsieren gehen. Oder was auch immer ihr sonst unter echtem Männerspaß versteht." Auch wenn meine Antwort eigentlich ein bisschen zu spät kam, um noch wirklich souverän zu wirken, glotzt Shawn dennoch ziemlich erstaunt und fährt sich nachdenklich mit der Hand über seinen fetten Nacken, während Kevin erneut in dieses alberne, kichernde Lachen ausbricht, das ihn wie einen Kandidaten für die Irrenanstalt wirken lässt. Keine Ahnung, wie ich es schaffe, aber es gelingt mir, ihm zuzuzwinkern. „Wenn die Herren mich entschuldigen würden … Grayson, wir sehen uns morgen.“ Meine Stimme klingt schon ein wenig brüchig, ich hebe die Hand zu einem lässigen Gruß, den Grayson gerade eben so erwidert, ansonsten zeigt er keinerlei Reaktion.

Beim Verlassen seines Hauses muss ich mich zwingen, langsam zu gehen und nicht zu rennen. Ich steige in mein Auto, starte den Motor und schaffe es, ungefähr fünfhundert Meter zu fahren, bevor ich mein Auto in einen kleinen Feldweg fahre und in Tränen ausbreche.

Ich bin seine Chefin für ihn. Und nur das. Ich hätte es von Anfang an wissen müssen!

Bittere Tränen kullern meine Wange herunter und ich wische sie ärgerlich weg. Ein Schmetterling landet auf der Windschutzscheibe meines Wagens und ich beobachte ihn eine Weile, betrachte seine Flügel, die Farben, die in der Sonne schillern, bis ich mich irgendwann so weit beruhigt habe, dass ich es schaffe, nach Hause zu fahren.

Ich hätte mich nie auf die Affäre mit Grayson einlassen sollen.

Hinterher ist man eben immer schlauer.

Ich schicke ihm eine SMS – ich fühle mich dabei wie ein Feigling, aber zu großen Gesprächen bin ich gerade nicht fähig. Warum auch? Schließlich bin ich nicht mehr als seine momentane Chefin, mit der er gelegentlich mal

Sex hat. Eine kleine Affäre. Da bin ich ihm wohl kaum ein richtiges Schlussmachgespräch von Angesicht zu Angesicht schuldig.

Grayson,
Deine Chefin hat beschlossen,
dass es zukünftig keine
„privaten Dienstbesprechungen"
mehr geben wird.
Ich habe mich da auf etwas eingelassen,
das mir auf die Dauer nicht guttut. Ich
hätte es gar nicht erst anfangen sollen,
aber zumindest bin ich jetzt klug genug,
es zu beenden. Ich wünsche Dir einen
schönen Nachmittag mit Deinen Freunden.
Cherry

Ich schicke die Nachricht ab, bevor ich mir noch lange Gedanken darüber machen kann. Wie immer, wenn man so etwas tut, bereue ich es keine zehn Sekunden später wieder. Vielleicht hätte ich etwas schreiben sollen, das weniger verletzt klingt. Oder ihm einfach ab morgen die kalte Schulter zeigen sollen. Und eigentlich ist so eine SMS generell ganz schön erbärmlich.

Nun ist es zu spät. Sie ist verschickt und es hat zumindest ein Gutes: Ich habe es hinter mir.

Anderthalb Wochen noch, dann ist seine Zeit in der Einrichtung vorbei und ich muss ihn niemals mehr wiedersehen.

Anderthalb Wochen! Die sind doch schnell vorbei.

+++

Das war nicht gut …

Cherry ist abgehauen und hat irgendwie verletzt gewirkt.

Aber sie ist halt eine Frau. Die sind ja bekanntlich immer wegen irgendetwas sauer.

Statt sich weiter Gedanken zu machen, trinkt Grayson noch ein weiteres Bier mit Shawn und Kevin. Und anschließend noch eins. Irgendetwas scheint heute komisch zu sein. Waren die beiden schon immer so … *doof?*

Auch das vierte Bier macht die Sache nicht besser.

Dann fällt Graysons Blick auf sein Smartphone und er sieht, dass eine Nachricht für ihn eingegangen ist.

Mit gerunzelter Stirn liest er den Text von Cherry, in der anderen Hand hält er immer noch sein Bier, im Hintergrund lachen seine Kumpel über irgendeinen dämlichen anzüglichen Witz. Um sich besser konzentrieren zu können, geht er kurz nach oben und liest die SMS noch ein zweites Mal.

Was hat sie denn jetzt? Das klingt ja so, als hätten sie eine Beziehung gehabt. Dabei ist er sich sicher, nie ein Wort in diese Richtung verloren zu haben. Denn eine Beziehung ist schließlich das Letzte, das er will.

Immer noch mit dem Handy in der Hand, lässt er sich auf sein Bett fallen; sein Blick fällt auf das T-Shirt, das Cherry anscheinend hier vergessen hat. Ohne darüber nachzudenken, hebt er es hoch und drückt es an sein Gesicht. Es riecht immer noch nach ihr.

Und auf einmal fühlt es sich so an, als hätte sie … ja, als hätte sie mit ihm Schluss gemacht.

Er muss ein paar Mal blinzeln, bevor er wieder nach unten geht, um sich so zu betrinken, dass er am nächsten Morgen nicht mehr weiß, wie er abends ins Bett gekommen ist.

+++

Doch ich habe falsch gedacht. Anderthalb Wochen können sich hinziehen, als wären sie Jahre, wenn man darauf wartet, dass sie endlich vorbei sind.

Meine Kids sind beim Turnier Zweite geworden. Sie haben so toll und mit so viel Feuereifer gespielt, ich bin fast geplatzt vor Stolz. Auch wenn Grayson sich über ein ominöses Foul aufgeregt hat, das nicht so gewertet worden ist, wie er das für richtig gehalten hätte. Seiner Meinung nach hätten sie gewinnen müssen, aber er war einfühlsam genug, sich darüber nicht vor den freudestrahlenden Gesichtern der Kinder auszulassen, die mit dem zweiten Platz völlig zufrieden waren.

In der Einrichtung gab es gestern einen Wasserrohrbruch, sodass diese für die Kinder schon gestern geschlossen werden musste. Anderthalb Wochen vor der offiziellen Sommerpause, und es wimmelt nun nur so vor Trocknungsmaschinen und Handwerkern.

An mir ist das alles irgendwie mehr oder weniger vorbeigegangen, ich kann mich weder richtig freuen noch richtig aufregen.

Um es auf den Punkt zu bringen: Mir geht es beschissen. Ich bin emotional völlig am Ende. Ich fühle mich, als hätte ich den schlimmsten Liebeskummer meines Lebens, was ja gar nicht sein kann, da ich nie in Grayson verliebt …

*Wem willst du hier eigentlich etwas vormachen, Cherry-*Babe?

Das weiß ich leider selbst nicht so genau, denn wenn ich mir wirklich ernsthaft selbst etwas vormachen wollen würde, sollte ich vielleicht endlich damit aufhören, mich Nacht für Nacht in den Schlaf zu weinen.

Ich habe mich verliebt.

In einen Weiberhelden namens Grayson White, der ein Ego von hier bis zum Mond hat und der ziemlich deutlich hat werden lassen, dass er nichts als Sex von mir will. Viel dümmer kann es eigentlich kaum laufen. Und wahrscheinlich hätte ich es auch besser wissen müssen. Schließlich ist mir bekannt, dass beim Sex Bindungshormone freigesetzt werden. Ob man das auch irgendwie wieder rückgängig machen kann? Vielleicht sollte ich wahllosen Sex mit ein paar anderen Typen haben und die Bindungshormoninformationen, die mein Gehirn bezüglich Grayson gespeichert hat, damit sozusagen überschreiben?

Andrew bombardiert mich mit SMS, seit wir uns vor zwei Monaten in der Cocktailbar getroffen haben, doch ich erfinde immer wieder neue Ausreden, um mich nicht mit ihm zu treffen. Vielleicht sollte ich es einfach ausprobieren? Mich mit ihm treffen und Sex mit ihm haben?

Keine Ahnung, ob das funktionieren würde. Es scheitert schon daran, dass ich im Moment überhaupt keine Lust dazu habe, mit irgendwem anderen als mit Grayson Sex zu haben.

Sex mit Grayson …

Ich kann kaum noch an etwas anderes denken. Ständig blitzen vor meinem inneren Auge ungefragt Bilder von ihm auf. Bilder, auf denen er nackt ist. Unter mir, über mir, hinter mir … Ständig muss ich daran denken, wie absolut umwerfend sich seine Küsse anfühlen, seine Hände auf meinem Körper, seine nackte Haut auf meiner. Manchmal glaube ich, ich verliere den Verstand.

An der nächsten Kreuzung verliere ich zusätzlich auch noch beinahe mein Leben. Ich bin von einem Plakat so abgelenkt, dass ich jemandem die Vorfahrt nehme und es nur mit einem gewagten Brems- und Ausweichmanöver schaffe, nicht mit Vollgas in den dunkelroten Pick-up zu rasen, den ich übersehen habe. Und zwar deshalb, weil ich auf ein Plakat gestarrt habe, statt auf den Verkehr zu achten.

Mit schweißnassen Händen und rasendem Herzen fahre ich rechts ran, während der Fahrer des Pick-ups zu Recht mehrfach hupt und mir einen Vogel zeigt.

Ja, leider bin ich wirklich bescheuert.

Ich warte, bis sich mein Puls wieder halbwegs beruhigt hat, dann steige ich aus und glotze wie ein Vollidiot das Plakat an. Ich stehe bestimmt fünf Minuten lang da und starre nach oben. In meinem Mund macht sich ein metallischer Geschmack breit, wahrscheinlich habe ich mir bei meiner Vollbremsung vorhin auf die Zunge gebissen. Aber ich nehme es eher aus der Ferne wahr. Ohnehin scheint mir plötzlich alles andere ganz weit weg zu sein, bis auf diese beschissene Werbetafel.

Irgendwann bleibt eine Frau mittleren Alters neben mir stehen und blickt ebenfalls hoch.

„Oh! Wirklich ein netter Anblick. Da wünscht man sich doch glatt, selbst diejenige zu sein, die ihm diese Kratzspuren verpasst hat, oder?“ Sie gibt ein Geräusch von sich, das halb wie ein Kuss, halb wie ein entzücktes Schmatzen klingt.

Ich kann nur stumm nicken.

Denn auf dem Plakat ist Graysons Rückseite zu sehen. Überlebensgroß und in voller Schönheit. Er trägt nichts als ein Paar enger Boxershorts und lächelt über seine Schulter hinweg in die Kamera. Über eine Schulter mit ziemlich eindeutigen Kratzspuren. Mit *meinen* Kratzspuren, die ich dort hinterlassen habe, als wir das erste Mal Sex miteinander hatten.

„Der Beweis der Leidenschaft. Under-Wear" steht in großen Lettern über dem Plakat und ich könnte kotzen. Tatsächlich zieht sich mein Magen gerade krampfartig zusammen und ich muss mehrfach schlucken, bis ich das wieder halbwegs im Griff habe.

Ich fühle mich verraten. Von Grayson, vom Schicksal, von meinem ganzen verdammten Leben. Ich kann fast sehen, wie die drei mit einem Glas Champagner in der Hand an einer Bar stehen und sich die Bäuche halten vor Lachen, weil sie mich so wunderbar verarscht haben.

Unglücklich verliebt zu sein, ist ja an sich schon schlimm genug. Den Kerl, in den man verliebt ist, täglich sehen zu müssen, ist noch schlimmer. Doch ihn auch noch an jeder Häuserecke verführerisch, halb nackt und mit leidenschaftlichen Spuren, die man selbst bei ihm hinterlassen hat, sehen zu müssen … dafür finde ich keine Worte. Fehlt nur noch, dass er sich mit einer anderen knutschend ständig im Fernsehen zeigt, oder so etwas in der Art.

Ich hätte jetzt gerne erst eine halbe Flasche Tequila und dann eine Familienpackung von dieser Eiscreme mit den halbgebackenen Keksstücken. Nur für mich alleine. Dafür muss ich allerdings erst mal nach Hause kommen, bin mir aber nicht wirklich sicher, ob ich das auch hinbekommen werde, da meine Hände immer noch unkontrolliert zittern. Durch den Beinah-Unfall, durch die ganze andere Aufregung … ich habe für heute wirklich genug. Allerdings muss ich morgen wieder arbeiten gehen, dafür brauche ich mein Auto, und zwar zu Hause. Da hilft also einzig, sich zusammenzureißen. Kann ja nicht so schwer sein. Ich atme ein paar Mal tief durch, bevor ich mich wieder hinters Steuer setze, und als ich endlich wieder zu Hause bin, bin ich so erleichtert, dass ich heulen könnte vor Glück. Und vor Unglück.

+++

„Ist Cherry noch gar nicht da?" Grayson nimmt die verspiegelte Sonnenbrille ab, während er das kleine Büro betritt, dort jedoch lediglich Adele vorfindet.

„Sie hat angerufen und sich krankgemeldet." Adele sieht ihn an, irgendwie vorwurfsvoll und vor allem so, als wolle sie ihm eigentlich etwas ganz anderes mitteilen. Sie mustert ihn auf genau die Art und Weise, wie seine Großmutter es immer getan hat, wenn er die Kekse aus der Dose in der Vorratskammer geklaut hatte, es aber nicht zugeben wollte.

„Na ja, kann ja mal vorkommen …", murmelt er, während er etwas nervös seine Sonnenbrille auf den Schreibtisch legt.

„Ist es in den letzten vier Jahren nicht ein Mal. Selbst mit Fieber ist sie noch zur Arbeit gekommen." Adele beugt sich vor und stützt die Ellenbogen auf den Schreibtisch und ihr Kinn auf ihre Hände. „Und du, mein Lieber, hast auch schon mal besser ausgesehen!"

Okay. Sie will definitiv über irgendetwas anderes reden als über Gesundheitszustände.

Unbehaglich nestelt Grayson an seiner Armbanduhr herum und denkt darüber nach, wie gut seine Möglichkeiten für eine Flucht stehen.

„Na dann … heute kommen ja eh keine Kinder. Ich mache mich dann auch wieder auf den Weg." Er will seine Sonnenbrille wieder aufsetzen, erstarrt aber unter Adeles gestrengem Blick.

„So schnell schon, mein Lieber? Du willst einer alten Frau doch nicht das Herz brechen. Setz dich noch einen Moment." Eine gehörige Portion Sarkasmus schwingt in Adeles Stimme mit und er erinnert sich sehnsuchtsvoll daran zurück, wie sie gekichert hat, als er das erste Mal hier gewesen ist.

Irgendwas läuft hier gerade gehörig falsch.

Grayson setzt sich trotzdem hin, auch wenn er viel lieber so schnell wie möglich von hier abgehauen wäre, während Adele ihn streng mustert.

„Hattet ihr Sex?"

„Wie bitte?" Erstaunt reißt er die Augen auf und starrt die alte Dame entsetzt an.

„Ich würde das ja vermuten. Und zwar mehr als bloß einmal, stimmt's?"

Es folgt ein verlegenes Nicken, bevor er seinen Blick wieder auf das Armband seiner Uhr senkt. Ihm ist wirklich nicht danach, mit Adele über sein Sexleben zu sprechen.

Welches Sexleben denn? Seitdem Cherry nichts mehr von ihm wissen will, ist mit niemandem mehr etwas gelaufen!

Weder mit Cherry, die seitdem nur noch das Nötigste mit ihm redet, noch mit irgendeiner anderen.

„Vielleicht bin ich ja schrecklich altmodisch. Zu meiner Zeit liefen solche Dinge ja noch anders, allerdings habe ich durchaus mitbekommen, dass es nicht unbedingt mehr üblich ist, gleich zu heiraten, bloß weil man mal ein bisschen Spaß miteinander hatte. Was sich mir allerdings nicht erschließt: Warum kann man nicht wenigstens eine Beziehung führen, wenn man so offenkundig verliebt ineinander ist, wie ihr beide das seid?"

Graysons Blick schnellt hoch und er will schon widersprechen, aber Adele hebt die Hand, um ihn umgehend zu stoppen. „Erzähl mir nichts, ich bin nicht blind. Wie lange hast du letzte Nacht wach gelegen? Und wie lange ist es her, dass du das letzte Mal einer anderen Frau hinterhergeschaut hast?"

Viel zu lange und viel zu lange.

Er seufzt tief.

„Genau das dachte ich mir." Adele lehnt sich im Schreibtischstuhl bequem zurück. „Ich frage mich immer, warum die modernen Männer solche erbärmlichen Feiglinge sind. Ich meine, du hattest offenkundig keine Probleme damit, dich auf dem Footballfeld regelmäßig verprügeln zu lassen, du lässt dich halb nackt ablichten und es überall hinhängen … Aber du bist zu feige zu so etwas Simplem, wie zu deinen Gefühlen zu stehen?"

Einen Moment lang sieht sie ihn irgendwie erwartungsvoll an, doch er bringt nicht mehr als ein klägliches Räuspern zustande, das Adele mit einem Stirnrunzeln quittiert, bevor sie unerbittlich fortfährt.

„Vielleicht solltest du dir mal Gedanken darüber machen, ob du wirklich unglücklich sein willst, nur weil das in den Augen von euch jungen Leuten irgendwie … *lässiger* ist, als eine richtige Beziehung zu führen."

Erneut ein tiefes Seufzen. Es ist ja nicht so, als hätte er sich diese Gedanken nicht selbst schon alle gemacht. Als er dazu ansetzt, etwas zu sagen, lässt Adele ihn sogar.

„Ich glaube nicht, dass Cherry mich noch will. Ich denke, ich habe sie ziemlich verletzt ... Und es war kompliziert."

„Hast du sie mit einer anderen betrogen?"

„Nein."

„Dann versuch doch einfach mal dein Glück, oder? Ich kenne die Frauen ein bisschen. Falls es dir entgangen sein sollte: Ich bin selbst eine." Ihr Lächeln ist nun warm und freundlich und sie nimmt das stählerne Brillengestell von ihrer Nase. „Bei einer Sache bin ich mir ganz sicher: Man kann das Herz einer Frau zurückgewinnen, indem man so etwas wie Reue, Demut und Hingabe zeigt. Streng dich ein bisschen an. Umwirb sie, lass dir was einfallen, damit sie sieht, dass du es ernst meinst. Und vor allem werde dir darüber klar, *ob* du es ernst meinst."

Grayson streicht sich ein paar Mal über die Brust. „Ich werde es versuchen", sagt er schließlich, bevor er sein Basecap auf den Kopf setzt und es wieder herunternimmt, um es anschließend wieder aufzusetzen, als würde es auf einmal nicht mehr richtig passen.

Adele schürzt die Lippen. „Du solltest es nicht versuchen, sondern auch *machen.* Versuchen ist nur drücken, aber nicht scheißen, mein Junge!" Erstaunt schnellt sein Blick zu ihrem hoch und sie lächelt sichtbar amüsiert, während sie ihre Brille wieder aufsetzt. „Und jetzt sieh zu, dass du hier wegkommst. Ich habe noch zu tun." Ohne ihn noch eines weiteren Blickes zu würdigen, wendet sich Adele wieder den Unterlagen auf dem Schreibtisch zu, sucht eine Telefonnummer heraus, nimmt den vergilbten, altmodischen Telefonhörer ab und beginnt zu wählen.

Grayson öffnet den Kühlschrank in seiner Küche und nimmt das Hähnchen heraus, das dort zum Auftauen lag. Dann sucht er sich das benötigte Gemüse zusammen und schneidet es klein.

Die letzten anderthalb Wochen hat er sich gefühlt, als hätte man ihn auf die Ersatzbank verfrachtet und ihn am wirklichen Leben nicht mehr teilnehmen lassen. Er hat sich nie wirklich vorstellen können, sich an eine Frau zu binden. Ohne Cherry fühlt es sich beschissen an.

Er ist so in Gedanken versunken, dass ihm der Topfdeckel laut klappernd zu Boden fällt, als Sarah plötzlich hinter ihm steht.

„Was kochst du, Bruderherz?" Sie wirft einen prüfenden Blick in die Töpfe auf dem Herd. „Coq au Vin? Wenn du das kochst, muss es dir beschissen gehen." Doch sie kennt ihn gut genug, um nicht weiter nachzubohren, stattdessen schnappt sie sich ein Glas aus seinem Schrank sowie die geöffnete Flasche Küchenwein und gießt es voll, bevor sie sich an seinen Küchentisch aus Olivenholz setzt.

Eine ganze Weile sagt sie nichts. Sie ist einfach da, so wie sie immer füreinander da waren. Dann räuspert sie sich.

„Ich weiß, dass es schwerfällt, an so etwas wie die große Liebe zwischen Mann und Frau zu glauben, wenn man so aufgewachsen ist, wie wir das sind." Nachdenklich trinkt sie einen großen Schluck Wein und verzieht angewidert das Gesicht. „Mom hat ihre Männer nach rein wirtschaftlichen Gesichtspunkten ausgewählt und sie wieder abgeschossen, wenn sie ihr nicht mehr gepasst haben. Und die Männer … na ja, vermutlich hat sie eher Moms schönes Äußeres dazu bewegt, sie zu heiraten. Sie wollten jemanden zum Vorzeigen, niemanden fürs Herz." Noch ein Schluck Wein, diesmal schüttelt sie sich bloß kurz. „Aber nur weil unsere Mutter unfähig ist, muss das ja nicht auch für uns gelten, oder? Ich jedenfalls habe mir mein Leben anders vorgestellt. Und manchmal muss man auch mal etwas riskieren. Ich denke, es ist besser, wenn einem mal jemand das Herz bricht, als wenn man vergisst, dass man überhaupt eins hat." Danach verliert sie kein Wort mehr, bis endlich das Essen auf dem Tisch steht.

+++

Am liebsten würde ich mich noch weitere Tage vor der Arbeit, oder vielmehr den damit verbundenen Erinnerungen an Grayson, drücken. Doch nach einem Tag voller Tränen, Verzweiflung und Kopfschmerzen kann ich mein Pflichtbewusstsein heute einfach nicht noch einen Tag ignorieren.

Im Morgengrauen quäle ich mich aus dem Bett, nehme eine heiße Dusche und zwei Kopfschmerztabletten und versuche, meine verquollenen Augen mit Schminke zu kaschieren. Ansonsten gilt es heute, Spiegel möglichst zu vermeiden. Ich sehe furchtbar aus. Und damit meine ich nicht das alltägliche Oh-mein-Gott-alle-anderen-sind-viel-hübscher-als-ich-furchtbar; ich meine wirklich furchtbar.

Ich habe dunkle Ringe unter verheulten Augen, bin blass wie eine Wand und wirke, als hätte ich mindestens eine lebensbedrohliche Krankheit hinter mich gebracht.

Damit niemand in Panik irgendeine Gesundheitsbehörde informiert, wenn er mich ansieht, beschließe ich, entgegen meiner sonstigen Schminkgewohnheiten auch noch ein bisschen Rouge und Lippenstift aufzutragen, sicher ist sicher.

Als ich schließlich bei der Einrichtung ankomme, verlasse ich die Geborgenheit meines Autos äußerst unwillig. Wenigstens ist heute Freitag, ich muss nur diesen Tag noch irgendwie überstehen und dann kann ich mich wieder dem Wochenende und meinem Selbstmitleid hingeben.

Vielleicht ist es gut, dass die Kids wegen des Wasserschadens nicht herkommen, so bekommen sie meinen desolaten Zustand nicht mit. Nicht, dass ich denken würde, dass man Kinder verzärteln müsste und ihnen eine heile Welt vorspielen. Aber bei meinen Kindern hier sind wir ja manchmal das einzige Stück heile Welt, das sie überhaupt haben.

Nach einem kurzen Rundgang und einer Überprüfung der Trocknungsmaschinen bin ich noch froher, dass wenigstens das Büro verschont geblieben ist. In Küche und Aufenthaltsraum ist es nämlich so drückend heiß, dass ich es kaum aushalten kann. Quietschend schließt sich die Bürotür hinter mir und ich lasse mich auf den unbequemen Holzstuhl fallen.

Ich bin bloß froh, das Grayson heute nicht hier aufkreuzen wird. Ich fühle mich beschissen genug, während er vermutlich gerade mit irgendwelchen Weibern irgendwelche Partys feiern wird, er muss nicht auch noch sehen, in welch erbärmlichem Zustand ich gerade bin.

Eine Weile starre ich Löcher in die Luft und kann mich nicht dazu überwinden, irgendetwas Sinnvolles zu tun. Letztendlich siegt aber doch mein schlechtes Gewissen. Es ist ja schon schlimm genug, dass ich gestern einfach blaugemacht habe, nur weil mir irgendwelche blöden Männergeschichten nicht bekommen sind!

Ich setze mich gerade hin und beginne, die vielen Notizen, die Adele mir hinterlassen hat, auf dem hässlichen, hellgrünen Tisch in der Reihenfolge ihrer Wichtigkeit anzuordnen, dann mache ich mich an die Arbeit.

Nach diversen verschickten Mails und noch mehr erledigten Anrufen schaue ich auf die Uhr. Es ist Zeit für eine Mittagspause und auch wenn ich überhaupt keinen Appetit habe, sollte ich mich zwingen, wenigstens eine Kleinigkeit zu essen. Sonst fühle ich mich heute Abend noch schlechter, als ich es heute Morgen schon getan habe. Sofern dieser Zustand überhaupt noch steigerbar ist; und falle vermutlich wegen akuter Unterzuckerung hinter meinem Schreibtisch in Ohnmacht.

Als ich aus dem kleinen Gebäude ins Freie trete, steht die Sonne so gleißend hell am Himmel, dass ich erst kaum etwas erkennen kann. Während ich blinzelnd in meiner Handtasche nach meiner Sonnenbrille suche, nehme ich aus dem Augenwinkel heraus eine Bewegung wahr. Und dann geht alles so schnell, dass ich gar nicht dazu komme, irgendetwas davon zu verarbeiten.

Auf einmal steht ein Mann vor mir, ziemlich groß und ziemlich wütend, und drängt mich unsanft zurück ins Gebäude, wo ich mit dem Rücken schmerzhaft gegen die nächste Tür knalle. Ich blinzele noch ein paar Mal heftig und erst jetzt erreicht mich die Welle aus Adrenalin und Angst. Mit einem verspäteten, erschreckten Aufschrei lasse ich meine Handtasche fallen, danach bin ich wie gelähmt.

Ich starre in das wutverzerrte Gesicht des Mannes vor mir, den ich nicht kenne.

„Bitte", murmle ich, „in meiner Handtasche ist ein bisschen Geld. Nehmen Sie es einfach, okay?"

Der Mann sieht mich aus wässrigen blauen Augen an und lächelt, ein gemeines, kleines Lächeln.

„Ich will dein Geld nicht, du miese, kleine Schlampe. Ich will, dass du mir sagst, wo meine Frau und mein kleines Mädchen sind!"

„Es ist niemand hier heute, außer mir." Erst als ich es schon ausgesprochen habe, wird mir klar, dass das mit Sicherheit keine kluge Antwort war, denn wenn jemand hier gewesen wäre, hätte ihn das vielleicht gebremst, bei was immer er auch vorhat. Er jagt mir gehörige Angst ein und wenn man Angst hat, denkt es sich nicht mehr wirklich effektiv.

Dann schlägt er zu. Bevor ich überhaupt realisiere, was gerade passiert, bevor ich auch nur den Hauch einer Chance habe, irgendwie auszuweichen oder mich wegzuducken, landet seine Hand in meinem Gesicht. Es tut gemein weh, doch ich traue mich nicht, mich zu bewegen, auch wenn ich gerne meine Hand auf die schmerzende Stelle legen würde, ich kann es einfach nicht.

„Ich will wissen, wo du sie hingebracht hast, du verdammtes Miststück. Gwen wollte Olivia nur hier abholen und dann sind sie nie wieder aufgetaucht."

Es ist Olivias Vater!

Wenigstens zu dieser Erkenntnis taugt mein dummes Hirn noch, leider zu nicht sehr viel sonst, zumindest zu nichts Sinnvollem.

Ich kann den Alkohol in seinem Atem riechen und seine Wut ist so deutlich spürbar, als wäre sie etwas körperlich Existentes, beinahe so, als wäre sie ein Lebewesen. In seinem Blick stehen Wut, Verzweiflung und eine Spur von Wahnsinn.

Vielleicht sollte ich stolz sein in diesem Moment. Ich sollte mich wehren, ihm mein Knie in die Weichteile rammen, laut um Hilfe schreien, ihm sagen, was er für ein Riesenarschloch ist, dass er seine Frau und sein kleines Mädchen so behandelt hat. Aber ich kann nicht.

„Sie sind im Frauenhaus, ich weiß auch nicht, wo sie genau sind." Das ist die Wahrheit, ich weiß es wirklich nicht, doch er glaubt mir nicht.

„Du lügst doch! Sag mir, wo sie sind!" Er brüllt mich an und ein paar Speicheltröpfchen landen in meinem Gesicht. Ich bin vor lauter Panik nicht einmal mehr in der Lage, mich zu ekeln. Dann legen sich seine Hände um meinen Hals und mein Gehirn scheint völlig auszusetzen.

„Sag mir, wo sie sind", zischt er nah an meinem Ohr. „Oder ich bringe dich um."

Ich sollte mich irgendwie wehren – aber ich kann nicht. Ich brauche Luft. Ich will atmen. Doch es geht nicht. Stattdessen sind da nur Schmerzen, das Gefühl von Enge und von blanker Panik und das Rauschen in meinen Ohren. Luft. Ich brauche …

Meine Beine geben langsam unter mir nach, ich sinke auf den Boden, während vor meinen Augen helle Kreise auftauchen und der Druck in meinem Kopf so sehr zunimmt, dass ich das Gefühl habe, er platzt gleich. Luft!

Alles, was ich will, ist, wieder Luft bekommen. Ich fange an zu zappeln und versuche vergebens, seine Hände von meinem Hals zu entfernen, während das Blut in meinen Ohren immer lauter und lauter zu rauschen beginnt. Dringend, mehr als alles andere will ich wieder atmen. Ich sehe wieder in sein zu einer Fratze aus Wut verzerrtes Gesicht und würde am liebsten einfach die Augen schließen, weil ich es schrecklich finde, wenn ausgerechnet diese hässliche Grimasse das Letzte ist, was ich ansehen muss, bevor ich sterbe. In weiter Ferne höre ich ein Auto vorbeifahren.

Wehr dich endlich, verdammt noch mal!

Irgendwie schaffe ich es, mein Knie hochzuheben und es ihm mit aller Kraft, die mir noch bleibt, in seine Weichteile zu rammen.

Plötzlich ist es vorbei. Ich höre einen wütenden Schrei, der weder von ihm noch von mir kommt, dann sind seine Hände wieder weg. Ich liege auf dem Boden, ringe hustend und würgend nach Luft und kann gar nicht begreifen, was hier eigentlich gerade passiert. Mir ist furchtbar übel und entsetzlich schwindelig, mein Hals schmerzt. Ich beginne unkontrolliert zu zittern, während mir am ganzen Körper der kalte Schweiß ausbricht.

Die Schreie und das Gerangel über mir bekomme ich nur halb mit, ich bin viel zu sehr damit beschäftigt, wieder zu atmen.

Dann ist Grayson bei mir. Er zieht mich an sich, drückt mich gegen seinen Körper, hält mich. Ich war noch nie so froh, ihn zu sehen, wie in diesem Moment und klammere mich an ihm fest, kann nicht genug vom Gefühl der Sicherheit bekommen, das mir seine Umarmung bietet. Erst, als ich merke, wie schnell sein

Herz schlägt, fällt mir auf, dass auch meins immer noch rast. Ich fange an zu heulen, haltlos und schluchzend. Es dauert eine ganze Weile, bis ich mich wieder ein wenig beruhigt habe.

„Bist du okay?" Grayson hält mich ein Stück weg, damit er mich ansehen kann, und ich nicke.

„Ich glaube schon", krächze ich heiser, nachdem ich eine Bestandsaufnahme meines Körpers gemacht habe. Mein Hals schmerzt bestialisch, mir ist immer noch übel, zumindest der Schwindel hat etwas nachgelassen.

„Der Typ ist erst mal abgehauen. Ich denke allerdings, er kann nicht weit gekommen sein. Ich rufe jetzt die Polizei, in Ordnung?"

„In Ordnung."

„Und brauchst du einen Krankenwagen?"

Ich schüttle den Kopf. „Nein, ich denke nicht."

„Gut."

Vielleicht brauche ich einen, keine Ahnung, aber ich will auf gar keinen Fall von Grayson weg.

Während er telefoniert, versuche ich vorsichtig aufzustehen, aber meine Beine knicken einfach unter mir weg. Im letzten Moment fängt Grayson mich auf. Völlig erschöpft lasse ich es geschehen, dass er mich erneut an sich zieht und festhält. Seine Nähe ist einfach zu tröstlich, als dass ich gerade die Kraft hätte, sie ernsthaft abzulehnen.

„Ich fahre dich jetzt ins Krankenhaus. Nur um sicherzugehen, dass du nichts hast, das behandelt werden muss." Grayson klingt besorgt, aber bestimmt und ich bekomme Panik.

„Ich will aber nicht im Krankenhaus bleiben!" Eine völlig irrationale Angst davor, alleine dort bleiben zu müssen, ergreift von mir Besitz und ich kralle mich an Graysons Shirt fest.

Er streicht mir über den Rücken und drückt mich fest an sich.

„Wenn es nicht überlebensnotwendig ist, dass du dableibst, verspreche ich dir, dass ich dich wieder mitnehme. In Ordnung?“

Ich nicke nur stumm und löse mich dann äußerst unwillig wieder von ihm, um mich in sein Auto bringen zu lassen.

Das Krankenhaus riecht noch genauso unangenehm, wie es das bei meinem Besuch bei Livie schon getan hat. Den Gedanken, dass ich ebenfalls wegen ihres Vaters hier bin, finde ich auf einmal so komisch, dass ich einen hysterischen Lachanfall nur mit Mühe unterdrücken kann. Mir ist klar, dass daran nichts Komisches ist, ganz im Gegenteil, und trotzdem schaffe ich es nur mit großer Mühe, mich zusammenzureißen.

Relativ schnell werde ich von einem Arzt untersucht, der mich gerne zur Beobachtung hierbehalten würde, aber Grayson macht sein Versprechen wahr und nimmt mich wieder mit. Allerdings nicht, bevor er sich mehrfach versichert hat, dass das Risiko nicht zu hoch ist, solange ich nicht alleine gelassen werde und er mich zur Not sofort wieder ins Krankenhaus bringt.

Der Arzt erzählt noch etwas von einem Schock, verabreicht mir ein Beruhigungsmittel und gibt mir ein Schmerzmittel mit sowie Schlaftabletten, falls ich Einschlafschwierigkeiten bekomme. Ich nehme das alles nur wie aus weiter Ferne wahr und bin froh, dass Grayson da ist, aufpasst und Fragen stellt.

Als wir das Krankenhaus verlassen, ist auf einmal überall Presse anwesend.

„Wo kommen die denn alle her?" Ich versuche mich sowohl hinter meiner Sonnenbrille als auch hinter Grayson zu verstecken.

„Die hören den Polizeifunk ab und momentan scheint sonst nicht viel los zu sein, was sie interessiert!" Cool grüßt er die Journalisten mit einer nonchalanten Handbewegung, während er mich weiter in Richtung seines Wagens leitet. „Ich hasse diese dämlichen Journalisten …", brummt er, als er schließlich neben mir einsteigt. „Als ob die sonst alle nichts zu tun hätten. Im Sommer ist es immer dasselbe, da berichten die auch noch über den letzten Mist." Er startet den Motor und wir lassen die Presseleute einfach hinter uns zurück.

Ich lasse mich in die bequemen Sitze sinken und merke erst jetzt, wie erledigt ich tatsächlich bin. Mein Hals tut weh und ich fühle mich schwach und zittrig und bin so unendlich müde und gleichzeitig völlig ruhelos. Alles fühlt sich so komisch anders an als heute Morgen, ein bisschen unreal. In meinem Hals und meinem Bauch bilden sich ein dicker Kloß, während meine Augen anfangen zu brennen. Ich blinzle ein paar Mal heftig, doch es ist vergebens. Die erste Träne löst sich aus meinem Auge und rollt langsam über meine Wange. Laut schluchze ich auf. Ich halte meine Hände vor meinen Mund, ich will nicht weinen, ich will nicht so unendlich schwach erscheinen, schon gar nicht vor Grayson. Aber es hilft nichts. Der ersten Träne folgt umgehend eine zweite und auch der Schluchzer bleibt nicht allein und binnen weniger Augenblicke fange ich wieder an zu heulen wie ein Schlosshund.

Grayson wirft mir einen besorgten Seitenblick zu, dann setzt er den Blinker, biegt in eine kleine Seitenstraße ab und fährt auf einen Parkplatz. Ich weine mittlerweile völlig halt- und hemmungslos, vor lauter Tränen kann ich nichts mehr erkennen. Im Krankenhaus haben sie etwas von einem Schock erzählt, wahrscheinlich fühle ich mich deshalb so seltsam.

Wie aus weiter Ferne bekomme ich mit, dass er den Motor abstellt und meinen Sicherheitsgurt löst. Kurz darauf finde ich mich auf seinem Schoß wieder, umschlossen von seinen Armen.

„Alles gut, Cherry-Baby, ich bin bei dir. Es ist vorbei. Alles gut." Er hält mich fest an sich gedrückt und ich verstecke mein Gesicht in seiner Halsbeuge, während er mich vor und zurück wiegt, als wäre ich ein kleines Kind. Er fängt sogar an, eine kleine Melodie für mich zu summen, mir kommt sie entfernt bekannt vor, vielleicht klingen die Lieder aber auch alle ähnlich. Irgendetwas, das man singt, wenn kleine Kinder sich die Knie aufgeschlagen haben. Ansonsten lässt er mich einfach weinen. Ich bin ihm so unendlich dankbar, dass alleine deshalb fast noch mehr Tränen kommen. Seine Nähe tut mir gut. Vielleicht sollte ich ihn besser loslassen, mich nicht wieder zu sehr an diese Nähe gewöhnen, aber im Moment ist mir das scheißegal. Ich will auf gar keinen Fall alleine sein und bin schon froh, dass es mir gelingt, ihn nicht auf Knien anzuflehen, bei mir zu bleiben.

Irgendwann habe ich mich halbwegs beruhigt und unter Aufbringung meiner gesamten Willenskraft gelingt es mir doch noch, ihn wieder loszulassen.

„Danke für deine Hilfe", murmle ich verlegen, als ich zurück auf den Beifahrersitz klettere, „und verzeih, dass ich dein ganzes Shirt vollgeheult habe." Die dunklen Flecken, die ich auf dem Hellgrau seines T-Shirts verursacht habe, sind mir ein bisschen peinlich.

„Cherry ..." Grayson sieht mich nachdenklich an, während er mit seinem Daumen eine letzte, verspätete Träne von meiner Wange wischt. „Du musst dich nicht bedanken. Ich hätte schon viel früher da sein sollen, dann wäre das vielleicht gar nicht erst passiert."

„Du konntest das ja nicht ahnen ..." Ich drücke kurz seine Hand.

„Nein, das konnte ich nicht." An seinem Kiefer tritt ein Muskel scharf hervor, weil er anscheinend die Zähne zusammenbeißt, dann werden seine Züge wieder sanfter. „Ich nehme dich mit zu mir, wenn du nichts dagegen hast. Ich finde, du solltest heute nicht mehr alleine sein. Wenn es dir doch noch schlechter gehen sollte, will ich bei dir sein, um dir helfen zu können."

Ich nicke dankbar, obwohl ich weiß, dass es vermutlich keine gute Idee ist, noch mehr Zeit mit einem Mann zu verbringen, den ich nicht haben kann, um mich nicht noch mehr in ihn zu verlieben. Aber ich brauche ihn gerade viel zu sehr, um darauf Rücksicht nehmen zu können. Keine Ahnung, ob Olivias Dad wirklich bis zum Letzten gegangen wäre. Doch ich hatte Todesangst.

Ohnehin bin ich auf einmal viel zu erschöpft, um noch zu widersprechen. Vermutlich wirkt das Beruhigungsmittel endlich, das sie mir im Krankenhaus gegeben haben. Also flüstere ich ein heiseres Okay und lasse es zu, dass Grayson mir den Sicherheitsgurt umlegt, bevor wir losfahren. Kurze Zeit später bin ich schon eingeschlafen.

Kapitel 24

Ich werde vom Geräusch des Regens geweckt, der auf ein Oberlicht prasselt, und einen Moment lang sehe ich mich völlig orientierungslos in dem fremden Bett um, bis mir wieder einfällt, wo ich bin und warum.

„Hey, Cherry-Baby ..." Grayson sitzt neben dem Bett in einem Sessel und nimmt die Funkkopfhörer ab, die er getragen hat, während er einen Film angesehen hat, offenkundig, um mich nicht zu stören. „Geht's dir ein bisschen besser?"

Ich nicke. „Ich glaube schon", krächze ich und fasse mir unwillkürlich an meinen Hals, der immer noch schmerzt. Am liebsten würde ich auch noch eine Hand schützend über mein armes Herz legen, das schon viel länger und tiefer weh tut. Im letzten Moment lasse ich sie sinken, weil mir klar wird, wie theatralisch diese Geste wirken würde.

Du bist ein weinerliches, naives Zimperlieschen, Cherry!

Gerne würde ich mir selbst einen Vogel zeigen, lasse es jedoch, weil ich vermute, dass Grayson das falsch auffassen könnte. Also reiße ich mich zusammen und setze mich an den Rand des Bettes, um aufzustehen. Draußen regnet es immer noch in Strömen, es sieht beinahe so aus, als würde jeden Moment die Welt untergehen wollen. Das Licht, auch hier im Raum, wird von jener gelbgrauen Schwere dominiert, wie es das nur bei Sommergewittern gibt. Genauso gedrückt wie das Licht ist auch die Stimmung gerade. Ich sehe Grayson an, dessen Gesicht sorgenvoll wirkt, und darunter liegt ein Ausdruck, den ich nicht deuten kann.

„Komm, wir gehen runter und ich mache uns etwas zu essen. Du darfst mir beim Kochen zusehen." Er lächelt ein bisschen schief, aber seine Augen bleiben ganz ernst.

„Okay", murmle ich, während ich nach seiner Hand greife, die er mir hingestreckt hat, um mir vom Bett aufzuhelfen. Ich fühle mich immer noch völlig zerschlagen.

In seiner Küche beobachte ich ihn beim Kochen. Seine Bewegungen sind ruhig und routiniert und irgendwie beruhigt mich die Normalität, die das Kochen beinhaltet. Viel Appetit habe ich trotz allem nicht. Die Schmerzen, die ich beim Schlucken habe, machen das Essen auch nicht gerade zu einer angenehmen Sache. Die Stimmung zwischen uns bleibt seltsam und bedrückt und ich frage mich, ob es nicht vielleicht doch besser gewesen wäre, wenn ich mich hätte von ihm nach Hause bringen lassen. Allerdings bereitet mir schon der simple Gedanke daran, allein zu Hause zu sein, so panische Angst, dass ich am ganzen Körper in Schweiß ausbreche. Ich will hier sein, hier bei ihm und trotzdem habe ich Angst. Nicht nur vor Überfällen und davor zu sterben, sondern auch davor, hier irgendwann wieder weg zu müssen. Oder davor, dass er mich verstecken könnte, sobald jemand auftaucht, den er kennt. Ich plage mich mit völlig irrationalen Ängsten herum, die ich einfach nicht abschalten kann, auch wenn mein Verstand der Meinung ist, ich müsse mich nur ein bisschen zusammennehmen.

Jetzt sitze ich hier, in einer fremden Küche, oder genau genommen: in Graysons Küche, und fühle mich elend, weil ich das, was ich von ihm haben möchte, nicht bekommen kann. Außerdem fühle ich mich elend, weil ich den Tag heute fast nicht überlebt hätte, weil ich Gewalt, Hass und die Folgen von Verzweiflung, und einem Alkoholproblem am eigenen Leib erfahren musste.

Mir ist einfach alles viel zu viel. Ich spüre schon wieder, wie die Tränen in mir aufsteigen, und bevor ich wieder anfange zu heulen, schiebe ich die Schale mit Tomatensuppe von mir und räuspere mich, um meiner Stimme ein bisschen Substanz zu verleihen; dennoch kann ich kaum mehr als krächzen.

„Könnten wir vielleicht einen Film ansehen oder so etwas?“ Ich klinge ziemlich kläglich und Graysons Blick wird noch besorgter.

Als wir fünf Minuten später auf seinem Sofa sitzen, seufzt er tief, dann zieht er mich unvermittelt in seine Arme. Seine Nähe ist so überwältigend wohltuend, dass ich nicht widerstehen kann und meinen Kopf an seine Schulter lehne.

„Die Sache mit uns, die habe ich ganz schön versaut, oder?“ Er klingt ein bisschen heiserer als normal und ich traue mich nicht, seinen Blick zu suchen, als ich ihm antworte.

„Welche Sache mit uns?“ Was soll ich ihm schon antworten? Ich fühle mich auch so schon erbärmlich genug, ich will ihm nicht noch zeigen, wie sehr er mich verletzt hat.

„Für eine Freundschaft sind wir zu weit gegangen und für alles darüber hinaus nicht weit genug, habe ich recht?“ In seiner Stimme schwingt etwas mit, das für mich nicht greifbar ist.

Ich nicke. „Ja, so ist das wohl“, erwidere ich resigniert.

Wir bleiben stumm beieinandersitzen und starren auf den Bildschirm, auf dem irgendein alter Liebesfilm läuft. Ich bin mir aber sicher, dass wir beide nichts von dem Film mitbekommen, und trotz der Geräusche des Fernsehers ist es im Zimmer so still, dass es einen beinahe erschlägt.

+++

Cherry lehnt an seiner Schulter und Grayson traut sich kaum, sich zu rühren, damit sie bloß nicht auf die Idee kommt, sich von ihm wegzubewegen.

Erst, als er sich sicher ist, dass sie tief und fest schläft, hebt er sie vorsichtig hoch, um sie im Schlafzimmer ins Bett zu legen.

Während Cherry schläft, liegt Grayson wach neben ihr. Ihr Schlaf ist furchtbar unruhig und es zerreißt ihm fast das Herz, wenn sie diese kleinen, wimmernden Laute von sich gibt, die nur einem Albtraum entstammen können. Immer und immer wieder schreckt sie aus dem Schlaf hoch, bis er sie schließlich in den Arm nimmt, ihren Kopf auf seiner Brust bettet, beide Arme fest um sie geschlungen. Danach schläft sie endlich, ihr Atem geht ruhig und ihre bösen Träume scheinen auch verschwunden zu sein.

Die erste Nacht seit dreieinhalb Wochen verspürt auch er selbst wieder so etwas wie Ruhe und Zufriedenheit. Er haucht einen Kuss auf ihren Scheitel und muss plötzlich lächeln. Vielleicht ist doch alles ganz einfach. Mit Cherrys warmem, weichem Körper im Arm kommt es ihm jedenfalls so vor.

Jetzt muss er nur sie selbst auch noch davon überzeugen.

+++

Beim Wachwerden bin ich so mit Grayson verknotet, dass ich erst einmal sortieren muss, welche Körperteile ihm und welche mir gehören. Die Enge, die Intensität seiner Umarmung irritieren mich und als ich vorsichtig versuche, mich aus dem Gewirr zu befreien, zieht er mich leise knurrend umgehend wieder zurück.

„Bleib noch einen Moment", flüstert er verschlafen in mein Ohr und sein raues Kinn kitzelt dabei an meinem Nacken. Ich würde zu gerne, er hat mir so sehr gefehlt die letzten Tagen, seine Nähe, dieser Geruch, dieser Körper … wie sehr, wird mir erst jetzt bewusst.

Ich muss hier weg. Ganz schnell, bevor nur alles noch viel schlimmer wird.

Auch wenn es mir fast das Herz bricht, als ich mich ein bisschen zu schnell aus seiner Umarmung löse: Ich bin mir sicher, dass es bloß noch schlimmer werden wird, wenn ich weiter bei ihm bleibe.

„Ich muss los …" Es klingt hohl, genau wie die Ausrede, die es auch ist, und mein Herz schlägt viel zu schnell, meine Augen brennen viel zu sehr, als ich endlich vor dem Bett stehe.

Ich höre, wie Grayson sich hinter mir regt.

„Lass mich nur schnell duschen, anschließend bringe ich dich nach Hause." Irgendetwas in seiner Stimme lässt mich aufhorchen und bringt mich dazu, mich zu ihm umzudrehen. Zum ersten Mal seit Tagen betrachte ich ihn bewusst. Er sieht müde aus, die Ringe unter seinen Augen zeugen mehr als bloß von einer schlaflosen Nacht.

Ich weiß nicht sicher, ob ich das wirklich sehen will. Ich will so schnell wie möglich hier weg. Ich will so lange wie möglich bleiben. Ich will … mit ihm zurück ins Bett und wilden, hemmungslosen Sex mit ihm haben, bis ich gestern komplett vergessen habe. Und danach hingebungsvoll zärtlichen Sex, bis ich morgen auch vergesse. Ich will ihm all das sagen, aber ich weiß, es wäre mein Untergang.

„Okay. Ich würde mir auch gerne die Zähne putzen, falls du eine Zahnbürste übrig hast."

Am liebsten würde ich gleich wieder losheulen, während ich den hohlen Worten nachhorche, die ich gerade von mir gegeben habe.

Grayson ist aufgestanden. Er fährt sich durch sein vom Schlafen verstrubbeltes Haar und ich kann einen sehnsüchtigen Seufzer nur mit Mühe unterdrücken.

Ich muss hier weg!

„Du kannst mein Bad nehmen. Im Schrank sind noch all deine Sachen …" Verlegen sieht er auf die Olivenholzdielen zu seinen Füßen. „Ich nehme das Gästebad. Lass dir Zeit, okay? Nimm eine heiße Dusche, wenn du willst. Du hattest gestern Stress genug." Ich nicke stumm und beeile mich, den Raum zu verlassen, um ein bisschen alleine zu sein.

Obwohl ich mir eigentlich wirklich nur die Zähne putzen wollte, ist die Dusche dann doch zu verlockend. Das Wasser ist heiß und reinigend und ich habe das Gefühl, dass mit ihm auch ein Teil meiner Sorgen und ein Teil der Panik und des Schocks von gestern mit im Ausfluss verschwinden. Ich bin kein sehr spiritueller Mensch, aber ich habe mal gelesen, dass Wasser in vielen

Kulturen auch der energetischen Reinigung dienen soll. Schaden kann es jedenfalls nicht – also halte ich auch meinen Kopf unter den Strahl und schließe die Augen, während es an meinem Gesicht herunterrinnt.

Ich fühle mich viel besser. Bis ich den Fehler mache, mir die Haare zu waschen. Ich nehme das Shampoo, schäume es auf und dann erfüllt sich die Dusche mit einem Duft, der so fatal nach Grayson riecht, dass mir beinahe die Knie weich werden. Ich habe so eine verdammte Scheißsehnsucht nach ihm. Nach so viel mehr, als nur neben ihm zu liegen. Nach seinem Körper und vor allem nach seiner Liebe.

Ich muss hier weg. Ganz schnell!

Energisch stelle ich das Wasser ab.

Außerhalb der warmen Dusche fange ich sofort an zu frieren. Ich habe die letzten Tage ständig zu wenig geschlafen und zu wenig gegessen, das macht sich nun bemerkbar. Die Todesangst sowie der Schock von gestern vermutlich auch. Anscheinend steckt mein Körper das nicht mal so eben weg. Trotzdem öffne ich kurz das Fenster, um den Geruch des Shampoos wieder loszuwerden.

Ich hülle mich in Graysons dunkelgrauen Bademantel, der an der Tür hängt, und betrachte mich im Spiegel. Ich sehe müde aus, mehr als das. Ich bin blass und unter meinen Augen haben sich violette Ringe gebildet – die allerdings perfekt zu den ebenfalls violetten Würgemalen an meinem Hals passen. Auch wenn die einige Nuancen dunkler sind.

Wenn das mal nicht der neuste Trend wird …

Ich schüttle über meinen eigenen Sarkasmus den Kopf, während ich die Blutergüsse an meinem Hals vorsichtig betaste. Ich könnte heulen, schon wieder. Ich unterziehe meinen Körper einer Inspektion im Spiegel. Man kann jede einzelne meiner Rippen sehen und meine Hüftknochen stechen scharf hervor. Ich muss dringend wieder mehr essen. Egal, was ich sonst mache, ich muss mehr essen.

Plötzlich klopft es an der Tür und mir gelingt es gerade noch, den Bademantel vernünftig zu schließen, da steht schon Grayson im Badezimmer, mit nichts als einem Handtuch um die Hüften an seinem durchtrainierten Körper.

Er verschränkt seine Arme vor der Brust und lehnt sich an den Türrahmen.

Unsere Blicke treffen sich und ich habe das Gefühl, dass ein halbes Leben vergeht, während wir nur dastehen und uns stumm ansehen. Der Duft seines frisch geduschten Körpers erfüllt den Raum und in mir macht sich der leichtsinnige, dumme Wunsch breit, zu ihm zu gehen und meine Nase an seiner Halsbeuge zu vergraben.

„Cherry …" Graysons Stimme ist rau und mein Herz schlägt plötzlich so schnell, dass ich fast das Gefühl habe, kollabieren zu müssen.

Er lässt die Arme sinken und nähert sich mir langsam, er umfasst das Revers des Bademantels und zieht mich zu sich heran, umarmt mich, hält mich.

„Du hast mir gefehlt …", flüstert er an meinem Haar. „Und wenn wir für eine Freundschaft schon zu weit gegangen sind, dann müssen wir wohl einfach noch ein bisschen weitergehen, damit es für mehr reicht. Denn ohne dich … ohne dich ist es einfach nicht gut."

Das klingt bei ihm so pragmatisch und so simpel und doch ist es mehr, als ich je gehofft hätte. Er sieht mich an, aus diesen intensiven, ungewöhnlichen, bernsteinfarbenen Augen, und küsst mich. Ganz sanft liegen seine Lippen auf meinen, als wäre ich zerbrechlich und als hätten wir alle Zeit der Welt. Unter meinen Händen, die den Weg auf seine Brust gefunden haben, fühle ich seinen Herzschlag, der genauso schnell wie meiner ist und die Ruhe seines Kusses Lügen straft und ihn vielleicht gerade dadurch noch viel intensiver wirken lässt.

Es ist so schön. Sein Kuss ist so schön, seine Nähe so überwältigend, dass ich weinen möchte. Oder lachen. Ich schlinge meine Arme fest um seinen Hals, um noch mehr davon zu bekommen, viel, viel mehr.

„Halt mich, bitte. Halt mich ganz fest." Ich klammere mich an ihn wie eine Ertrinkende und er will mich hochheben.

„Lass uns ins Bett gehen", flüstert er in mein Ohr, aber ich will plötzlich nicht mehr länger warten. Ich will ihn in mir spüren, jetzt sofort, und zerre voller Ungeduld an seinem Handtuch, bis es endlich zu Boden fällt, und lasse dann den Bademantel folgen, um seine nackte Haut auf meiner spüren zu können, um unsere Umarmung noch intensiver werden zu lassen.

„Was willst du, Cherry? Sag es mir." Er beißt sanft in meine Schulter und ich keuche auf, ihm zu antworten kostet mich alle Konzentration.

„Dich, ich will dich …"

Das scheint ihm zu genügen, denn er hebt mich hoch, um mich auf dem Waschtisch wieder abzusetzen. Irgendwo holt er ein Kondom her und streift es sich über, während er sich zwischen meine Beine drängt. Mit beiden Händen umfasst er mein Gesicht, seine Zunge dringt tief in meinen Mund ein, als er mich diesmal küsst, während seine Erektion gegen meine feuchte Mitte drückt. Ich bewege mich an ihm, hebe meinen Po hoch und kippe mein Becken, bringe mich in die richtige Position, so dass keine Missverständnisse mehr über das aufkommen können, was ich gerade von ihm will.

Gleichwohl hält er sich zurück.

„Bist du dir sicher?", fragt er beinahe tonlos.

Als ob es noch ein Zurück geben würde …

„Bitte …" Meine Antwort ist kaum zu hören, zum Glück genügt sie ihm dennoch. Zärtlich streichelt er meine Wangen, während er sich Zentimeter für Zentimeter in mich schiebt. Dann verharrt er und als ich das Gefühl habe, es nicht mehr länger auszuhalten, bin ich diejenige, die beginnt, sich zu bewegen.

Und dann scheint es nichts anderes mehr zu geben auf der Welt als ihn und mich und unsere Umarmung. Wir küssen uns und finden einen Rhythmus miteinander, abwechselnd stürmisch und sanft, zärtlich und leidenschaftlich. Als ich das Ziehen in meinem Unterleib fühle, das meinen Orgasmus ankündigt, schlinge ich meine Beine eng um ihn, damit ich ihn noch ein bisschen tiefer in mir spüren kann, und komme mit einem tiefen Stöhnen. Als auch er beinahe gleichzeitig mit mir zum Höhepunkt kommt, bin ich so überwältigt, dass ich zu weinen beginne.

„Hey …" Er klingt ein bisschen erschrocken und will sich aus mir zurückziehen, aber ich verhindere das, indem ich mich weigere, meine Beine von ihm zu lösen und ihn somit nicht aus meiner Umarmung lasse. „Habe ich dir wehgetan, Cherry?"

„Nein, ganz bestimmt nicht. Ich …“ Meine Tränen machen mich gerade ein bisschen verlegen. „Ich bin gerade glücklich. Ich weiß selbst nicht, warum ich weinen muss.“

Lächelnd haucht er einen Kuss auf meine Nasenspitze. „Gut. Ich bin gerade auch sehr, sehr glücklich, Cherry! Meine Herzkirsche.“

Unter Tränen muss ich lachen und Grayson lacht leise mit.

„Ich würde vorschlagen, wir duschen noch einmal gemeinsam und danach gehen wir irgendwo zum Brunch. Oder willst du lieber den Tag im Bett verbringen?“

Sein Lächeln ist so anzüglich und sexy, dass ich das tatsächlich gerne würde, aber ich habe auch entsetzlichen Hunger.

„Könnten wir uns auf eine schnelle Nummer unter der Dusche einigen, dann auf Frühstück im Bett und den Brunch auf morgen verschieben?“ Ich fühle mich heute viel zu erschlagen, um auszugehen.

„Klingt perfekt.“ Er grinst breit, während er mich, immer noch in mir, unter die Dusche trägt. „Fangen wir doch gleich an …“

Kapitel 25

„Warst du eigentlich schon mal in so einer Walbeobachtungsstation?“ Grayson hat die aufgeschlagene Zeitung vor sich liegen, als ich endlich geschminkt und angezogen in die Küche komme. Den ganzen gestrigen Tag haben wir im Bett verbracht. Wobei ich die meiste Zeit tatsächlich geschlafen habe. Es gab nur eine kurze Unterbrechung, da wir noch mal auf das Polizeirevier mussten, um noch ein paar Fragen zu beantworten.

„Als Kind das letzte Mal, warum fragst du?“ Neugierig blicke ich über seine Schulter und lese die vor allem für Touristen bestimmte Anzeige, die er angesehen hat.

„Ich wollte das immer mal machen, irgendwie bin ich nie dazu gekommen. Würde dir das auch gefallen? Wir könnten Kaffee und ein paar Sandwiches besorgen, statt zum Brunch zu gehen, und fahren Wale beobachten. Hast du Lust dazu?“ Mit beinahe kindlichem Enthusiasmus sieht er mich an und ich muss lächeln und komme mir wie ein Spielverderber vor, als ich beginne, meine Bedenken zu äußern.

„Ich fürchte, ich habe nicht die richtige Kleidung mit, um mit dir Wale beobachten zu gehen.“ Ich trage Shorts und Bluse aus der Tasche, die ich hier nach dem Zeltlager vergessen hatte. Aber draußen ist es durch den vielen Regen deutlich frischer geworden und zusätzlich fahren die Boote zum Wale beobachten immer ein Stück aufs Meer hinaus, so dass es dort auch noch windig sein dürfte. Als wir bei der Polizei waren, habe ich schon erbärmlich gefroren, obwohl Grayson mir ein Sweatshirt von sich geliehen hatte, das mir beinahe bis zu den Knien ging.

Grayson mustert mich kurz, dann lächelt er wieder.

„Kein Problem. Gib mir nur zwanzig Minuten. Du machst es dir in der Zwischenzeit gemütlich und isst ein paar Frühstücksflocken.“ Er schiebt mir eine Packung mit irgendwelchem quietschbunten Zeug herüber, von denen er anscheinend selbst schon gegessen hat, und holt mir Schale, Milch und Löffel dazu, küsst mich kurz auf die Wange und ist auch schon verschwunden.

Kopfschüttelnd kippe ich ein paar der bunten Ringe in die Müslischale, zwischen denen kleine Gummibärchen und Mini-Marshmallows zum Vorschein kommen, und gieße das Ganze mit Milch auf. Unglaublich, dass es Eltern gibt, die ihren Kindern solche Dinge regelmäßig zu essen geben! Und Grayson sollte es eigentlich auch besser wissen.

Was ist bloß aus meinem Brunch geworden?

Mit etwas Schaudern schiebe ich mir den ersten Löffel voll des bunten Zeugs in den Mund. Es schmeckt noch künstlicher, als ich es mir vorgestellt hatte, aber ich habe genug Hunger, um es trotzdem zu essen. Ich spüle das eklig süße Zeug mit dem Rest Orangensaft herunter, den Grayson hat stehen lassen, und räume das dreckige Geschirr in die Spülmaschine.

Grayson ist schon zurück, bevor ich überhaupt dazu komme, mich allein gelassen und unwohl zu fühlen, und eine Viertelstunde später sitze ich umgezogen in seinem Auto.

„Passt alles?“ Er mustert mich mit einem kurzen Seitenblick. „Perfekt!“ Ich zupfe an den Ärmeln der dunkelblauen Softshelljacke mit den schönen, silbernen Knöpfen herum und streiche kurz über die Beine der wie angegossen sitzenden Jeans. „Woher wusstest du meine Größe?“

Er lächelt breit. „Ich habe Sarah angerufen. Die ist gut im Schätzen …“

Lachend knuffe ich ihm in die Seite. „Dabei war ich gerade schon echt beeindruckt.“

„Und ich hatte gehofft, ich würde dich vor allem mit meinen herausragenden Fähigkeiten als Liebhaber beeindrucken.“ Seine Stimme ist tief und samtig und in meinem Kopf blitzen umgehend die Bilder von gestern Morgen wieder auf, auf seinem Waschtisch … und unter der Dusche … „Hör sofort auf, so zu gucken, Cherry! Sonst muss ich leider einen Waldweg suchen und meine herausragenden Qualitäten noch mal unter Beweis stellen.“

„Das wäre aber sehr schade, dann würden wir ja die Wale verpassen …“

Ich lache über sein enttäuschtes Gesicht, bis ich den Schal auf meinem Schoß entdecke.

„Danke auch, dass du an einen Schal für mich gedacht hast …“ Ich wickle mir den seidigen Stoff mit den kleinen Kirschen darauf um den Hals und überprüfe im Make-up-Spiegel der Sonnenblende, ob alle Würgemale an meinem Hals darunter versteckt sind.

Als ich wieder zu Grayson schaue, sehe ich, dass er das Lenkrad so fest umklammert hat, dass seine Fingerknöchel weiß hervortreten.

„Wenn ich diesen Typen noch mal erwischen sollte, werden Würgemale sein geringstes Problem sein, das schwöre ich dir."

„Vielleicht hat die Polizei ihn ja mittlerweile erwischt." Ich lege meine Hand auf sein Bein, um ihn zu beschwichtigen und um auch mich selbst zu beruhigen, denn bei dem Gedanken an vorgestern bekomme ich immer noch feuchte Hände und Herzrasen.

„Das will ich für ihn hoffen …", kommt eine geknurrte Antwort von links, bevor er seine Hand auf meine legt und sie sanft drückt.

Der Hochgeschwindigkeitskatamaran, der uns zu der Stelle bringen soll, an denen es die Wale zu sehen gibt, ist ein riesiges Ausflugsschiff und mit allem Komfort ausgestattet. Heute ist es relativ windig und ich bin über die Softshelljacke und das langärmlige Shirt, die Grayson mir mitgebracht hat, dankbar. Auch der Schal erfüllt mehr als einzig verhüllende Zwecke, denn an Deck ist es ganz schön frisch. Unter Deck mag ich allerdings nicht gehen, denn der Wind verursacht erheblichen Seegang und mir ist auch hier draußen an der frischen Luft schon ein bisschen übel. Ich schaue auf die grauen Wellen hinaus und bewundere, wie schön sich das Sonnenlicht immer wieder darin bricht, wenn es mal hinter einer Wolke hervorkommt. Die Luft ist erfüllt vom salzigherben Duft des Meeres und ich bin, trotz der unterschwelligen Übelkeit, gerade sehr zufrieden.

„Ich glaube, heute sehen wir keine Wale mehr!" Grayson stellt sich hinter mich und hält sich links und rechts von mir an der Reling fest und ich kuschle meinen Rücken an seine breite Brust. Umgeben von zig anderen

Menschen schafft er mit seinem Körper einen Raum nur für ihn und mich und ich fühle mich geborgen und gut bei ihm.

„Ich denke auch, aber das macht nichts. Es ist trotzdem schön hier und die frische Seeluft ist angenehm nach der drückenden Hitze."

„Vor allem ist es schön, weil ich mit dir hier sein kann." Er berührt mich sanft an der Schulter und ich drehe mich zu ihm um, um ihn zu küssen. Er schmeckt nach salziger Seeluft und nach Grayson und ich seufze tief, als wir uns wieder voneinander lösen.

„Ja, das ist wirklich schön!"

Hinter seiner dunklen Sonnenbrille und seinem obligatorischen Basecap ist von seinem Gesicht nicht viel zu erkennen, doch wenn er mich so anlächelt wie jetzt gerade, bekomme ich dessen ungeachtet weiche Knie und habe Schmetterlinge im Bauch.

Ich will gerade dazu ansetzen, irgendetwas furchtbar Unüberlegtes und Kitschiges zu ihm zu sagen, als er ganz aufgeregt aufs Wasser blickt.

„Cherry, schau mal! Dort drüben …" Ich drehe mich wieder zurück in Richtung des Wassers, aber alles, was ich noch zu sehen bekomme, ist das letzte bisschen einer Fluke und dabei soll es auch den Rest der Fahrt bleiben.

Kapitel 26

„Das war ja mal spektakulär." In Graysons Stimme schwingt eine gehörige Portion Ironie mit, als wir das Schiff nach drei Stunden verlassen und nicht mal mehr einen kleinen Fisch gesehen haben. Lediglich ein paar Möwen, dafür hätten wir allerdings nicht aufs Meer hinausfahren müssen.

„Wohl wahr. Aber es hat trotzdem Spaß gemacht", erwidere ich lächelnd, ganz einfach deshalb, weil es die Wahrheit ist.

„Hast du Hunger? Wollen wir noch etwas essen gehen?" Er hält meine Hand, während wir von Board gehen, und ich nicke zustimmend. Nach meinem fragwürdigen Frühstück heute Morgen und einem Sandwich im Auto habe ich nichts mehr gegessen. Auf dem schwankenden Schiff hätte ich nichts herunterbekommen.

„Was glaubst du, wie lange du brauchen wirst, um nicht mehr so grün um die Nase auszusehen?"

„Keine Ahnung, aber mir geht es schon besser, seit ich wieder festen Boden unter den Füßen habe." Auch wenn sich das nach dem Geschaukel von gerade erst einmal komisch anfühlt, mein Gleichgewichtssinn braucht wohl noch einen Moment, um sich daran zu gewöhnen.

„Dann bin ich ja beruhigt. Nicht, dass die uns hinterher nicht ins Restaurant lassen, weil sie denken, du seist krank …"

„Du bist wirklich sehr charmant, Grayson White", erwidere ich gespielt beleidigt, woraufhin er mich in seine

Arme zieht und zwischen all den Menschen leidenschaftlich küsst.

„Ich finde dich auch noch verdammt heiß, wenn du grün im Gesicht bist", flüstert er in mein Ohr, als er mich etwas atemlos freigibt, sich aber so gegen mich drückt, dass ich seine Erektion spüren kann.

„Muss ich mir Sorgen machen? Bist du vielleicht einer dieser Perversen, die auf irgendwelche Arztspielchen stehen und mich ständig untersuchen wollen?" Zart beiße ich ihm ins Ohr, was er mit einem leisen Knurren quittiert.

„*Untersuchen* würde ich dich gerade tatsächlich gerne, und zwar besonders gründlich. Und wenn du eines dieser sexy Krankenschwesterkostüme für mich tragen würdest, hätte ich auch gegen ein paar Arztspielchen nichts. Aber vorher muss ich dringend was essen, sonst werde ich hinterher noch ohnmächtig und du musst es mit echter Mund-zu-Mund-Beatmung versuchen."

„Mund zu Nase."

Irritiert sieht er mich an. „Wie bitte?"

„Mund zu Nase. Mund zu Mund wird schon lange nicht mehr beatmet. Nur noch, wenn die Nase irgendwie verstopft ist. Hast du im Erste-Hilfe-Kurs nicht aufgepasst?" Ich zwinkere ihm zu.

„Oh, Frau Oberlehrerin … das Kostüm könnten wir nach der sexy Krankenschwester testen … und nach dem Essen."

Grayson umfasst meine Taille und wirbelt mich einmal im Kreis herum.

+++

Sie *kichert*!

Und zwar nicht auf diese alberne Suppenhuhnart, die dämliche, aufgeputzte Tussis an den Tag legen, die sich nicht trauen, richtig zu lachen. Cherry kichert auf die ausgelassene, lebensfrohe Art, wie es eigentlich bloß kleine Kinder können.

Grayson ist davon so hingerissen, dass er sie gleich noch eine zweite und eine dritte Runde im Kreis herumschwenkt, und zwar so schnell, dass ihr Kichern in ein ausgelassenes Quietschen übergeht.

Als er sie absetzt, schwankt sie und er muss sie festhalten, damit sie nicht hinfällt.

„Jetzt bin ich nicht nur grün im Gesicht, es dreht sich auch noch alles." Kleine, entzückende Lachfalten bilden sich um ihre Augen, als sie ihn ansieht.

„Vielleicht bist du wirklich ein Fall für Dr. White." Er bietet ihr seinen Arm an, damit sie sich unterhaken kann, was sie auch bereitwillig macht.

„Du siehst schon aus wie Dr. White", sagt sie ironisch, nachdem sie ihn von oben bis unten betrachtet hat, und küsst ihn lachend auf die Wange.

Später, als sie im Restaurant sitzen und aufs Meer hinausschauen, wandert Graysons Blick nachdenklich zu der Frau neben ihm. Sie isst, heute mit deutlich mehr Appetit als gestern, eine große Portion Pasta mit Meeresfrüchten. Sie sieht mittlerweile etwas besser aus, auch wenn sie immer noch ziemlich blass ist und viel zu dünn. Sie gehört zu der Sorte von Frau, die nie wirklich dick werden, aber in den letzten drei Wochen ist sie fast schon gespenstisch mager geworden, als wäre sie dabei, sich aufzulösen.

Könnte wohl auch deine Schuld sein, Kumpel.

Vermutlich ist es das auch. Er ist ein furchtbarer Idiot gewesen.

„Du solltest mehr essen." Ja, verdammt, er hat ein schlechtes Gewissen, aber Cherry scheint nicht nachtragend zu sein. Stattdessen lächelt sie ihn auf eine Art und Weise an, die sein Herz schneller schlagen lässt und auch dafür sorgt, dass gewisse Körperteile plötzlich leicht klaustrophobische Anfälle bekommen, weil seine Hose auf einmal zu eng ist.

„Wird gemacht, Herr Doktor." Ihre kleine, rosa Zunge kommt hervor und leckt den Rest Sahnesoße aus ihrem linken Mundwinkel und Grayson überlegt kurzfristig, ob es hier möglich ist, unauffällig genug mit ihr auf die Toilette zu gelangen, um dort eine schnelle Nummer mit ihr zu schieben. Letztendlich überlegt er es sich dann doch anders. Sie soll in Ruhe essen, das ist wichtiger. Für Sex ist hinterher immer noch genügend Zeit. Und er steht bei Frauen eindeutig mehr auf Kurven als auf Knochen. Er ist schließlich ein Mann und kein Hund. Mal ganz abgesehen davon ist es bestimmt nicht gesund, so dünn zu sein. So wie sie vorher war, war sie perfekt.

„Ich habe übrigens tatsächlich einen Doktortitel …", sagt er schließlich, um sich ein bisschen abzulenken.

Cherry blickt von dem Stück Brot hoch, nach dem sie gerade gegriffen hat, um die Reste der Soße von ihrem Teller zu wischen.

„Wirklich? In was denn?" Sie reißt so erstaunt die Augen auf, dass Grayson einen Moment überlegt, ob ihn das wohl beleidigen sollte.

„In Jura. Ich hatte ein Stipendium ..." Seine Hand wandert zum Schirm seines Basecaps und rückt es zurecht.

„Du hast einen Doktortitel in Jura und lässt dich von deiner Werbefirma bei Verträgen so dermaßen über den Tisch ziehen, dass du bei mir landest und … Sozialstunden leisten musst?" Das Stück Brot landet in ihrem Mund und sie kaut provokativ grinsend. „Kann es sein, dass sie dir nur gute Noten gegeben haben, weil du ein guter Footballspieler bist?"

Ein bisschen hat sie leider recht. Sowohl Colleges als auch Universitäten haben ihre eigenen Footballmannschaften, mit deren Erfolgen sie sich gerne brüsten. Und wenn man gut spielt, wird durchaus mal das ein oder andere Auge zugedrückt, wenn es im Studium nicht ganz so gut läuft. Trotzdem hat er sehr hart dafür gearbeitet und es gab Nächte, in denen er kaum Schlaf bekommen hat, weil er sich unbedingt selbst beweisen musste, dass er das schafft.

„Hey, Verträge lesen ist kotzlangweilig und ich bezahle schließlich einen Manager dafür, dass er das für mich erledigt." Er hebt entschuldigend die Hände und versucht dabei, möglichst souverän zu wirken, die Sache ist ihm ein bisschen peinlich.

„Da hast du wieder was dazugelernt, mein Lieber. Man sollte solche Dinge immer selbst kontrollieren. Wirst du deinen Manager eigentlich feuern?"

Schulterzuckend betrachtet er erst Cherry und dann das Meer. „Vielleicht gebe ich ihm auch eine Gehaltserhöhung."

Sie sieht erstaunt aus und es ist an Grayson zu grinsen. „Er ist schließlich daran schuld, dass ich dich kennengelernt habe."

Sie schenkt ihm dieses süße, kleine, perlende Lachen, das er so sehr mag, und ihm wird ganz warm.

„Der ein oder andere meiner Exfreunde hätte das schon alleine als klaren Kündigungsgrund gesehen."

„Deine Exfreunde sind halt Volltrottel. Sonst wären es ja auch nicht deine Exfreunde."

Innerlich setzt Grayson Cherrys Exfreunde gleich mal mit auf die Liste der Leute, denen er mal gerne eine reinhauen würde, wenn er ihnen begegnet. Allein deswegen, weil sie Cherry vermutlich mal nackt gesehen haben. Allein bei dem Gedanken …

Denk an etwas anderes!

Er legt den Löffel zur Seite, den er gerade beinahe verbogen hätte, und widmet seine Aufmerksamkeit wieder Cherry, deren Teller jetzt endgültig leer ist. Sogar die Soßenreste sind verschwunden.

„Möchtest du noch einen Nachtisch?" Hinter dieser Frage steht klar die Hoffnung, dass sie noch ein paar Kalorien mehr zu sich nimmt, aber Cherry verneint.

Grayson winkt den Kellner trotzdem herbei und bestellt eine extragroße Portion Tiramisu für sich selbst.

Nachdem es auf dem Tisch steht, schielt Cherry bereits beim ersten Löffel sehnsuchtsvoll auf die süße, cremige Nachspeise.

„Möchtest du probieren?", fragt Grayson so harmlos wie möglich, während er ihr einen Löffel voll Tiramisu unter die Nase hält.

Brav, wie sie manchmal ist, öffnet sie den Mund.

„Lecker?" Grayson lächelt.

„Sehr!“

„Noch einen?“ Eine neue Portion der Nachspeise landet auf seinem Löffel und Cherry isst auch diesen. „Wenn du das schon lecker findest, solltest du mein Tiramisu probieren!“

Der nächste Löffel landet in seinem eigenen Mund.

„Machst du mir mal welches?“

„Na klar, was hältst du von morgen?“

„Perfekt.“ Sie sperrt den Mund auf wie ein kleiner Vogel, als er sich erneut mit dem Löffel nähert. Letztendlich füttert er ihr beinahe die halbe Portion.

Funktioniert doch immer wieder.

Zufrieden lehnt er sich im Stuhl zurück und beschließt, gleich morgen auch Tiramisu für sie zu machen. Mehr Kalorien können auf einen einzigen Löffel kaum passen. Und wenn sie das hier schon lecker findet, wird sie seins hoffentlich unschlagbar finden.

+++

Kapitel 27

Es ist ein schöner und entspannter Tag mit Grayson und er lenkt mich von den Erlebnissen von vorgestern ab. Und auch von meinem Liebeskummer seinetwegen.

Den restlichen Tag verbringen wir im Bett, vermutlich kann ich morgen nicht mehr laufen, aber es ist mir egal. Nach einem ausgiebigen Frühstück auf Graysons Terrasse am Montagmorgen fährt er mich nach Hause. Ich brauche dringend andere Klamotten und ich muss unbedingt ein bisschen nachdenken. Zum Glück ist die Einrichtung ja ohnehin momentan geschlossen, sodass ich heute nicht arbeiten gehen muss.

Ohne Graysons Grübchenlächeln neben mir, ohne seinen verführerischen Duft und seine noch verführerischeren Küsse, die mich zu allen möglichen Dingen bringen, aber mit Sicherheit nicht dazu, vernünftige, klare Gedanken zu fassen.

Als ob mir das mit dem Denken ansonsten deutlich besser gelingen würde …

Ja, ich muss es zugeben, manchmal kommen abstruse Dinge dabei heraus, wenn ich zu viel nachdenke. Trotzdem erscheint es mir gerade wichtig. Es ist alles so schnell gegangen, seit ich am Freitagmorgen aufgestanden bin, ist so viel geschehen, hat sich so viel verändert, und ich muss mich ein bisschen sammeln und sortieren.

Während ich meine Wäsche aus dem Trockner nehme und zusammenlege, fällt mir auf, dass Grayson und ich gar nicht darüber gesprochen haben, wie es zwischen uns weitergehen soll.

Klar muss man das im Prinzip nicht, doch ich weiß immer noch nicht mehr als vorher darüber, ob wir nun eine Beziehung führen – oder eben nicht und es weiterhin nichts als eine oberflächliche Bettgeschichte sein wird. Natürlich hat er mir am Samstagmorgen im Bad großartige Versprechungen gemacht, aber da war er auch scharf auf mich.

Und wenn ich genauer darüber nachdenke: Er hat sich eigentlich das gesamte Wochenende nicht mit mir in der Öffentlichkeit gezeigt. Der versprochene Brunch ist durch die Walbeobachtung flachgefallen. Mal abgesehen davon, dass wir ohnehin die meiste Zeit mit den Gesichtern Richtung Wasser an der Reling gestanden haben, hat Grayson außerdem immer das rote Basecap sowie seine Sonnenbrille getragen, sodass ihn niemand erkennen konnte. Selbst auf der Terrasse des Restaurants. Vielleicht verrenne ich mich da in etwas, aber dennoch hat es irgendwie einen bitteren Beigeschmack, dass er sich in der Öffentlichkeit nicht mit mir zusammen zu erkennen geben will.

Mir fällt der ganze Stapel mit frisch gefalteten Oberteilen aus der Hand, als ich ihn in meinen Kleiderschrank legen will, und ich fluche unterdrückt.

Ich bin den Tränen nahe, als ich alles wieder einsammle, um es erneut zusammenzulegen.

Langsam entwickle ich mich zu einer richtigen Heulsuse.

Nachdem ich die verdammte Wäsche endlich weggeräumt habe, versuche ich mich, so gut es eben möglich ist, abzulenken.

Ich telefoniere mit meiner Mutter, die gleich merkt, dass irgendetwas mit mir nicht stimmt, aber mir ist nicht danach, darüber mit ihr zu reden.

Ich könnte auf andere Gedanken kommen, indem ich mein Badezimmer putze oder meine Wohnung aufräume, leider bin ich viel zu erschöpft dafür.

Draußen ist wunderschönes Sommerwetter, ich sollte ein Eis essen gehen und den schönen Tag genießen, statt herumzusitzen und mich elend zu fühlen. Auch wenn ich mir das nicht wirklich eingestehen mag, habe ich zu viel Angst, um alleine vor die Tür zu gehen, die Bilder von Olivias Vater sind einfach noch zu frisch.

Vermutlich ist das ganz normal, aber mich ärgert es maßlos. Nicht genug damit, dass ich mich von diesem besoffenen Arschloch halb umbringen lasse. Ich lasse es auch noch zu, dass er mich in meinem Leben behindert und einschränkt.

Aber egal, wie sehr ich deshalb mit mir schimpfe, ändern tut sich trotzdem nichts. Der Gedanke, alleine vor die Tür zu gehen, ist schlimmer als der, trotz des schönen Wetters einfach hierzubleiben. Da ich nichts mehr zu essen dahabe, beschließe ich, mir später einen Lieferservice zu suchen, der neben Pizza auch Eis im Angebot hat, und lasse mich genervt auf mein Sofa fallen.

Ich bin in dieser seltsamen Stimmung, in der die Tapete an der Decke interessanter ist als das Programm im Fernsehen, und ich starre den weißen Anstrich an, bis ich glaube, schneeblind werden zu müssen. Meine Gedanken kreisen wie in einem Karussell um den Angriff und darum, dass Grayson noch immer nicht zu mir steht, dass es mich beinahe wahnsinnig werden lässt.

Mühsam stehe ich vom Sofa auf und fange an, in meiner Wohnung herumzulaufen wie ein Tiger im Käfig. Es würde mich nicht wundern, wenn sich irgendwann Laufspuren auf meinem Teppich bilden. Ich gehe in die Küche und trinke einen Schluck Wasser, zurück ins Wohnzimmer und beobachte dort die vielen Menschen, die unter meinem Fenster entlanggehen und von denen ich mich heute merkwürdig isoliert fühle, gehe in mein Schlafzimmer und lege mich einen Moment aufs Bett. Dann fange ich wieder von vorne an.

Als ich das fünfte Mal an meinem Wohnzimmerfenster ankomme, halte ich inne und lege meine Stirn an die Scheibe. Ich muss irgendetwas tun, ich weiß nur nicht was.

Versuchs mal mit nicht wahnsinnig werden.

Sehr witzig.

Ich setze meine Runde fort, einmal und noch einmal, als auf einmal mein Handy piept, weil eine SMS eingegangen ist.

Cherry-Babe,
hast Du heute zufällig
noch etwas vor?
Oder darf ich Dich zum
Essen einladen?
<3 Grayson

Ich sollte ihm absagen, es sieht so bedürftig aus, wenn ich jetzt sage, ich habe Zeit. Schließlich habe ich mich extra von ihm nach Hause fahren lassen. Andererseits …

Ich komme aber gar nicht dazu, eine Entscheidung in die eine oder andere Richtung zu treffen, denn während ich immer noch grüble, klingelt es an meiner Tür.

Kapitel 28

Dass jemand unangemeldet bei mir klingelt, macht mir Angst. Vor diesem Freitag hätte ich mir nie Gedanken deswegen gemacht, doch nun steigt eine Welle von Adrenalin in mir auf und mein erster Impuls ist es, die Tür nicht zu öffnen.

Jetzt reiß dich zusammen und sieh wenigstens nach.

Mit zittrigen Beinen nähere ich mich der Tür und schaue durch den Spion.

Nur um in das leicht verzerrte, lächelnde Gesicht von Grayson zu blicken. In seinen Händen hält er eine große Schüssel – mit Tiramisu.

Er küsst mich gut gelaunt, bevor er den süßen Nachtisch wie selbstverständlich in meiner Küche im Kühlschrank deponiert.

Als er ins Wohnzimmer kommt, mustert er mich nachdenklich.

„Was ist los mit dir, Cherry-Baby?“ Er verschränkt seine Arme vor der Brust. „Du bist so ernst und still.“

Nachdenklich betrachte ich sein markantes Gesicht mit dem Bartschatten, der sich dort schon wieder gebildet hat, obwohl ich sicher weiß, dass er sich heute Morgen rasiert hat. Erst will ich ihm nicht antworten. Ich finde es ja selbst ein bisschen albern, schließlich weiß ich immer noch nicht so richtig, was für eine Art der Beziehung wir führen … Und ich bin vielleicht auch ein klein wenig paranoid gewesen und habe mich in das alles eventuell reingesteigert. Denn genau genommen hat unsere Beziehung ja erst seit vorgestern überhaupt einen anderen

Level erreicht. Wäre es da nicht eigentlich ein bisschen viel verlangt gewesen, wenn er da gleich …

„Raus mit der Sprache, Cherry. Was hab ich Dummes angestellt?“ Er hakt die Daumen in die Schlaufen seiner Jeans ein und komischerweise wirkt diese Geste ziemlich Respekt einflößend.

Aber ich zögere noch immer, irgendwie kommt es mir plötzlich nur noch wie eine lächerliche Lappalie vor. Doch Grayson sieht mich erwartungsvoll an und wartet auf eine Antwort von mir.

„Ich wäre so gerne Eis essen gegangen, aber ich traue mich alleine nicht vor die Tür.“ Das ist ja die Wahrheit, wenn auch bloß ein Teil davon.

Mein Ex-Wide-Receiver hat ein gutes Gespür für Taktiken und anscheinend durchschaut er meine sofort. Seine linke Augenbraue wandert in die Höhe und er beugt sich ein bisschen zu mir vor.

„Du hättest mich anrufen können, ich wäre liebend gerne mit dir Eis essen gegangen. Was ist noch los?“ Einen kleinen Moment lässt er mir Zeit und als ich nicht antworte, greift er nach meiner Hand. „Sag es mir, Cherry. Los. Jetzt!“

„Ich habe das Gefühl, dass es dir unangenehm ist, dich mit mir in der Öffentlichkeit blicken zu lassen.“

Nun ist es raus.

Mein Gesicht glüht vor Schamesröte. Mir ist das plötzlich unendlich peinlich, ich versuche mein Gesicht hinter meinen Händen zu verbergen, doch Grayson zieht sie weg und gibt mir einen Kuss.

„Ach Cherry … ich bin wirklich manchmal ein Idiot. Du meinst, weil ich ständig Basecap und Sonnenbrille trage, wenn wir draußen sind, ist es mir unangenehm mit dir gesehen zu werden?"

Ich nicke verlegen. „Hör zu … ich war heute irgendwie nicht gut drauf. Die Geschichte mit Olivias Vater geht mir wirklich nah und ich habe mir lauter dumme Gedanken gemacht."

Er gebietet mir mit einer Handbewegung Einhalt.

„Stopp, Cherry. Das ist gar nicht dumm, sondern total verständlich. Ich hätte das mit dir besprechen sollen. Ich … wir gehen jetzt Eis essen. Mal schauen, ob ich dir dabei erklären kann, warum ich mich meistens verstecke. Willst du dich noch frisch machen, oder können wir sofort los?"

Kapitel 29

Natürlich muss ich noch ins Bad und umziehen muss ich mich auch noch. Dass er mich ernsthaft gefragt hat, ob ich so mitkomme, war aber irgendwie niedlich … Als ob ich in Jogginghosen und altem Tanktop mit ihm Eis essen gehen würde. So etwas können nur Männer fragen. Jetzt trage ich stattdessen ein rotes Sommerkleid und meine blau-roten Lieblingsschuhe mit den Kirschen drauf, die ich immer dann anziehe, wenn ich mir irgendwie unsicher bin. Die Schuhe bringen mir Glück. Bilde ich mir zumindest ein. Um die Hämatome an meinem Hals zu verdecken, wickle ich mir einen leichten Schal um, der zu meinem restlichen Outfit passt.

„Du siehst toll aus." Grayson mustert mich bewundernd, als ich zurück zu ihm ins Wohnzimmer komme, und sein Blick ist wie Balsam für meine Seele. „Komm, gehen wir!" Er streckt mir seine Hand hin und verschlingt unsere Finger ineinander, als ich sie ergreife.

Ihn draußen ohne Sonnenbrille und Kopfbedeckung zu erleben, ist seltsam ungewohnt. Wir legen das kurze Stück bis zum Eiscafé zu Fuß zurück und immer wieder streifen uns neugierige Blicke.

Das kleine Café liegt idyllisch an einem Brunnen und das Wasser plätschert gemächlich, während wir es uns in den Korbstühlen bequem machen. Grayson hält die ganze Zeit über meine Hand fest und auch, als wir schon am Tisch sitzen, lässt er sie nicht los.

Wir haben gerade unsere Bestellung aufgegeben, da stößt mich Grayson unauffällig unter dem Tisch mit seinem Knie an.

„Schön lächeln, wir werden vom Nebentisch fotografiert", flüstert er mir zu und ich bin so erstaunt, dass ich prompt hoch schaue und mitten in eine Handykamera glotze. Das Foto will ich später lieber nicht sehen.

Als unser Eis kommt, fragt die blonde, vollbusige Bedienung nach einem Autogramm und sieht Grayson dabei an, als würde sie lieber ihn zum Nachtisch vernaschen, als hier welchen zu servieren. Ich bin nur froh, dass sie eine Serviette zückt, um ihn darauf unterschreiben zu lassen, und nicht ihr Dekolleté dafür nimmt, das sie ihm gerade übermäßig aufdringlich präsentiert, während sie mich geflissentlich ignoriert. Kurzfristig spiele ich mit dem Gedanken, ob ich mein kleines Trauma vielleicht überwinden könnte, indem ich auch mal jemanden würge, nämlich sie, besinne mich dann aber meiner guten Kinderstube und beschließe stattdessen zu lächeln und mir meinen Teil zu denken. Dass Grayson seine Hand weiterhin auf meiner liegen hat und dabei öffentlich und permanent meinen Handrücken liebkost, erleichtert mir meine Entscheidung. Denn das entgeht selbst Blondi nicht, wie ich an ihrem enttäuschten Gesichtsausdruck erkennen kann.

Während des Eis essens kommen noch drei weitere Personen an unseren Tisch und bitten Grayson um ein Autogramm und wir werden bestimmt fünfmal fotografiert.

Ein Mann, in mittleren Jahren mit einem Bierbauch, zieht sich sogar ungebeten einen Stuhl an unseren Tisch, schlägt Grayson auf die Schulter, als wären die beiden alte Freunde, und beginnt mit ihm über Spielzüge und das Für und Wider neuer Teammitglieder der Boston Raccoons zu fachsimpeln, bis seine Frau ihn nach kurzer Zeit genervt zurückpfeift.

Alle sind nett und höflich, aber dennoch wird Grayson ständig angesprochen und wir sind kaum fünf Minuten ungestört.

Als er auf dem Rückweg stehen bleibt, um mich innig zu küssen, grölt sogar jemand und klatscht Beifall, während er Grayson einen *geilen Höllenhund* schimpft. Ich bin mir nicht ganz sicher, ob das anerkennend oder beleidigend gewesen ist. So oder so bin ich froh, als wir endlich wieder in meiner kleinen Wohnung angelangt sind. Erschöpft lasse ich mich auf mein Sofa fallen und Grayson setzt sich neben mich, um mich an sich zu ziehen.

„Verstehst du jetzt, warum ich mich draußen meistens tarne?“ Er küsst meinen Scheitel.

„Allerdings …“ Ich kuschle mich an ihn und habe ein schlechtes Gewissen, dass ich so negativ über ihn gedacht habe.

„Ich würde mich überall zeigen, mit stolzgeschwellter Brust, weil du die meine bist, Cherry-Baby. Aber wenn wir Zeit miteinander verbringen, dann will ich auch, dass wir sie wirklich *miteinander* verbringen können und nicht ständig gestört werden.“

„Es tut mir leid, dass ich das gedacht habe …“

Graysons Hand legt sich in meinen Nacken und beginnt ihn sanft zu massieren.

„Nein, mir tut es leid. Ich hätte mit dir darüber reden müssen. Ich denke mir einfach nichts mehr dabei, wenn ich mich draußen ein bisschen verkleide."

„Warum nimmst du dafür eigentlich ausgerechnet ein Cap mit einem Raccoons-Logo? Ist das nicht eher kontraproduktiv?"

„Ich mag die Mannschaft." Er lacht leise, ein tiefes, zufriedenes Lachen. „Und außerdem rechnen die Leute nicht damit, dass ich mich ausgerechnet dahinter verstecke. Auch wenn das irgendwie paradox ist."

„Ist es nicht immer so, dass man Dinge genau da findet, wo man sie am wenigsten vermutet?" Nachdenklich spiele ich an meinem Armband herum.

„Ja, genauso ist es, Cherry." Seine Stimme ist weich, genau wie der Kuss, den er mir auf den Nacken haucht. „Genauso ist es."

Der restliche Tag ist einer von den grandiosen Tagen, an denen man irgendwie nichts tut und doch alles erlebt. Später essen wir das von Grayson mitgebrachte Erdbeertiramisu, das tatsächlich das leckerste ist, das ich je gegessen habe. Manchmal braucht man nur ganz wenig, um sagenhaft glücklich zu sein.

Kapitel 30

Montagmorgen fährt Grayson mich zur Arbeit, wofür ich ihm gleich doppelt dankbar bin. Zum einen steht mein Auto noch dort, zum anderen ist es ein komisches Gefühl, dort alleine hinzugehen. Ich bin froh, dass ich mich an ihm festhalten kann, als wir an der Stelle vorbeikommen, an der Livies Vater mich erwischt hat.

Der heutige Arbeitstag ist kurz, ich muss lediglich noch mal kontrollieren, ob die Handwerker alles richtig gemacht haben, danach habe ich Urlaub. Es widerstrebt mir zwar immer, die Einrichtung für mehr als nur das Wochenende zumachen zu müssen, aber da ich Stadtangestellte bin, wird darauf bestanden, dass ich den mir verfügbaren Urlaub auch nehmen muss. Und selbst ich muss mir eingestehen, dass es mir wahrscheinlich guttun wird, ein paar Wochen freizuhaben und die Akkus wieder aufzuladen.

Also erledige ich noch ein paar Anrufe, schaue noch einmal nach dem Rechten und schließe dann, wie jedes Jahr ein bisschen schweren Herzens, gründlich ab.

„Übermorgen habe ich übrigens Geburtstag." Grayson sagt das so nebenher, als wenn es nichts wäre, und ich schrecke hoch.

„Übermorgen?" Erstaunt reiße ich die Augen auf.

„Ja ... ich wollte es dir eigentlich gar nicht erzählen, weil es mir nicht so wichtig ist." Beinahe ein wenig verlegen fährt er sich mit den Fingern durchs Haar. „Ich dachte aber, das könntest du mir vielleicht hinterher übel nehmen.

Vermutlich hätte ich es Grayson tatsächlich übel genommen, wenn er mir seinen Geburtstag verschwiegen hätte. Andererseits: Ein Geburtstagsgeschenk für jemanden zu finden, der genug Geld hat, um sich alles, was er haben möchte, einfach selbst zu kaufen, ist keine leichte Sache. Wenn es sich dabei um einen Mann handelt, mit dem man erst kurz zusammen ist, dann wird es noch schwieriger. Die nächsten beiden Tage kann ich meinen Vater bestens verstehen. Ich renne mir die Hacken wund auf der Suche nach einem brauchbaren Geschenk und habe ebenfalls das dringende Bedürfnis nach einem kühlen Bier und einer Pause, als ich endlich etwas gefunden habe.

+++

Cherry steigt aus ihrem Auto. Sie trägt einen schwarzen Trenchcoat, in den Händen hält sie ein in rotes Papier eingewickeltes Geschenk. Der Mantel ist trotz der sommerlichen Temperaturen hoch geschlossen und er fragt sich, ob sie darunter wohl nackt ist. Sofort regt sich etwas in seiner Hose und er muss über sich selbst den Kopf schütteln. Er ist ein erwachsener Mann. Er bekommt keinen Ständer nur von dem Gedanken, dass eine Frau eventuell nackt sein könnte. Außer bei Cherry. Schade, dass sie heute keine Zeit haben, das auch zu nutzen.

„Happy Birthday“, haucht sie in diesem Moment und er kann sehen, wie ihre Finger ein bisschen zittern, als sie den Gürtel ihres Mantels öffnet.

Oh verdammt … und dabei ist doch gar keine Zeit …

„Ein Krankenschwesterkostüm, Cherry?“ Seine Stimme klingt seltsam rau und er geht zu ihr, um sie zu küssen. Sie schmiegt sich an ihn, und seine Hände wandern über den knappen Kittel und befühlen den Spitzensaum der halterlosen Strümpfe, die sie darunter trägt, und um seine guten Vorsätze ist es schlagartig geschehen.

Scheiß drauf – dann kommen wir halt zu spät.

Mit einem Fußtritt schließt er die Haustür hinter ihr und zieht sie wieder näher an sich. Schließlich hat er Geburtstag. Und da gehört es nun mal dazu, dass man seine Geschenke auspackt.

Erst später, als Cherry dabei ist, sich umzuziehen, packt er auch die restlichen Geschenke aus, die sie mitgebracht hat. Vielleicht wäre es höflicher, dabei auf sie zu warten, aber er ist viel zu neugierig dafür und mittlerweile wird die Zeit wirklich *sehr* knapp.

Lächelnd streicht er über das Buch über Wale, das sie ihm mitgebracht hat, und über den Gutschein einer Zoohandlung, der für Gesellschaft für Freddy Fisch sorgen soll.

Als Cherry die Treppe herunterkommt, in einem dunkelblauen Kleid mit weißen Punkten, einem weißen Schal und ihren blau-bunten Lieblingsschuhen, zieht er sie noch einmal in seine Arme.

„Danke“, flüstert er an ihren Lippen, bevor er sie zaghaft und schnell küsst. Aber wirklich nur ganz zaghaft. Denn sie riecht so fantastisch und fühlt sich noch viel besser an und sie müssen dringend los.

+++

„Wo genau willst du eigentlich hin?" Ich werde misstrauisch, als Grayson die Stadt verlässt und die Gegend immer ländlicher wird. Irgendwann gibt es nur noch grüne Wälder, die lediglich von ein paar Wiesen, Weiden oder Feldern unterbrochen werden. Außerdem kommt mir der Weg ziemlich bekannt vor – wir fahren ganz eindeutig in Richtung der Rosebelle-Farm. Und hier kann man ziemlich sicher nirgends schön essen gehen.

„Das ist eine Überraschung!" Er lächelt, ohne mich anzusehen, und ich werde nervös.

„Eine Überraschung? Aber *du* hast doch heute Geburtstag – sollte ich da nicht eigentlich dich überraschen und nicht umgekehrt?"

Sein Lächeln verwandelt sich in ein dreckiges Grinsen und er gönnt mir wenigstens einen kurzen Seitenblick.

„Du kannst mich später gerne noch mal in der Krankenschwesteruniform überraschen, wenn du meinst, das müsste so sein."

Ich werde rot, nur ein kleines bisschen, zu mehr reicht die Zeit ohnehin nicht, weil er nämlich in genau diesem Moment die Einfahrt zur Farm passiert und anhält.

Überall stehen Laternen mit Kerzen darin und wir können nicht bis zur Farm heranfahren, weil dort schon alles zugeparkt ist. Es ist schon fast dunkel draußen, wir sind spät dran, und Kerzen und Mondlicht tauchen die Umgebung in ein sanftes, schimmerndes Licht. Ich bleibe so lange beinahe ehrfürchtig im Auto sitzen, bis Grayson die Tür auf meiner Seite öffnet, um mir galant aus dem Wagen zu helfen.

„Habe ich dir eigentlich schon gesagt, wie wundervoll du aussiehst?", flüstert er in mein Ohr und nimmt sich die Zeit, mich in aller Ruhe zu küssen, bevor er meinen Arm unter seinen hakt und mit mir den von Kerzenschein beleuchteten Weg beinahe schon entlangschreitet. „Ich bin so stolz, dass du mein Mädchen bist, Cherry-Baby …"

Ich könnte schwören, dass mein Herz einen Moment aufhört zu schlagen, während er das sagt, aber dennoch ist mir die ganze Sache nicht geheuer. Ich lasse mich von ihm weiterführen und als wir in den riesigen Garten des Hauses kommen, sind plötzlich so viele Leute um uns, dass ich sie gar nicht mehr alle wahrnehmen kann.

Obwohl jeder Grayson zum Geburtstag gratulieren und umarmen will, lässt er mich nicht los, was die ganze Angelegenheit zwischenzeitlich etwas umständlich werden lässt. Und während jeder ihm überschwänglich gratuliert, entdecke ich erst Adele. Danach wenigstens zwei meiner Brüder. Und dann entdecke ich meine Eltern. Ich muss drei Mal hinsehen, bis ich realisiert habe, dass sie tatsächlich hier sind.

Sie kommen zu mir herüber und umarmen mich.

„Das war also der Grund für das Angeln – und die Ringe unter deinen Augen." Meine Mom umarmt mich fest. „Ist jetzt alles gut, mein Schatz?"

Ich bin so überwältigt, dass ich bloß nicken kann, und meine Mutter lächelt, dieses kleine, wissende Lächeln.

„Gut. Dein Dad war nämlich sauer, dass jemand gemein zu seinem kleinen Mädchen war." Sie spricht so leise, dass nur ich sie hören kann. „Er hat den armen Grayson am Telefon ganz schön bluten lassen. Ich habe keine Ahnung, wie er ihn doch noch dazu überreden konnte. Schließlich hat dein Dad sich sogar einen Anzug angezogen. Doch egal, was es war – ich bin mir sicher, er würde es auch mit einem Footballspieler aufnehmen, wenn dieser noch mal gemein zu dir sein sollte." Sie zwinkert mir zu, aber ich bin mir nicht ganz sicher, ob das wirklich bloß ein Scherz war, und als mein Dad zu mir kommt und mich mit seiner Umarmung fast erdrückt, bin ich fest davon überzeugt, das Grayson im Fall der Fälle wenig Chancen gegen ihn hätte. Ich hoffe, dass ich darüber nie Gewissheit erhalten werde.

Als meine Eltern sich wieder unter die anderen Gäste mischen, ist Grayson gerade in ein Gespräch vertieft. Dafür entdecke ich lauter bekannte und unbekannte Gesichter. Ich begrüße Sophie und Matt, Adele umarmt mich herzlich und Sarah ist auch da. Zusätzlich stellt mich Grayson Unmengen von Menschen als seine Freundin vor, unter anderem Shawn und Kevin, mit denen er sich eine ganze Weile unterhält, während er meine Hand beinahe demonstrativ in seiner hält.

Ich drücke Graysons Hand so lange und so fest, bis ich endlich seine Aufmerksamkeit erlangt habe.

„Alles in Ordnung, Cherry?" Er beugt sich zu mir, während mein Herz auf einmal zu rasen beginnt.

„Was ist das hier, Grayson? Meine Familie ist da. Und alle Menschen, die ich kenne. Und vermutlich auch die meisten, die du kennst ..."

Er sieht mich an, sein Blick ist tief und unergründlich, bevor er anfängt zu lächeln.

„Das ist mein eigenes Geburtstagsgeschenk an mich: Ich will mir nie wieder von irgendwem vorwerfen lassen müssen, dass ich in der Öffentlichkeit nicht zu dir stehen würde. Und weil mir die Öffentlichkeit herzlich egal ist, dachte ich, ich beweise es dir gründlich, und lade alle Menschen ein, die wenigstens ein bisschen Bedeutung für mich und dich haben."

+++

Grayson hätte sich nie für einen Kerl für große Gefühle gehalten, aber Cherry so überwältigt zu sehen, ist wirklich eines der schönsten Geburtstagsgeschenke, das er je bekommen hat.

Sie steht vor ihm, schaut ihn aus großen, ungläubigen Augen an und zittert ein bisschen. Lächelnd zieht er sie an sich und drückt sie fest gegen seine Brust.

„Mein Vater hat einen Anzug an …“, raunt sie ihm völlig fassungslos zu.

„Ich habe ihm Karten für seine Kumpels und ihn versprochen, wenn er kommt. Übrigens müsste ich eigentlich auch beleidigt sein – deine Eltern wussten jedenfalls nichts von mir. Ich habe fast eine halbe Stunde lang auf deine Mutter einreden müssen, bis sie nicht mehr geglaubt hat, dass ich sie irgendwie verarschen will …“

Cherry betrachtet ihn mit diesem musternden, forschenden Blick, dem er nicht ausweichen kann. Und dann küsst sie ihn. All ihre Liebe, all ihre Sehnsucht liegt in diesem Kuss und seine Beine fühlen sich mit einem Mal an, als bestünden sie nur noch aus Wackelpudding.

Wenn er sich nicht schon längst in diese sture, eigensinnige Frau verliebt hätte, wäre es spätestens jetzt um ihn geschehen.

+++

Ich verbringe den Abend staunend an Graysons Seite und bin einfach überwältigt. Davon, dass er das für mich getan hat, und davon, dass er mich den ganzen Abend kaum aus den Augen lässt.

Irgendwann finde ich dennoch eine Gelegenheit, ihm kurz zu entkommen, was gut so ist, denn ich habe das Gefühl, mal ein paar Minuten für mich sein zu müssen, um unbeobachtet tief durchatmen zu können. Es mag ja albern klingen – aber das ist alles ein bisschen viel für mich. Nicht im negativen Sinne, Gott bewahre, trotzdem ist mir der ganze Trubel und die vielen fremden Gesichter auf einmal zu viel und ich brauche dringend eine kurze Auszeit. Ich gehe einmal um das alte Gebäude herum, um zum Ufer des Sees zu kommen, und mit jedem Schritt nimmt der Lärm der Party hinter mir ab und die Ruhe um mich herum zu.

Das Mondlicht bricht sich sanft auf der Oberfläche des ruhig liegenden Sees, eine von mir aufgescheuchte Ente schnattert beleidigt vor sich hin, bevor sie ein kleines Stück am Ufer entlang schwimmt und dann im Dickicht verschwindet.

Nachdem ich mich auf den Bootssteg gesetzt habe, ziehe ich meine Schuhe aus. Mir tun die Füße weh vom vielen Herumstehen in den hohen Absätzen und ich tauche sie zufrieden in das angenehm kühle Wasser, lege mich zurück und betrachte einen Moment die Sterne, bevor ich die Augen schließe und die Stille genieße. Wie aus weiter Ferne dringen Musik und Wortfetzen sowie gelegentliches Gelächter zu mir herüber und als ich das Geräusch höre, auf das ich eigentlich nur gewartet habe, lächle ich und setze mich wieder auf.

Grayson lächelt zu mir herüber, als er mich entdeckt und ich mich zu ihm herumdrehe, und seine Zähne blitzen in der Dunkelheit auf.

„Hey, Cherry-Baby, ist das hier eine Privatparty, oder darf ich mich zu dir setzen?“

„Da du Getränke mitbringst – nur zu!“ Ich deute auf die Flasche Champagner in seiner Hand und er lächelt erneut.

„Wusste ich’s doch, dass du bestechlich bist.“ Einen kurzen Augenblick betrachtet er meine nackten Füße im Wasser, dann zieht er sich Schuhe und Strümpfe aus, krempelt seine Hosenbeine hoch und setzt sich hinter mich. Seine langen Beine streckt er rechts und links neben mir aus und rutscht so nah an mich heran, dass er sie über den Steg hinaus neben meinen in das kühle Wasser hängen kann, während ich meinen Rücken gegen seine Brust kuschle und meinen Kopf gegen seine Schulter lehne.

„Geht es dir gut, Cherry-Baby?“ Seine Arme schlingen sich um meine Taille und ich lege meine Hände auf seine.

„Ging mir nie besser. Ich brauchte nur mal ein paar Minuten Ruhe.“

„Ich dachte mir schon, dass ich dich hier finde.“

Eine Weile sitzen wir einfach schweigend da, ich lausche Graysons Herzschlag an meinem Ohr, der süße Duft von blühenden Nachtkerzen vermischt sich mit dem reinen Geruch von klarem Seewasser.

Die Unruhe, die in den letzten Wochen meine ständige Begleiterin war, ist auf einmal wie verflogen.

„Grayson?“

„Hm?“ Er streicht mit dem Daumen über meine Wange, bevor er meinen Kopf unter sein Kinn zieht.

„Ich kann gar keine Worte dafür finden, dass du deine Geburtstagsparty eigentlich zu einer Party für mich gemacht hast. Ich danke dir!“

„Gern geschehen." Ich kann spüren, wie er lächelt, und ich seufze leicht, bevor ich mich in seinen Armen bewege.

„Vielleicht sollten wir langsam zurückgehen, du wirst bestimmt schon vermisst." Ich versuche aufzustehen, aber er hält mich zurück.

„Die feiern auch ohne uns weiter. Und die einzige Person, mit der ich wirklich gerne feiern möchte, bist du." Er hält einen Moment inne und malt gedankenversunken mein rechtes Schlüsselbein nach. „Weißt du, warum ich das heute alles hier habe organisieren lassen, Cherry?"

„Weil du auf coole Partys stehst?"

Sein leises Lachen kann ich eher spüren als hören.

„Auch weil ich auf coole Partys stehe. Aber vor allem, weil ich möchte, dass du nie mehr wieder daran zweifelst, dass ich zu dir stehe. Und … dass ich dich liebe."

Ich kann nicht anders, als ihn zu küssen, und Minuten verstreichen, bevor sich unsere Lippen wieder voneinander lösen.

„Ich liebe dich, Grayson. Ich liebe dich auch."

Lächelnd streiche ich über die Postkarte, die Olivia mir aus Kalifornien in die Einrichtung geschickt hat.

Nachdem ihr Vater letztes Jahr verhaftet und verurteilt wurde – unter anderem wegen mehrfacher Körperverletzung und Besitzes von Drogen –, sind Livie und ihre Mutter zu Verwandten gezogen. Ihnen scheint es dort wirklich gut zu gehen, ihre Mom hat einen neuen, besseren Job gefunden und ich freue mich immer sehr, wenn sie sich bei mir meldet.

Ich stehe von meinem Bürostuhl auf und gehe zu dem Schreibtisch, der meinem gegenübersteht – zu Graysons Schreibtisch.

Hier hat sich einiges verändert. Grayson ist nicht nur mir gut bekommen, auch die Einrichtung hat sehr von ihm profitiert. Durch das große Interesse der Medien an Grayson kamen plötzlich von überall her Gönner und Sponsoren. Auch Grayson selbst hat ordentlich Geld zur Verfügung gestellt. Wir konnten renovieren und anbauen sowie neue Möbel kaufen. Und es gibt jeden Tag vernünftiges Essen, kein „Katzenfutter“ mehr. Zumindest an den Tagen, an denen Grayson kocht, was er macht, wann immer er Zeit dazu hat. Also immer dann, wenn er nicht gerade mit den Kindern für irgendwelche Turniere trainiert, Marlons Trainingsfortschritte in einem Sportförderprogramm für Kinder kontrolliert oder sein kleines Büro für kostenlose Rechtsberatungen für die Eltern der Kids geöffnet hat, das wir an die Einrichtung angliedern konnten.

Zufrieden lehne ich Olivias Karte auf seinem Schreibtisch gegen einen Bilderrahmen, damit er sie am Montag gleich sieht. Dabei bleibt mein Blick an dem Foto vom Rahmen hängen. Es ist ein Schnappschuss, den letztes Jahr jemand auf der Geburtstagsparty auf der Rosebelle-Farm von uns beiden gemacht hat und auf dem wir beide um die Wette strahlen.

Ein Jahr! Wie schnell die Zeit manchmal vergeht. An Graysons letztem Geburtstag hat er mich mit der Überraschungsparty für ihn selbst überrascht, dieses Jahr will ich etwas für ihn tun, mit dem er nicht gerechnet hat.

Er bittet mich schon seit über einem halben Jahr sehr beharrlich, bei ihm einzuziehen. Und auch wenn ich so viel Zeit bei ihm verbringe, dass ich eigentlich schon längst bei ihm wohne, habe ich mich immer noch nicht überwinden können, meine Wohnung zu kündigen, um ganz bei ihm einzuziehen.

Da er aber ein paar Tage für ein Shooting unterwegs war, habe ich die Gelegenheit genutzt und meine Brüder eingespannt, die alle Möbel und Kisten schleppen mussten, und meine Habseligkeiten großzügig in Graysons Haus verteilt. Nun bin ich mit den letzten Kartons auf dem Weg zurück zu seinem Haus. Meine Wohnung aufzugeben fühlt sich irgendwie komisch an, sie war so lange mein Zuhause. Jetzt habe ich den Schlüssel an eine fremde Frau übergeben, die dort irgendwann ebenso zu Hause sein, hoffen, trauern, lieben, lachen und weinen wird, wie ich es getan habe.

Dafür fühlt es sich umso besser an, endlich komplett mit Grayson zusammenzuwohnen, und mir ist der Entschluss viel leichter gefallen, als ich jemals gedacht hätte.

Auf dem Rückweg muss ich an einer roten Ampel stehen bleiben, was mich heute ein bisschen nervös macht. Ich will gerne schnell zurück sein, damit ich noch aufräumen, mich für Grayson hübsch machen und etwas Schönes für uns kochen kann, bevor er heute Abend nach Hause kommt, und langsam wird die Zeit knapp.

Unruhig trommele ich mit den Fingern auf dem Lenkrad herum, bis ich etwas entdecke. Ich schaue einmal hin, wische mir über die Augen, dann schaue ich ein zweites Mal hin. Hinter mir fängt jemand an zu hupen, die Ampel scheint mittlerweile wohl auf Grün gesprungen zu sein, doch mir ist das gerade völlig egal. Ich kann bloß entgeistert auf das riesige Plakat starren und bin froh, dass mein Auto gerade steht, sonst hätte mich diese Kreuzung vermutlich schon zum zweiten Mal fast ein kaputtes Auto gekostet.

Als das einzelne Hupen hinter mir Zuwachs bekommt und zu einem wütenden Konzert anzuschwellen scheint, habe ich ein Einsehen und setze den Blinker, um an den Rand auf einen Parkplatz zu fahren und auszusteigen. Ich brauche drei Versuche, um den Motor abzustellen, den Schlüssel aus dem Zündschloss zu ziehen und die Tür zu öffnen, weil meine Finger so sehr zittern.

Du hast nur falsch hingesehen, versuche ich mir einzureden, während ich mit wackeligen Beinen aus dem Auto steige.

Aber ich habe mich nicht versehen. Vor mir, auf dem Plakat, prangt in Überlebensgröße ein Bild von einem halb bekleideten Grayson White. Er hat sein umwerfendes Grübchenlächeln aufgesetzt und trägt enge, dunkelblaue Boxershorts. Mit Kirschen darauf.

Außerdem hält er ein Schild in der Hand. Ein ziemlich großes, es verdeckt seinen Bauch komplett, lässt aber seine beeindruckenden Brustmuskeln immer noch deutlich erkennen. Und auf dem Schild … Ich lese es bestimmt acht Mal, bevor mein armes, anscheinend gerade ziemlich überlastetes Gehirn umsetzen kann, was dort eigentlich steht, doch dann bin ich mir sicher.

In großen, gedruckten Buchstaben prangen dort exakt zwei Worte.

CHERRY: MARRY?

Lachend schlage ich die Hand vor meinen Mund, gleichzeitig spüre ich, wie sich in meinen Augen Tränen bilden.

Als sich von hinten ein Paar Arme um mich legen, quietsche ich kurz erschreckt auf, aber dann erkenne ich den vertrauten Duft und lasse es geschehen.

„Und Cherry, willst du?“

Ich drehe mich zu ihm um und meine Knie sind so weich, dass ich mich an seinen Schultern festhalten muss, damit mir nicht einfach die Beine wegknicken. Ich küsse ihn. Einmal und noch einmal.

„Ja, ich will. Unbedingt!“

Dann küssen wir uns noch ein drittes Mal und auf einmal scheint es nichts mehr als ihn und mich auf dieser Welt zu geben. Zumindest ist mir alles andere egal. Die vorbeirauschenden Autos, das freudige Hupen, dass irgendwo jemand klatscht … alles egal.

Für einen Moment existieren nur noch Grayson und ich.

Und ich hoffe, dass dieser Moment ewig andauern wird.

ENDE

Erdbeertiramisu

Zutaten:
250g Mascarpone
200g Crème Fraîche
50g Zucker
4 sehr frische Eier
200g Löffelbisquit
Abgeriebene Schale einer halben Zitrone
4 Espressi
6cl Amaretto (wahlweise Mandelsirup oder Amarettosirup)
250g Erdbeeren
Kakaopulver zum Bestäuben
1 Prise Salz

Eier trennen. Das Eiweiß mit einer Prise Salz steif schlagen, nach und nach den Zucker einrieseln lassen.

Erdbeeren waschen, putzen und in Scheiben schneiden.

Mascarpone, Crème Fraîche, Eigelb, Amaretto und Zitronenabrieb mit dem Handrührgerät zu einer cremigen Masse verrühren, anschließend vorsichtig das Eiweiß unterheben.

Den Boden einer Form mit der Hälfte der Löffelbisquits auslegen und diese mit zwei der Espressi tränken. Dann die Hälfte der vorbereiteten Erdbeeren darauf verteilen, anschließend die Hälfte der Mascarponemasse darauf glatt streichen. Mit den restlichen Zutaten wiederholen und zum Schluss mit Kakaopulver bestreuen.

Mindestens zwei Stunden im Kühlschrank durchziehen lassen.

Danksagung

Man sollte denken, dass ein Buch zu schreiben eine einsame Angelegenheit sein muss. Aber das stimmt nur zum Teil. Denn auf dem Weg bis zur Fertigstellung gibt es jede Menge Stellen, an denen man mehr oder weniger viel Hilfe braucht.
Wenn das Buch dann fertig ist, wird es – hoffentlich – gelesen. Und manchmal bekomme ich sehr nette Mails, die mich wahnsinnig freuen.
Ich möchte mich bedanken.
Bei all denjenigen, die meine Bücher lesen.
Bei denjenigen, die mir so wundervolle Mails schreiben.
Ich möchte mich bei meinen Testlesern bedanken. Ihr ertragt mein unlektoriertes Manuskript immer tapfer! Danke, also an Andrea mit den Adleraugen, Anna, Kati, Klaus, Nadine, Susanne (Testleserin auf Lebenszeit ;-)). Und natürlich bedanke ich mich bei Anna und Nancy – und bitte verzeiht mir, dass ich Euch fast vergessen hätte.
Bei Stefan, der mich immer berät.
Bei meiner Lektorin Alexandra, die mich zwingt, die schwierigen Szenen zu überarbeiten, die ich lieber ignorieren würde, und eine Engelsgeduld mit mir hatte.
Bei Catrin, die wieder ein so tolles Cover für mich gezaubert hat.
Bei Sybille, die alle Fehler findet.
Bei meiner Familie: Ihr seid wohl allerbeste Grund, um morgens aufzustehen, um zu lachen, zu weinen und zu lieben.

Und ich möchte mich bei meinen Lesern und Leserinnen bedanken.
Ihr alle seid einfach die Besten!

„Die Verführung des Mondes“

Eigentlich will sich Luna nur einen ruhigen, kinderlosen Abend zu Hause machen, als sie überraschend in das Leben des ebenso reichen wie attraktiven Anwalts Phillip Dawn stolpert.

Zwischen den beiden knistert es gewaltig, aber Luna ist sich nicht sicher, ob es zwischen ihnen tatsächlich eine Zukunft geben wird.

Und während sie sich noch Gedanken über die Zukunft macht, wird sie von ihrer Vergangenheit eingeholt.

(März 2013)

„Die Verlockung des Glücks“ Teil 1

Sophie hat, nach einigen herben Enttäuschungen, den Männern eigentlich schon lange abgeschworen. Sie ist fest davon überzeugt, dass es sich alleine einfach viel besser lebt.

Doch eines Tages tritt Matt, der amerikanische Enkelsohn ihrer Nachbarin, auf sehr ungalante Art und Weise in ihr Leben. Sophie ist sich ganz sicher, dass sie diesen überheblichen Typ auf den Tod nichts ausstehen kann, denn er benimmt sich kaum besser als ein eingebildeter Neandertaler. Wäre da nur nicht dieses verdächtige Kribbeln, das sich in ihr breit macht, wann immer er in ihrer Nähe ist …

(Juni 2013)

„Die Verlockung des Glücks"
Teil 2

Zweiter und letzter Teil der Reihe „Die Verlockung des Glücks".

Endlich hat Sophie der Verlockung des Glücks nachgegeben und ist zu Matt in die USA geflogen.

Dort angekommen ist ihr gemeinsames Leben allerdings nicht so ungetrübt, wie erhofft. Das große Interesse der Öffentlichkeit an Matt, Sophies Selbstzweifel und eine Frau, die aus Matts Vergangenheit zu kommen scheint, legen ihnen immer wieder Steine in den Weg.

Werden sie es dennoch schaffen, einen gemeinsamen Weg zum Glück zu finden?

(August 2013)

„Die Versuchung der Hoffnung"

Hopes Leben ist auch ohne die große Liebe schon voll genug: Studium, Job, die Familie und ihr kranker Bruder fordern all ihre Zeit und Energie. Doch dann tritt John Petterson in ihr Leben, Sänger einer Rockband kurz vorm großen Durchbruch, und wirbelt ihre Gefühle und ihr Leben ordentlich durcheinander. Trotzdem reichen tiefe Gefühle allein manchmal nicht aus, um auf Dauer miteinander glücklich zu sein … oder?

(Dezember 2013)

"Der Kuss von Vergissmeinnicht"

Junes Leben besteht vor allem aus einem – nämlich aus Arbeit.
Doch eines Tages fällt ihr das Schicksal geradezu vor die Füße. Und zwar in Form eines Mannes, der vom Mountainbike gestürzt ist und sich nun an nichts mehr erinnern kann.
Allerdings verschwindet er nach ein paar Tagen genauso abrupt wieder aus ihrem Leben, wie er darin aufgekreuzt ist. Und das, obwohl June gerade dabei war, sich in ihn zu verlieben …

(März 2014)

Impressum

Die Autorin ist unter folgender Adresse zu erreichen. Es handelt sich bei der Adresse um einen postalischen Weiterleitungsservice der Firma Ideekarree, da die Autorin ihre private Adresse nicht bekannt geben möchte. Die Firma Ideekarree trägt Sorge für die fristgerechte Weiterleitung der Post an die Autorin, sofern diese an folgende Adresse gesendet wurde:

Hannah Kaiser
c/o IDEEKARREE Medien Leipzig
Herr Alexander Pohl
Alfred-Kästner-Straße 76
04275 Leipzig

- PAKETE WERDEN GRUNDSÄTZLICH NICHT ANGENOMMEN! -

E-Mail: hannah.kaiser79@gmx.de

3744500R00157

Printed in Germany
by Amazon Distribution
GmbH, Leipzig